Ein Film von David Fincher

THE GAME

Der Roman zum Film
von Jeff Rovin

nach einem Drehbuch
von John Brancato & Michael Ferris

Aus dem Amerikanischen
von Rolf W. Blum

Deutsche Erstausgabe

WILHELM HEYNE VERLAG
MÜNCHEN

HEYNE ALLGEMEINE REIHE
Nr. 01/20004

Titel der Originalausgabe
THE GAME

Umwelthinweis:
Dieses Buch wurde auf
chlor- und säurefreiem Papier gedruckt.

Redaktion: Redaktionsbüro Dr. Andreas Gößling

This edition published by arrangement with
The Berkley Publishing Group, a member of Penguin Putnam Inc.

Printed in Germany 1997

Umschlaggestaltung: Atelier Ingrid Schütz, München
Satz: Buch-Werkstatt GmbH, Bad Aibling
Druck und Bindung: Ebner Ulm

ISBN 3-453-13629-2

Kapitel 1

Kein Geräusch ist so magisch wie das eines 8-mm-Projektors.

Das Summen des Motors, das Klappern der Zähne, während sie den Film von der Spule ziehen, der Ruck, mit dem die geklebten Stellen am Filmfenster vorbeilaufen. Die unnatürliche Stille der Bilder.

Ein 8-mm-Projektor ist eine altmodische Maschine, die einen in die Vergangenheit zurückversetzt. Eine warme und einladende Vergangenheit, in der sich jeder so gut benahm, wie er konnte, und in der nur der Augenblick zählte – eine Geburtstagsfeier, der Schulabschluß, der Morgen des ersten Weihnachtstages.

Die stummen, blaßbunten Bilder zogen über die silberweiße Leinwand. Nicholas Van Orton hatte die 65-Meter-Spulen nicht auf Videobänder überspielt, weil die Bilder auf diese Weise überlebensgroß wirkten – so, wie schwärmerische Erinnerungen eben wirken sollten. Außerdem hatte er die Aufnahmen seit Jahren nicht mehr gesehen. Beinahe kam es ihm vor, als sähe er sie jetzt zum ersten Mal.

Da war die zweistöckige Villa, in der sein jüngerer Bruder Conrad und er aufgewachsen waren. Der Balkon, von dem aus sie Papierflugzeuge gestartet hatten, bis der perfekt geschnittene grüne Rasen davon übersät gewesen war. Die Hecken, unter denen sie Plastiksoldaten – »Männer«, wie sie in jenen glückseligen Tagen der politischen Unbekümmertheit sagten – aufgestellt hatten, um die Ardennenschlacht nachzuspielen. Die Bäume, auf die sie geklettert waren, um sich als Heckenschützen im Bürgerkrieg zu fühlen.

Das Kinn in die Hand gestützt, beobachtete Nicholas,

wie der wunderbare schottische Butler McIver den teuren Rasen überquerte. Nicholas hatte McIver geliebt. Er erzählte so herrliche Gutenachtgeschichten über seine Jahre mit der Highland-Division, die gegen Rommels vielgerühmtes Afrikakorps gekämpft hatte. McIver war bei ihnen, bis Conrad das Haus verließ. Sein Vorname lautete Robin.

Nicholas erinnerte sich an einen Sonntag, an dem sein Vater fortgegangen war, um etwas zu »erledigen«, weil McIver einem Mann, der ihn »Weichling« genannt hatte, die Nase gebrochen hatte. Der Butler war auch nicht besonders gut mit ihrem österreichischen Kindermädchen Ilsa ausgekommen. Im Flüsterton hatte er sie manchmal »Hon« genannt, und anfangs hatte Nicholas geglaubt, die Abkürzung stehe für *honey*. Erst Jahre später ging ihm auf, daß »Hun« in Wahrheit »Hunnin« bedeutet hatte und abfällig gemeint gewesen war.

In seinen großen Händen trug McIver einen riesigen, quadratischen Geburtstagskuchen mit brennenden Wunderkerzen darauf. Während er auf die Kamera zuschritt, traten vornehm aussehende junge Männer in Anzügen und mit Bürstenhaarschnitten und Frauen mit Katzenaugen-Sonnenbrillen zurück. Die Gruppe von ungefähr 20 Personen sang »Happy Birthday« und klatschte rhythmisch dazu.

Sie sangen und klatschten stumm, wie Geister.

Wahrscheinlich sind einige von ihnen schon Geister, dachte Nicholas. Er verfolgte seine siebte Geburtstagsparty, und das war fast 41 Jahre her, also mußten viele Gäste seiner Eltern heute Ende 60 oder Anfang 70 sein. Er war sich fast sicher, daß es einige von ihnen nicht mehr gab. Trotzdem waren sie da, vor ihm, und glücklich und ahnten nichts von dem Autounfall, dem Krebsleiden oder der Sucht, die ihr Leben beenden würden. *Man weiß nie, wie es einen erwischt, nicht wahr?* dachte er, während er sie so jung, gesund und zuversichtlich vor sich sah.

Nicholas verfolgte, wie die Kinder dem Kuchen nachliefen. Alle hatten Partyhüte auf. Die Jungs trugen schwarze Anzüge, in denen sie älter aussahen, und die Mädchen wirkten in ihren lockeren pastellfarbenen Kleidern mit den Schleifen wie Prinzessinnen. Wie die Teile eines Tausendfüßers bewegten sich die Kinder hinter McIver ins Bild hinein und wieder hinaus. Nicholas erkannte das glänzende, lächelnde Gesicht von Albert Bundonis, seinem besten Freund. Sie hatten sich aus den Augen verloren, als Albert den Marines beigetreten war. Aber hier war er, in der ersten Reihe, und marschierte schon damals wie ein kleiner Soldat. Ihm folgte Janet Douglas. Dann Timothy Michaels, der nicht allzu glücklich aussah mit seinem Hut und ständig mit einem Finger unter dem engen Gummiband entlangfuhr. Als nächstes kam Tommy Fitzpatrick, die Daumen in den Ohren, die Zunge herausstreckend und eine Grimasse in die Kamera schneidend. Ron Plummer und Alice Newcomb bildeten den Schluß. In Alice war Nicholas damals heftig verliebt – sie war das einzige Mädchen gewesen, das Comic-Hefte gemocht hatte.

Damals waren sie alle so wichtig in seinem Leben. Wo waren sie jetzt? Lebten sie noch?

Die Kinder hielten an und bildeten einen Kreis um Nicholas, der eine Augenbinde trug.

Ein Schnitt auf seine Mutter, jugendlich, wunderschön und lächelnd. Nicholas rechnete schnell. Damals war sie 28. Ihre Welt waren das Haus und ihre drei Männer. Sie wirkte zufrieden, und er vermutete, daß sie es tatsächlich gewesen war.

Sie deutete auf Nicholas, und die Kamera folgte ihr. Dann nahm sie ihm die Augenbinde ab, und Nicholas bestaunte den Kuchen. Er erinnerte sich daran, daß das Geburtstagsgeschenk seiner Großmutter darin bestanden hatte, ihn mit ins Kino zu nehmen. Der Film hieß *Das Grauen aus der Tiefe* und handelte von einem Riesenkraken, der San Francisco vernichtete. Die Größe und die Kraft der Kreatur hatten ihn tief beeindruckt. Aufgeregt hatte er zugesehen, wie bekannte Wahrzeichen seiner Heimatstadt zerstört wurden. Warum, hatte er nicht gewußt, aber es hatte ihn mitgenommen.

Während er den Schmalfilm anschaute, konnte er sich nicht mehr daran erinnern, den Kuchen mit seinen eigenen Augen gesehen zu haben. Er sah ihn nur durch das Objektiv der Kamera. Es war, als hätte das echte Ereignis niemals stattgefunden.

Er beobachtete, wie sich seine Mutter an seinen Haaren zu schaffen machte. Sie strich sie an den Stellen glatt, an denen sie durch die Augenbinde in Unordnung geraten waren. Er griff nach einer Wunderkerze.

Schnitt auf seinen Vater. Jetzt war die Kamera nicht mehr ruhig – seine Mutter machte die Aufnahmen. Es gab einen plötzlichen Schwenk auf McIver, der den Kuchen anschnitt, dann einen erneuten, blitzschnellen Schwenk zurück auf seinen Vater. Er saß auf einem Klappstuhl und rauchte eine Zigarette, während er die Feier beobachtete. Auf seinem schmalen, tiefgefurchten Gesicht lag ein finsterer Blick. Durch den hellblauen Partyhut wurde seine angespannte, düstere Miene noch stärker hervorgehoben. Er wirkte älter als 34.

Zum Teufel, dachte Nicholas, *er sieht älter aus als ich heute.*

Vielleicht deshalb, weil er sein *Vater* war. Aus irgendeinem Grund hatte sich Nicholas nie mit dem Gedanken anfreunden können, daß er selbst ein erwachsener Mann war. Sein Vater war es gewesen. Eine strenge, ruhige Autorität war von ihm ausgegangen. Sogar McIver hatte ihn gefürchtet.

Van Orton senior drückte die Zigarette in dem kristallenen Aschenbecher aus, der auf seinem Oberschenkel ruhte. Dann stellte er das Gefäß zu Boden und erhob sich. Er hatte nicht ein einziges Mal in die Kamera geschaut.

Jetzt filmte sein Vater wieder. Die ruhigen Bilder zeigten, wie ein Clown Tiere aus Luftballons formte. Sein Lachen und seine Gesten waren breit und fröhlich. Der junge Nicholas war es nicht. Während er die fertigen Tiere aushändigte, ärgerte er sich offensichtlich darüber, daß ihm seine Freunde kaum noch Aufmerksamkeit schenkten, sondern aufgeregt in die Kamera blickten. Alle Mädchen posierten, und die Jungs tänzelten und schnitten Grimassen für die Nachwelt. Tommys Daumen steckten immer noch in den Ohren, und seine Zunge schoß nach wie vor ständig aus seinem Mund heraus. Nicholas sah, wie sein eigener Mund frustriert Tommys Namen formte. Tommy drehte sich nur kurz um, nahm sein Ballontier in Empfang und setzte es auf seinen Partyhut. Dann wandte er sich wieder der Kamera zu und steckte die Daumen in die Ohren zurück.

Während er den Film ansah, spürte Nicholas die Frustration, die er als Junge empfunden haben mußte. Stets gab es jemanden, der sich nicht an das Programm hielt.

Mutter war wieder hinter der Kamera. Das Bild bewegte sich ruckartig auf ihre Freundinnen zu, die Zigaretten rauchten. Ihr Lippenstift war so wunderbar rot, einfach perfekt, die Farbtöne paßten exakt zu denen der Fingernägel. Sie sahen den Kindern dabei zu, wie sie Kuchen aßen. Natürlich bekamen die Mädchen die Rosen aus Zuckerguß. Die Kamera schwenkte auf seinen Vater, der einen Teller mit einem Stück Geburtstagskuchen darauf in der Hand hielt. Obendrin steckte eine Plastikgabel, das Stück war unberührt. Ein Mann, den Nicholas nicht erkannte, redete auf seinen Vater ein, der zu Boden starrte, ohne zu blinzeln. Nicholas kannte diesen gequälten Blick sehr gut. Er fragte sich, ob sein Vater jemals glücklich gewesen war. Hatte Mutter ihn wirklich zufriedengestellt? Er selbst? Conrad?

Eine Freundin seiner Mutter – Mrs. Haveles, ihr Name fiel ihm plötzlich wieder ein – hielt einen Teller mit Kuchen und einer Rose in die Kamera. Die Welt drehte sich, als die Kamera sank, während sie weiterlief. Seine Mutter hatte vergessen, den Finger von der Taste zu nehmen.

Der Film setzte einige Zeit später wieder ein. Die Perspektive war niedrig. Nicholas hatte die Kamera selbst bedienen dürfen.

Nicht schlecht, dachte er stolz, während die Szenerie langsam und ruhig vorbeilief. Das Sonnenlicht hatte sich verändert, und die Angestellten räumten unter McIvers achtsamen Blicken die Tische ab. Herrenlose Ballontiere lagen auf Stühlen und auf dem Rasen verstreut. Einige hingen in den Bäumen. Nicholas' erschöpfte, aber unverwüstliche Mutter lächelte weiterhin. Jetzt bemühte sie sich, seinem Vater ein Lächeln für die Kamera abzuringen. Sie trat hinter ihn, warf ihr langes Haar zurück und legte ihr Kinn auf seine linke Schulter. Als sie einen Arm um seine Brust legte, beugte er sich leicht nach vorne und lächelte matt, pflichtbewußt.

Ein anderer Tag. Ilsa, sehr jung aussehend in ihrer weißen Hausmädchentracht, hielt ein Baby in die Kamera. Conrad war vielleicht einen Monat alt. Er weinte. Auf eine Anweisung aus dem Off nickend wandte sich Ilsa – wie immer tat sie, was man ihr auftrug – nach links. Nicholas saß auf dem Sofa. Sie beugte sich zu ihm hinunter und legte ihm das Baby in die ausgestreckten Arme. Vorsichtig und sanft schaukelte er den Jungen. Nach ein paar Augenblicken hörte Conrad auf zu weinen. Nicholas sah nach oben in die Kamera und lächelte zufrieden.

Conrad zufrieden, dachte Nicholas. *Wegen etwas, das ich getan habe.* Das hatte wirklich für die Nachwelt festgehalten werden müssen.

Ein anderes Jahr. Jetzt war Nicholas älter, ungefähr neun oder zehn, Conrad war zwei oder drei. Die Jungen spielten Fangen auf der Wiese, und Conrad strahlte über das ganze Gesicht, während ihm sein Bruder nachlief. Großer Gott, Nicholas konnte fast seine spitzen Freudenschreie hören. Das war typisch Connie: immer zu Späßen aufgelegt. Die Kamera folgte ihnen wie ein hüpfender Hund – Mum filmte. Plötzlich tauchte Dad im Bild auf, und sie hielt an. Er war auf dem Weg zum Haus. Abrupt blieb er stehen und drehte sich um, als wäre er gerufen worden. Dann ging er rückwärts von der Kamera fort und winkte dabei leicht, bis er die Haustür erreichte.

Eine weiteres Fest. Conrads Geburtstag. Sein dritter, wie an der großen Wachskerze in Form einer »3« auf dem Kuchen zu erkennen war. Auf Nicholas' rechter Hand saß eine Rootie-Kazootie-Puppe, auf der linken deren Gegenspieler Poison Zoomack. Er spielte für Conrad und dessen Freunde. Der überdimensionale Gummi-Rootie trug eine Baseballkappe quer auf dem Kopf, und zwischen den vielen Sommersprossen stand ein breites, dämliches Lachen mitten in seinem Gesicht. Nicholas erinnerte sich genau an den Vinylgeruch des Kopfes und glaubte immer noch den steifen grauen Stoff von Rooties Armen auf seinen Fingern zu fühlen. An Zoomack konnte er sich nicht mehr so gut erinnern, aber Zoomack war ja auch der Böse gewesen. Er wurde immer von der linken Hand heruntergeschlagen, um dann am Boden liegenzubleiben, wo er aufgeschlagen war.

Damals war es einfach, die Bösen zu erkennen, dachte Nicholas.

Sein Mund auf dem Bildschirm bewegte sich stumm. Die Kinder lachten. Plötzlich verpaßte Rootie dem Zoomack einen Schlag, und die Puppe flog davon. Rootie und Nicholas blickten in die Kamera und verbeugten sich. Nicholas lächelte nicht. Schon damals war er immer ernst gewesen, wenn er arbeitete.

Die Leinwand wurde weiß. Das Ende des Films flatterte gegen den Projektor. Nicholas lehnte sich zu dem Kaffeetisch in seinem Arbeitszimmer zurück, legte den Schalter am Apparat um, und das Gerät verstummte.

Noch lange, nachdem die Vorführung geendet hatte, hing der Geruch des warmen Projektors in der Luft. Auch die angenehmen und beruhigenden Erinnerungen blieben hängen und mit ihnen die Vision von einer sicheren, vielversprechenden Welt. Eine Welt, in der Davy Crockett und Superman das Fernsehen und die Hardy Boys seine Bücherregale beherrscht hatten. Eine Welt, in der er mit seinen Freunden um Autogrammfotos von Baseballstars gewettet hatte. (Er lächelte, als er sich daran erinnerte, daß er jedesmal einen Trick angewandt hatte, mit dem er die Karten nach Belieben auf die Vorder- oder Rückseite fallen lassen konnte. Immer hatte er die anderen sauber ausgenommen. Das tat er immer noch, nur daß er anderen heute ihre Unternehmen abknöpfte, nicht nur ein paar lausige Autogrammkarten.)

Morgen vor 41 Jahren. Damals waren die Nachkriegswelt und er noch jung gewesen.

Damals hatte er noch gelacht, weil er glücklich war, nicht weil irgendein Trottel einen Unternehmenskrieg gegen ihn verloren hatte.

Und damals hatte er noch geglaubt, daß man auf irgend etwas anderes als auf sein gottverdammtes Ego zählen konnte.

Kapitel 2

Was für einen Unterschied 41 Jahre machen, dachte Nicholas, während er sein Gesicht im Spiegel betrachtete. Die Reihen von Glühbirnen zu beiden Seiten des Spiegels waren unbestechliche Kritiker, die Schatten unter jede Falte warfen. Er erkannte nicht mehr viel Kindliches in diesem Mann.

Die einst vollen roten Wangen waren jetzt glatt. Nicht unbedingt hohl, aber auch nicht so voller Vitalität, wie sie hätten sein sollen. Seine fast schwarzen Augen lagen in dunklen Höhlen, und das ziemlich lange schwarze Haar war zwar noch vorhanden, wurde aber vorn dünner und über den Ohren und an den Seiten grau. Das Kinn hing ein wenig, aber nicht aufgrund von Babyspeckresten. Der dünnlippige Mund, einst lustig und froh, weil er die Stimme einer Puppe hatte wiedergeben dürfen, war jetzt chronisch nach unten gebogen, wie es schien. Heute *befehligte* er Puppen, was nicht exakt dasselbe war.

Seine Brust war kräftig, seine Schultermuskulatur trat im Licht deutlich hervor. Seine Oberarme waren stark, weil er jeden Morgen trainierte. Natürlich benutzte er lose Hanteln und übte auf dem Schlafzimmerfußboden, den Kinderkram mit Seilzügen und Kabeln und einer weichen, gepolsterten Bank, auf der man liegen konnte, mochte er nicht.

In zwei Jahren wirst du 50 sein, dachte er, während er seinen Elektrorasierer einschaltete und sich damit über Wangen und Hals fuhr. Für das tiefe Grübchen in seinem Kinn nahm er sich besonders viel Zeit.

50 Jahre, ein halbes Jahrhundert. Das war eine verdammt lange Zeit. Dennoch fühlte sich ein großer Teil von ihm im Inneren immer noch wie das Kind, das er in dem Film gesehen hatte – auf dem Rasen herumrennend, einen Baum erkletternd, jemandem dabei zusehend, wie er etwas tat, was er selbst nicht konnte, zum Beispiel Ballontiere machen. Zum Teufel, er erinnerte sich noch genau an den Adrenalinstoß, den es ihm jedesmal versetzt hatte, wenn er den ersten Atemzug in einen Ballon zwang, statt nur auf den schlaffen Gummisack zu sabbern. Auf eine besondere Art war das Aufblasen eines Ballons fast so befriedigend wie eine erfolgreiche Firmenübernahme.

Er stellte den Rasierapparat in die Halterung zurück, spritzte sich etwas Aftershave ins Gesicht und ging ins

Schlafzimmer zurück. Während er ein gestärktes weißes Hemd anzog, das er aus der obersten Schublade der Kleiderkommode genommen hatte, betrachtete er die gerahmten Fotografien, die daraufstanden: seine Mutter und sein Vater als frisch verheiratetes Paar und als langjährige Eheleute; er selbst als Baby; als Jungunternehmer mit einem Stand für frisch gepreßten Orangensaft (die anderen Kinder hatten sich für den hartumkämpften Limonadenhandel entschieden); als Collegeabsolvent. Außerdem gab es zwei Fotos von ihm und Conrad und zwei von der Hochzeit mit seiner früheren Frau Elizabeth.

Nicholas verharrte bei den beiden brieftaschengroßen Bildern in dem zusammenklappbaren Rahmen. Er fragte sich, ob Elizabeth heute anrufen würde. Noch nie hatte sie seinen Geburtstag vergessen, aber in den vergangenen beiden Jahren war er für sie nicht zu sprechen gewesen. Es war zu schmerzvoll, zu bittersüß für ihn, mit ihr zu reden. Mit soviel Liebe und soviel Hoffnung war er in diese Beziehung gegangen, und dennoch war sie zerbrochen …

»Eine Heirat ist wie ein zu voll belegtes Sandwich«, hatte es sein Bruder einmal formuliert. »Man mag all die Zutaten, aber das verdammte Ding hält einfach nicht zusammen.« Conrad konnte unterhaltsam sein, wenn er wollte. Jetzt, als Nicholas darüber nachdachte, fiel ihm ein, daß Conrad seine Schwägerin Elizabeth immer gemocht hatte. Und sie hatte ihn gemocht. Vielleicht hätten die beiden es miteinander versuchen sollen.

Aber dann hätte sich Conrad zusammenreißen müssen. Zumindest hätte er für eine Weile in eine Rehabilitationsklinik gehen sollen.

Nicholas band seine Seidenkrawatte zu einem kleinen festen Knoten und ging zum Nachttisch hinüber. Das Glas des Ziffernblattes nach unten gedreht, um es zu schützen, schob er eine schwere goldene Armbanduhr von Patek Phillipe über sein Handgelenk und blickte dann darauf.

Es war 6 Uhr 32. Zwei Minuten zuviel Nostalgie. Rasch schritt er aus dem Zimmer und die mit Teppich belegte Treppe hinunter.

Das Frühstück wartete an seinem Lieblingsplatz, in der Ecke der großen Küche. Drei Eier – die Dotter nach oben –, kanadischer Schinken und zwei Scheiben leicht gebutterten Roggentoasts; ein großes Glas mit frisch gepreßtem Orangensaft, kalt und gehaltvoll. Kaffee würde er im Büro trinken. Er warf sich die Krawatte über die Schulter, um sie nicht zu beschmutzen, und las in der Zeitung, während er im Stehen aß. Draußen vor der Glasschiebetür ging die alte Ilsa langsam durch den Garten und schnitt Blumen. Mit einer höflichen kleinen Verbeugung nahm sie Nicholas' Ankunft zur Kenntnis. Er winkte zurück.

Nachdem er alles bis auf den Toast gegessen und die Schlagzeilen überflogen hatte – nur den Wirtschaftsteil las er genau –, setzte er seine Sonnenbrille auf, legte sich den Tragegurt seines Laptops über die Schulter und ging auf die gläserne Schiebetür zu. Er trat in den herrlichen Frühlingsmorgen hinaus, in dem nur noch eine Spur der nächtlichen Kälte hing. Während er durch den Garten schritt, vertrieb die Sonne auch den letzten Rest davon.

»Der Toast war ein wenig zu dunkel, Ilsa«, sagte er, als er an ihr vorbeikam. »Wenn man den Geschmack einmal im Mund hat, wird man ihn den ganzen Tag nicht mehr los.«

»Das tut mir sehr leid, Sir«, gab sie zurück. »Der Toaster funktioniert nicht mehr richtig.«

»Dann kaufen Sie einen neuen.«

»Ja, das werde ich tun. Ich wünsche Ihnen einen angenehmen Tag. Und alles Gute zum Geburtstag, Mr. Van Orton.«

»Danke.« Ohne stehenzubleiben, sah er zurück und

legte die Stirn in Falten. »Es plant doch niemand irgendwelche Überraschungspartys, oder, Ilsa?«

»Nicht daß ich wüßte, Sir.«

Nicholas nickte. Falls der eine oder andere seiner Freunde etwas geplant hatte, hätte Ilsa ohnehin nichts erfahren, weil sie es ihm sofort verraten hätte. Ihre Loyalität galt ihrem Arbeitgeber. »Sehr gut«, sagte er. »Bis später.«

Rasch schritt Nicholas den gewundenen Steinweg bis zu seinem BMW 750 hinunter. Als er die kreisförmige Auffahrt erreichte, sah er erneut auf die Uhr. Wenn er sich beeilte, kam er noch vor dem ersten Berufsverkehr durch. Er stieg ein, ließ den Motor an und fuhr auf das große Tor zu.

Gott, er hoffte, daß niemand eine Feier plante. Wenn es etwas gab, das er haßte, dann waren es Überraschungen jeglicher Art. Er haßte es, unvorbereitet zu sein.

Der Rasen war übersät mit den Geistern von Ballontieren. In Gedanken brachte er sie zum Platzen. Er hatte keine Zeit mehr für weitere Erinnerungen, schließlich mußte er ein Finanzimperium leiten. Eine CD mit Chopin-Etüden von Horowitz einlegend, fuhr er die gewundene Straße von seinem Anwesen in Pacific Heights aus in Richtung Stadt hinunter. Als die Skyline von San Francisco über dem morgendlichen Nebel auftauchte, sah er auf das glitzernde Wasser der Bucht hinaus. Er dachte an den Riesenkraken aus dem Film. Dabei fiel ihm ein, wie aufgeregt er gewesen war, als das Militär die Kreatur mit einer Art Spezialtorpedo getötet hatte. Sie hatten ihn direkt in das Gehirn des Monsters gefeuert. Er hatte sich gut dabei gefühlt – nicht weil das Untier vernichtet worden war, sondern weil die beiden Männer, die es getan hatten, Macht ausstrahlten. Sie hatten mehr Macht besessen als der Riesenkrake, und für einen Siebenjährigen war das ziemlich beeindruckend gewesen.

Nicholas wechselte häufig die Spuren und fuhr selten

langsamer als 100 Stundenkilometer. Strafzettel störten ihn nicht, sie waren der Preis der Geschäftigkeit. Aber heute sah er ohnehin keine Radarfallen, während er sich durch den aufkommenden Verkehr schlängelte. Er durchquerte Nob Hill und fuhr weiter in Richtung Osten in das Finanzviertel hinein bis zu seinem Gebäude, das beinahe genau auf dem Fleck stand, an dem Sam Brannan 1848 Gold gefunden und den kalifornischen Goldrausch ausgelöst hatte. Nicholas liebte diese Tatsache, nicht weil er sich für Geschichte interessierte – das tat er nicht –, sondern weil er die Wissenschaft schätzte. Weil er bewiesen hatte, daß der Blitz zweimal am selben Ort einschlagen konnte.

Der Firmensitz befand sich in einem robusten alten Backsteingebäude, das von zwei turmhohen Wolkenkratzern aus Glas eingerahmt wurde. Während des Erdbebens von 1989 waren die Fensterscheiben dieser Riesenbabies herabgeregnet. Dagegen war an seinem Gebäude, Sitz der Van-Orton-Gruppe – und einiger der cleversten Börsenmakler, die für Geld zu kaufen und zu behalten waren –, nur die Ausrichtung der Satelitenschüssel zu erneuern gewesen, und das war schnell geschehen. Wie die Firma war auch das Backsteingebäude auf eine lange Lebensdauer ausgelegt.

Nicholas bog in den Privatweg ein und fuhr am Pförtnerhäuschen vorbei. Der livrierte Bedienstete kam hinter dem Wagen hergelaufen, als er in eine der zwei Dutzend Parkbuchten einbog. Der Platz war mit einem Messingschild markiert, auf dem *Nicholas Van Orton* stand. Der Pförtner öffnete die Fahrertür.

»Guten Morgen, Mr. Van Orton«, sagte der junge Mann, während Nicholas zu seiner Computertasche hinübergriff.

»Guten Morgen, Warner«, gab er förmlich zurück. *Und sag's um Himmels willen nicht,* dachte er. *Tu's nicht.*

»Und alles Gute zum Geburtstag, Sir«, fügte der lächelnde Pförtner hinzu. »Auf viele weitere glückliche Jahre.«

Nicholas nickte unglücklich. »Vielen, vielen Dank.« Er sah sich nicht mehr um.

Dann wußten es also alle, verdammt. Er fühlte sich, als dränge jemand in seine Privatsphäre ein, und das haßte er. Um eine Art Spiel daraus zu machen, beschloß er, jeder Antwort auf einen Glückwunsch ein »viel« hinzuzufügen.

Wenn ich's schon nicht abstellen kann, sagte er zu sich selbst, *dann mache ich mir wenigstens einen Spaß daraus.*

Die Tür zur Halle war nicht verschlossen. Der Wachbeamte, ein Mann in den mittleren Jahren, kam hinter seinem Schreibtisch hervorgesprungen und hielt sie für ihn auf.

»Guten Morgen, Sir«, sagte er. »Alles Gute zum Geburtstag.«

»Vielen, vielen, vielen Dank, Bicking«, entgegnete Nicholas kühl und durchquerte die Eingangshalle. Rasch steuerte er auf die Wendeltreppe zu, die in sein Büro im ersten Stock führte.

Dort angekommen, sperrte er die Tür auf. Seine Assistentin Maria Morris würde nicht vor halb acht kommen, und der Rest seiner persönlichen Mitarbeiter traf für gewöhnlich erst um acht Uhr ein. Er schloß die Türe hinter sich, ging zu seinem großen Schreibtisch hinüber – auf der Marmorplatte stand nichts weiter als ein Telefon – und öffnete seinen Laptop. Er loggte sich ein und begann, Börsennotierungen aus Tokio, London und New York herunterzuladen. *Zum Teufel mit »alles Gute zum Geburtstag«,* dachte er, während er sein Armani-Jackett auszog und auf einem Kleiderbügel an die Garderobe hinter der Tür hängte. Es hätte auch schlimmer kommen können. So wie in dem Lied auf der 45er-Schallplatte, die er als Kind ständig gehört hatte. Wie lautete noch der Text? *»Ein Jahr älter und tiefer verschuldet?«*

Ja, es könnte alles viel schlimmer sein, dachte Nicholas Van Orton, während er vorsichtig seine Hemdsärmel aufrollte, sich in seinen tiefen, ledergepolsterten Stuhl fallen ließ und an die Arbeit ging.

Kapitel 3

Mit halbem Ohr hörte Nicholas der heiseren Stimme am anderen Ende der Telefonleitung zu.

»... vielleicht besitzen Sie Mehrheitsanteile, aber Sie sind nicht der einzige, den es trifft, wenn die Bestände fallen.«

»Ich verstehe, Jack«, sagte Nicholas. »Aber ich möchte nicht, daß Sie jetzt schon was unternehmen.« Er sprach streng, aber ruhig. Einer der Schlüssel zur Macht war es, leise zu reden und die anderen so dazu zu bringen, angestrengt zuzuhören. Dadurch zwang man sie, den Mund zu halten.

Alle außer Jack. Er war ein hervorragender Börsenmakler, der seit Jahren für Nicholas arbeitete. Doch seine engagierte Art – »überkandidelt« fanden ihn die Schreihälse und Betonköpfe in New York – ging Nicholas mächtig auf die Nerven. Er rollte die Augen in Richtung Maria, die fast in Hab-acht-Stellung vor seinem Schreibtisch stand. Ihr hübsches Gesicht war teilnahmslos, ihre Augen blickten geradeaus.

»Sehr gut«, fuhr Jacks Stimme fort. »Ich verstehe Sie. Aber vergessen Sie nicht, daß die Vorhersagen mehr als mies sind ...«

»Das ist mir klar«, unterbrach ihn Nicholas mit unzufriedenem Unterton. Er nahm einen Schluck von seinem schwarzen Kaffee.

»Darum müssen Sie ...«

»Ich muß mir den Bericht von Baer und Grant ansehen«, ging Nicholas erneut dazwischen. »Das werde ich tun, sobald ich ihn in den Händen halte. Dann werde ich sofort die Schnellwahltaste mit Ihrer Nummer drücken, damit wir ihn zusammen durchgehen können.«

Eine kurze Pause trat ein. »Ist das ein Versprechen?« fragte Jack.

»Tut mir leid.« Nicholas kicherte. »Das Wort ist mir vollkommen unbekannt.«

Falls Jack den Witz verstanden hatte, zeigte er es nicht. »Was soll ich tun, wenn mich Anson anruft und mir eine herzzerreißende Geschichte über Stützungsmaßnahmen erzählt?« wollte er wissen.

»Dann tun Sie das, was Sie tun, wenn Sie ›Fangen‹ spielen.«

»Wie bitte?«

»›Fangen‹«, wiederholte Nicholas und hob die Stimme leicht. »Das Kinderspiel. Sie unternehmen Ausweichmanöver. Sagen Sie Ihrer Sekretärin, sie möge ihm bestellen, daß Sie in einer Besprechung sind. Also wirklich, Jack, Sie wissen doch, wie das Geschäft läuft.«

»Zu wissen, wie es läuft, und es zu mögen sind zwei verschiedene Paar Schuhe.«

»Nicht, wenn Sie in meinem Spiel spielen wollen. Also, bis bald.«

»Okay«, sagte Jack. »Bis bald.«

Nicholas legte auf. »Mein Gott.« Er stöhnte. Wenigstens hatte ihm der Bastard nicht zum Geburtstag gratuliert. Immer noch wunderte er sich darüber, daß die anderen davon wußten. Er sah auf den Computerbildschirm und begann durch einige Diagramme zu scrollen, die er von seinen Freunden bei YunfatCo in Hongkong bekommen hatte.

»Nun denn, Maria«, sagte er, ohne aufzusehen. »Welche weltbewegenden gesellschaftlichen Verpflichtungen haben Sie heute für mich?«

Maria blickte auf eine Karteikarte hinunter. »Erstens: Einladungen für die Gala im Kunstmuseum.«

»Den Mist mögen *Sie* doch. Nehmen Sie sie.«

»Wie wäre es mit dem jährlichen Spendentreffen bei Fitzwilliam Botanical?«

»Allmächtiger, nein. Schicken Sie einen Scheck. Nicht zuviel, es ist sowieso nicht abzugsfähig, und geben Sie die Karten dem Hausmeister.«

»Die Hochzeit der Hinchbergers?«

»Himmel, was zum Teufel ist mit Ihnen los?« Angewidert ließ sich Nicholas zurückfallen und griff sich an seine Schläfen. »Lassen Sie mich nachdenken. Männerhorden in Smokings. Alle liegen mir in den Ohren, in das Geschäft eines Vetters oder in die Erfindung eines Schwagers zu investieren. Der peinliche Ludwell versucht, das Eis zu brechen, das ihn immer umgibt, indem er schlüpfrige Witze erzählt.« Er sah sie an. »Hübsche junge Frauen wollen mit mir tanzen, weil sie Mitte Zwanzig und Singles sind und weil sie einen reichen Typen suchen, der sie unter die Haube bringt.«

»Ich werde für Sie absagen«, erklärte Maria angespannt. »Ich weiß wirklich nicht, warum ich überhaupt noch antworte. Wenn Sie die Einladungen einfach ignorieren, hören die Leute vielleicht auf, sie zu schicken.«

»Aber so funktioniert das nicht«, meinte Nicholas. »Sehen Sie, eine der tiefen Befriedigungen als Mitglied der Gesellschaft erfährt man dadurch, daß man sie vermeidet. Nichts trifft sie mehr, als wenn man sagt: ›Nee, auf deine blöde Party komm‹ ich nicht.‹ Verstehen Sie?«

Maria nickte. Vielleicht verstand sie ihn tatsächlich. Sie war selbst einmal eine jener Mittzwanzigerinnen gewesen und hatte versucht, ihn zu becircen. Im stillen verdächtigte er sie, vor Jahren für ihn zu arbeiten angefangen zu haben, um ihm zu beweisen, daß sie ihn jeden Tag ertragen konnte. Mittlerweile verdiente sie zu viel, um irgendwo anders hinzugehen.

Es klopfte an der Tür.

»Herein!« rief Nicholas.

Eine junge Assistentin trat ein, in ihrem Gefolge kam eine Welle aus Lärm und Aktivität. »Mr. Van Orton?«

»Ja, Maggie?«

»Elizabeth auf Leitung drei.«

Nicholas lehnte immer noch weit hinten in seinem Stuhl. Das Leder quietschte, als er sich gequält wand.

»Ihre Exfrau«, erläuterte Maria.

»Ich weiß, wer sie ist«, gab Nicholas zurück. »Und Maria, zum tausendsten Mal: Es heißt *frühere* Frau. ›Ex‹ hört sich so an, als wäre sie tot.« Er sah zu der eifrigen, attraktiven Maggie hinüber. »Sie soll eine Nachricht hinterlassen.«

»Ja, Sir.« Die junge Frau lächelte. »Und ... alles Gute zum Geburtstag, Sir.«

Nicholas setzte ein breites, falsches Lächeln auf. »Vielen, vielen, vielen, vielen, vielen Dank.«

Maggie ging hinaus und schloß die Tür. Anschließend wandte sich Maria an Nicholas. »Was sollte das denn?«

»Was?«

»Diese vielen ›vielen‹.«

»Ach, das ist nur ein kleines Spiel, das ich für mich selbst spiele.« Er legte seine Hände unter das Kinn. »Sagen Sie mir, woher alle wußten, daß ich heute Geburtstag habe.«

»Vielleicht aus der Zeitung«, antwortete Maria. »Ich könnte mir vorstellen, daß Sie in der neuen Kolumne ›Meilensteine des ehrwürdigen San Francisco‹ erwähnt sind.«

»Zum Teufel damit!« stieß Nicholas angewidert hervor. »Überprüfen Sie das. Falls ich da tatsächlich drin bin, rufen Sie Barry Neville an, und sagen Sie ihm, daß ich sein verdammtes Käseblatt kaufe und ihn feuere, wenn er noch einmal eine persönliche Meldung über mich bringt.«

Maria machte sich eine Notiz auf ihren Karteikarten. »Ich werde es ihm in genau diesen Worten sagen.«

»Dafür bezahle ich Sie. Und weil ich an Ihrem Tonfall hören kann, daß Sie anderer Meinung sind, da Barry ein so furchtbar netter Junge ist, der keiner Fliege etwas zuleide tun kann, so darf ich Sie daran erinnern, daß es Wortverdreher nie zu etwas bringen. Wenn Sie etwas tun, dann setzen Sie ihre Waffen ein.« Er wandte sich seinem Computer zu. Während der Unterhaltung hatte er 50 000 Dollar in Biggs Entertainment verloren. »Sonst noch etwas?«

»Nur noch eines. Ich würde es nicht erwähnen, wenn er nicht so nachdrücklich gewesen wäre.«

»Wer?«

»Offensichtlich handelt es sich um einen Witzbold.«

»Raus mit der Sprache!« forderte Nicholas.

»Nun, jemand rief vorhin an und wollte mit Ihnen zu Mittag essen. Ich versicherte ihm ...«

»Zum letzten Mal – wer, Maria?«

»Ein Mr. Butts«, antwortete sie. »Seymour Butts.«

Nicholas sah auf. Ein Grinsen zerrte an einem seiner Mundwinkel. Er ließ den Blick sinken, bis er geradeaus ins Leere starrte – durch all die Jahre hindurch.

»*Unter der Tribüne*«, sagte er halblaut zu sich selbst.

»Wie bitte?« fragte Maria. »Ich glaube, ich verstehe nicht ...«

»*Unter der Tribüne* von Seymour Butts.« Nicholas lächelte jetzt breit. »Ein falscher Buchtitel wie *Der gelbe Fluß* von I.P. Daley oder *Der Bruch* von Won Hung Lo. Maria, sagen Sie mein Mittagessen ab.«

»Aber Ihre Anwältin hat Unterlagen, die Sie ...«

»Reservieren Sie im City Club für Mr. Butts und mich, und sorgen Sie dafür, daß ich meinen Tisch kriege. Bestellen Sie Anwältin Marley, daß sie ihren Arsch heute nachmittag hier rüberschwingen soll. Dann unterschreibe ich den Papierkram. Sie ist sowieso schärfer, wenn sie noch nichts zu trinken gekriegt hat.«

Maria nickte und machte sich weitere Notizen auf ihren Karteikarten. Dann drehte sie sich um und ging auf die Tür zu. Ihre hohen Absätze klapperten auf dem Parkett.

»Maria?«

Sie blieb stehen und wandte sich um. »Ja?«

»Wenn ich es mir recht überlege, reservieren Sie besser nur auf meinem Namen.«

Maria nickte wieder, wandte sich erneut ab und verließ das Büro.

Nicholas lächelte noch immer, als sich die Tür mit einem lauten Klicken hinter ihr schloß.

Kapitel 4

Nicholas' Vormittag verging schnell wie immer. Nur wenn man Zeit hatte, innezuhalten und auf die Uhr zu sehen, verstrich die Zeit langsam.

Sein Tisch war für 12 Uhr 30 reserviert. Er verließ das Büro um 12 Uhr 15 und erreichte den City Club in Seacliff um 12 Uhr 25. Das Restaurant in dem Privatclub bot auf der einen Seite einen Blick über den Ozean, auf der anderen eine Aussicht über die Stadt. Von Nicholas' Tisch aus sah man über das Wasser. Als er in den 80er Jahren zum ersten Mal hergekommen war, hatte ihm der Gedanke gefallen, nach Japan »hinüberzusehen«, sozusagen dem damaligen Feind ins Auge. Als ob er ihm das Pech über 13 000 Kilometer und den Ozean hinweg an den Hals hätte wünschen können.

Nun ja, vielleicht hat es insgesamt funktioniert, dachte er und nahm Platz. Er legte sich die Serviette in den Schoß, bestellte einen Eistee, schob die Speisekarte zur Seite und begann, einen dicken Stoß Finanzberichte durchzusehen. »Mr. Butts« war für gewöhnlich pünktlich, aber Nicholas haßte sogar fünf Minuten verlorener Zeit. Zeit war Geld,

Geld war Macht, und Macht war alles. Es hatte eine Zeit gegeben, während der er sich überlegt hatte, in die Politik zu gehen. Mit Sicherheit besaß er dazu genügend Geld, verwertbare Verbindungen und eine ausreichend saubere Weste.

Sein Eistee kam. Durstig trank er, während er die Berichte überflog. Da heute nun einmal sein Geburtstag war, dachte er weiter über den Verlauf nach, den sein Leben genommen hatte.

Sogar als Gouverneur oder Präsident hätte er Kompromisse schließen müssen. Politiker arbeiteten mit einer Legislative, einem Kabinett oder mit Kollegen in Übersee zusammen. Als Leiter der Van-Orton-Gruppe war sein Wort Gesetz.

Die Kellnerin kam zurück. »Möchten Sie bestellen, Sir?«

»Nein, ich warte auf jemanden. Oder ist Ihnen der zweite Teller nicht aufgefallen?«

»Es tut mir leid, Sir.« Sie wandte sich ab.

»Entschuldigen Sie, Miß?«

»Ja, Sir?«

Mit einem Finger schob er das leere Glas in ihre Richtung. »Das war Eistee« – er blickte auf ihr Namensschild – »Christine.«

»Ich bitte um Entschuldigung, Sir.« Sie lächelte leicht irritiert. »Ich hole die Karaffe und fülle es wieder auf.«

»Tun Sie das. Und etwas weniger Eis, wenn ich bitten darf.«

»Selbstverständlich, Sir.«

»Ich meine Sie, Christine, nicht den Tee.«

Sie sah ihn an und ging, ohne etwas zu erwidern.

Nicholas wandte sich wieder seinen Berichten zu. Hätte das Mädchen für ihn gearbeitet, wäre sie nicht einfach wortlos gegangen. Gewerkschaften, Arbeitnehmerorganisationen und offizielle Überwachungskörperschaften oder ähnliches interessierten ihn nicht. Wenn seine Leute gut arbeiteten, wurden sie dafür belohnt. Wenn nicht, landeten sie im Abfalleimer. Er gab Hunderttausende von Dollar aus, um sich gegen Klagen wegen unberechtigter Entlassungen zur Wehr zu setzen. Das war für ihn eine Frage des Prinzips, und es ließ sich von der Steuer absetzen, warum zum Teufel also nicht?

Nicholas blickte auf seine Uhr. Halb eins. Er seufzte. In diesem Moment nieste jemand direkt hinter ihm. Ein Sprühregen landete in seinem Nacken.

»Verdammt noch mal!« rief er und zog damit die Blikke der anderen Gäste auf sich. Er sprang von seinem Stuhl auf und drehte sich um.

Er sah sich einem jungen Mann gegenüber, der einen Zerstäuber in der Hand hielt und ein schelmisches Lächeln aufgesetzt hatte. Er war einen Meter 75 groß, fünf Zentimeter kleiner als Nicholas, aber seine Schultern waren breiter und seine Figur athletischer. Das Haar war kurz geschoren, sein Gesicht rund, und er hatte das Gesicht seiner Mutter. Die Nase war stark gekrümmt, das Ergebnis mehrmaliger Brüche, die er sich im Footballteam der High-School zugezogen hatte. Damals hatte er sich noch um seinen Körper gekümmert – und genug Energie besessen, um etwas anderes als Niederlagen heimzubringen.

»Alles Gute zum Geburtstag, Nickie«, sagte Conrad.

Nicholas wischte sich mit einer Serviette das Wasser aus dem Genick.

Die Kellnerin kam mit der Karaffe Eistee.

»Oh, das sieht langweilig aus«, meinte Conrad. »Könnte ich bitte eine Bloody Mary bekommen?«

»Fragen Sie mich, Sir, oder den anderen Gentleman?« fragte die Kellnerin.

»So, so«, erwiderte Conrad, »Sie beide haben sich also bereits kennengelernt. Ich meine Sie, Madame, bitte.«

»Sofort, Sir«, gab sie zurück.

Nicholas ignorierte die spitze Bemerkung der Frau, jedenfalls für den Moment. Er würde dem Geschäftsführer eine E-mail schicken, sobald er wieder im Büro war. Er schüttelte den Kopf. »Seymour Butts – ich muß zugeben, Conrad, der ist immer noch gut.«

»Ich weiß.« Er grinste. »Es ist ein Klassiker.«

Conrad trat einen Schritt vor und umarmte seinen Bruder fest. Steif legte Nicholas seine Arme um die Schultern des jüngeren Mannes, löste sich dann aus der Umarmung und nahm wieder Platz. Geräuschvoll zog Conrad einen Stuhl heran und ließ sich hineinfallen.

»Nettes Restaurant.« Er fuhr mit beiden Daumen unter den Aufschlägen seines gelbbraunen Blazers entlang. »Sie haben mir ein Jackett gegeben.«

»Sie werden es zurückhaben wollen.«

»Und wenn schon, ich hab' ohnehin eins zu Hause. Zwar nicht in der gleichen Farbe, aber marineblau. Was soll ich denn mit zwei Sportsakkos?«

»Du?«

Nickend sah sich Conrad um. »Weißt du, ich erinnere mich daran, vor langer Zeit schon einmal hiergewesen zu sein.«

»Ich weiß, ich habe dich mitgenommen.«

»Nein, das meine ich nicht. Ich war allein. Der Chefkoch hat mir eine Unze Koks verkauft.«

»Tatsächlich? Wann?«

»Ich war noch auf dem College.«

»Auf welchem College?« fragte Nicholas. »Das, von dem du abgegangen bist, das, wo sie dich rauswarfen, oder das, an dem dir beides einmal gelungen ist?«

»Touché.« Conrad grinste.

Sein Drink kam, und die Kellnerin fragte, ob sie die Tagesspezialitäten hören wollten. Nicholas sagte ihr, daß sie in fünf Minuten wiederkommen solle. Er starrte seinen Bruder an.

»Also?« fragte Conrad und nahm einen Schluck. »Hast du mich vermißt?«

»Soweit man dich vermissen kann«, gab Nicholas zurück. »Um ehrlich zu sein, du siehst gut aus.«

»Du auch. Ich hab' mir Sorgen gemacht.«

»Um mich? Du hast dir *Sorgen* um mich gemacht?«

Conrad griff in seine Hemdtasche. »Ja.«

Nicholas kicherte.

»Wie lange ist es her?« fragte Conrad. »Seit Mutters Beerdigung? Zwei, zweieinhalb Jahre?«

Nicholas nickte.

»Die Zeit vergeht wie im Flug.« Conrad nahm eine Zigarette aus der Tasche.

»Ich dachte, du hättest aufgehört zu rauchen?«

»Hab' ich auch.« Conrad steckte sich die Zigarette in den Mund und beugte sich zu der Kerze vor, die auf dem Tisch stand. »Hat nicht lange angehalten.«

»Hier ist Rauchen verboten.«

»Was? Aber ich bin doch mit dir hier, mit Mr. Big Boß.«

»Das spielt keine Rolle. In allen Restaurants in Kalifornien ist Rauchen verboten.«

»Ich scheiß' auf Kalifornien.«

»Das habe ich auch schon mehrmals getan«, sagte Nicholas. »Trotzdem darfst du hier nicht rauchen.«

Conrad richtete sich auf. Er schob die noch nicht angezündete Zigarette in seine Tasche zurück. »Kein Problem, dann hör' ich eben wieder auf. Ich kann ja später wieder anfangen.« Conrad sah seinen Bruder an. »Und wie geht's dir?«

»Immer dasselbe.«

»Elizabeth?«

»Wir sind geschieden. Sie hat wieder geheiratet, einen Kinderarzt oder Gynäkologen oder Kindergynäkologen oder so etwas. Sie wohnen in Sausalito.«

»Schade, ich mochte sie.«

»Ich auch.«

»Dann bist du also ganz allein im Haus der Schmerzen?«

»Frauen kommen und gehen. Ilsa ist noch da.«

»Die geliebte Hunnin des armen McIver.«

»Sie ist gut und arbeitet hart. Wie sieht's denn bei dir aus? Wo wohnst du?«

»Mal hier, mal da. Ich habe meine neuen Adressen stets an dein Büro geschickt. Hast du meine Spur verloren?«

»Seit unserem letzten Familientreffen in der Rehaklinik hab' ich's aufgegeben, dein Nomadenleben zu verfolgen.«

Conrad senkte den Blick. »Nur zu deiner Erinnerung, Nickie: Nicht jeder ist überbezahlt. Und nicht jeder kann im Schatten eines Supererfolgreichen leben.«

Nicholas nahm einen großen Schluck Eistee. Er sah auf das gesenkte Haupt seines Bruders und dachte an das fröhliche Kind, das er am Vorabend in dem Film gesehen hatte. Ein Anflug von Mitleid überkam ihn, aber er erinnerte sich daran, daß Conrad ein Verlierer war. Er war ein gutmütiger Kerl, aber trotzdem ein Verlierer. Menschen wie er würden sich niemals ändern. »Was bringt dich her, Connie?« Nicholas' Stimme klang sanft, brüderlich. »Ist alles in Ordnung?«

Conrad zuckte die Achseln. »Klar.« Noch immer sah er nicht auf.

»Brauchst du etwas?«

Conrad schüttelte den Kopf.

»Bist du sicher?«

»Absolut.« Jetzt blickte Conrad seinen Bruder an. »Ich bin hier, weil ich nackt an einem Strand in der Nähe von Havanna lag und mir plötzlich einfiel: 12. Oktober. Das ist Nickies Geburtstag.«

»11. Oktober.«

»Ist doch scheißegal. Da bin ich, einen Eselsritt und vier Zwischenstops später. Nicht unbedingt in dieser Reihenfolge.« Er griff nach hinten und zog einen Umschlag aus seiner Gesäßtasche. »Hier, für dich.«

Nicholas nahm den Umschlag. Er schob einen Finger unter die Lasche. »Das wäre nicht nötig gewesen.«

»Du kennst mich doch, Nickie. Wenn ich was hab', geb' ich's aus. Deswegen hab' ich auch nicht viel.«

Nicholas zog die Karte heraus. Auf der Vorderseite war ein Geburtstagskuchen abgebildet. Als er die Glückwunschkarte aufklappte, fiel eine Visitenkarte heraus. Er hob sie vom Tisch auf. Darauf stand *Consumer Recreation Services* – »Erholungsdienst für Konsumenten«. Darunter waren eine Telefonnummer und eine Adresse angegeben. Keine Faxnummer oder Internetadresse. Er betrachtete die Geburtstagskarte. Es war nichts hineingeschrieben worden.

»Danke, Connie. Aber ich bin schon in einem Golfclub und besitze auch einen Squashschläger.«

»Ruf an.«

Die Oberflächlichkeit war aus Conrads Stimme verschwunden. Nicholas' Augen verengten sich. Er leerte seinen Eistee und sah seinen Bruder an. »Warum sollte ich das tun?« Er stellte das Glas ab.

»Weil sie Spaß in dein Leben bringen.«

»Spaß?«

»Du hast das Wort schon mal gehört. Bestimmt hast du auch schon Leute gesehen, die Spaß hatten.«

»Laß den Sarkasmus, Connie.«

»Na klar, großer Bruder. Alles, was du befiehlst. Es ist ein Unterhaltungsdienst.«

»Du meinst, ein Begleitservice?«

»Ich meine eine tiefgreifende Lebenserfahrung.«

Christine kam mit einer neuen Karaffe Eistee. Sie schenkte ein und hörte nicht auf, bis das Glas überlief.

»Passen Sie doch auf! Was zum Teufel tun Sie?« fuhr Nicholas sie an. Er griff nach der Serviette in seinem Schoß und warf sie auf die Pfütze, die auf den Tischrand zulief.

»Oh, ich bitte vielmals, vielmals um Entschuldigung!«

erwiderte Christine. »Ich hole Ihnen sofort eine neue Serviette.«

»Einen Moment noch«, sagte Nicholas. »Wir möchten zuerst bestellen ...« Doch Christine war bereits gegangen und verschwand schon hinter einer Tür. Verblüfft sah Nicholas seinen Bruder an. »Was sagst du dazu?«

Conrad zuckte mit den Schultern. »Hab' schon Schlimmeres erlebt.« Er deutete mit einem Daumen auf die Visitenkarte. »Sag mir, daß du anrufst.«

»Hab' ich doch schon.«

»Nein, hast du nicht. Du hast gefragt: ›Warum sollte ich das tun?'«

»Na schön, ich werde anrufen.« Einen Moment lang sah Nicholas seinen Bruder an. »Mußt du immer noch Medikamente nehmen?«

Conrad wirkte perplex. »Wieso? Warum fragst du mich das?«

»Weil du unnatürlich ruhig wirkst.«

»Ach ja?«

»Ja.«

»Das kommt dir vielleicht so vor, weil wir uns über zwei Jahre nicht gesehen haben. Das bin ich – mein neues Ich. Vielleicht bist du nur unnatürlich aufgedreht.«

Nicholas schob die Serviette zur Seite. »Reiß dich zusammen, Connie. Versuch nicht, mich zu verarschen.«

»Warum nicht? Ich bin wohl der chronische Verlierer, der sich mit niemandem unterhalten kann, ohne etwas Unangebrachtes zu sagen oder sich selbst zum Clown zu machen?«

»Soll schon vorgekommen sein.«

Conrads Schultern sackten nach unten. Geräuschvoll atmete er aus und schüttelte den Kopf. »Gegen dich habe ich keine Chance, nicht wahr?«

»Red nicht so. Ich hab' es nicht so gemeint, wie es klang. Es tut mir leid. Ich freue mich wirklich, dich zu sehen.«

Conrad lehnte sich über den Tisch nach vorne und sah seinen Bruder an. »Wenn du wirklich wissen willst, wie es mir geht – also, es geht mir gut. Ich nehme nichts mehr. Ich gehe nicht mal mehr zu einem der Quacksalber. Ich fühle mich großartig.«

Die Kellnerin kam zurück. Sie hatte keine neue Serviette dabei. »Möchten die Gentlemen jetzt bestellen?«

»Noch nicht.« Conrad sah sie an. »Wie wäre es, wenn ich mit meiner Gabel an das Glas klopfe, wenn ich soweit bin?« fragte er ein wenig verärgert.

»Sie könnten auch mit der Kerze Rauchzeichen geben.« Fröhlich drehte sie sich um und ging.

»Ich aber nicht!« rief Nicholas hinter ihr her. »Meine Scheißserviette ist durchnäßt!«

Die Kellnerin verschwand erneut.

Immer noch sah Conrad seinen Bruder an. Mit dem Kinn deutete er auf die Visitenkarte. »Wie dem auch sei, jedenfalls dachte ich, daß es dir gefallen würde. Mir hat's Spaß gemacht. Es war das Beste, was mir je passiert ist.«

Nicholas wandte sich wieder seinem Bruder zu. »Ich rufe an, okay?«

»Nicht für mich. Tu's für dich.«

»Ich rufe an, für mich. *Okay*, verdammt noch mal?«

Conrad nickte.

Nicholas sah auf die Karte hinab. »Unterhaltung. Meine Güte, Connie, ich ... Du weißt, daß ich Überraschungen hasse.«

»Ich weiß.« Conrad nahm seine Salatgabel und schlug damit zweimal an sein Wasserglas. Während er schief grinste, kamen Kellner, Kellnerinnen und Serviergehilfen aus dem Raum, wohin Christine verschwunden war. Sie sangen *Happy Birthday* und brachten einen kleinen Kuchen mit brennenden Kerzen.

Nicholas sah seinen Bruder an. Conrad erhob sich und stimmte in den Gesang ein, die anderen Gäste im Speisesaal ebenfalls.

»Dafür bringe ich dich später um«, zischte Nicholas zwischen den Zähnen hindurch, als der Kuchen vor ihm auf den Tisch gestellt wurde.

Für den Moment allerdings zwang er sich zu einem Lächeln und ließ seinem Bruder diesen Spaß auf seine Kosten. Er sollte sein kleines Spiel spielen dürfen ...

Kapitel 5

Morgens fuhr Nicholas gern schnell und hörte temporeiche klassische Musik. Damit brachte er seinen inneren Motor auf Touren, putschte sich für die tägliche Jagd auf. Dagegen war die abendliche Heimfahrt eher ein langsames Ausklingenlassen des Geschäftstages. Dann fuhr er meist gemächlich und arbeitete am Funktelefon. Jetzt klangen aus den vier Lautsprechern im Wagen leise ruhige Nocturnes von Chopin.

Die Sonne verlieh dem dämmernden Tag eine gedämpfte Hitze. Die alten viktorianischen Häuser zu beiden Seiten der Straße lagen in tieforangefarbenem Licht. Hin und wieder wurde die Reihe erhabener Fassaden von gläsernen, hochaufragenden Wohnanlagen unterbrochen. Die Anwesen – alle mit einem Wert von über einer Million Dollar – nahmen der teuren Gegend zwar etwas von ihrem Charme, boten aber einen unvergleichlichen Blick über die Bucht und auf die Stadt.

Nicholas spitzte die Ohren, während ihm Emiko Kochi die morgendlichen Kurse aus Tokio durchgab.

»... den Rentabilitätsbericht gesehen. Weder hier noch in Hongkong ist man über diese Zahlen ausgesprochen glücklich.«

»Dann stellen Sie sich nur mal vor, um wieviel unglücklicher *ich* bin. Schließlich ist es mein Portemonnaie, das einen Blutsturz erleidet.«

»Soweit ich es überblicken kann, Nicholas, gibt's nur einen Ausweg.«

Nicholas knirschte mit den Zähnen. »Ich stimme Ihnen zu.«

»Dann werden Sie mit Anson ins Geschäft kommen?«

»Ja.« Das Wort blieb ihm fast im Halse stecken.

»Sehr gut«, befand Emiko. »Ich werde versuchen, es so schmerzlos wie möglich zu gestalten.«

»Deswegen arbeiten wir beide miteinander, Emi.«

»Ach wirklich? Und ich dachte all die Jahre lang, daß Sie sich nur dazu durchringen konnten, weil Sie zweisprachige Frauen mögen.«

»Das kommt noch dazu. Wir sprechen uns morgen wieder.«

»Okay, Nicholas. Schlafen Sie gut.«

»Das habe ich vor.«

Nicholas unterbrach die Verbindung und ließ das Handy auf den Beifahrersitz fallen. Dann drehte er die Lautstärke des CD-Players auf. Opus 9, Nummer 2 lief. Dieses Nocturne, das Meisterstück des Pianisten Eddy Duchin, mochte Nicholas am liebsten. Seine Mutter hatte davon eine Aufnahme besessen und sie oft abgespielt. Mehr als durch jede andere Musik fühlte er sich durch dieses stimmungsvolle Nachtstück in seine Kindheit zurückversetzt …

Er bog nach links ab, in Richtung von Queen Anne und English Tudors, die jetzt allmählich in Sicht kamen. Die meisten Gebäude waren restauriert worden, aber einige hatten das Erdbeben und den Brand von 1906 überlebt.

Überlebt, dachte er. Der Klang des Wortes gefiel ihm.

Nicholas erinnerte sich lebhaft daran, wie er dieselben Straßen an einem Tag im Jahre 1959 entlanggefahren war. Damals war er zehn Jahre alt gewesen und hatte still im Fond des Kombis der Familie hinter dem Chauffeur gesessen. Seine mit Schulbüchern vollgestopfte

Tasche hatte neben ihm gestanden, während Conrad auf der Ladefläche herumgeturnt und sich vorgestellt hatte, daß er sich auf einem Floß mitten im Ozean befände.

Weiter vorn tauchte das Anwesen der Van Ortons auf, genau wie damals. Neben dem CD-Player des BMW befand sich eine Tastatur. Nicholas gab den Code »VEJB« für »viktorianische Eleganz in jedem Block« ein – er benutzte niemals Password-Kombinationen wie »VANO« oder »1949«, die jeder hätte erraten können –, und das Tor schwang langsam auf. Abwartend legte er die Stirn in Falten, als die Erinnerung zurückkehrte ...

Damals hatte es noch kein Tor gegeben. Ihm fiel das Wohlbehagen wieder ein, das er immer empfunden hatte, wenn der Kombi um die Steinsäulen der Einfahrt gebogen war und das Haus in Sicht kam. Stets hatte der Fahrer seinem Bruder und ihm einen schönen Tag gewünscht, bevor sie aus dem Auto sprangen. Doch einmal war Nicholas nach Hause gekommen und hatte in seinem Inneren eine unerklärliche Kälte gefühlt. Das war an jenem besagten Tag im Jahre 1959 gewesen. An *dem* Tag, seinem zehnten Geburtstag. Sein Bruder und er waren an den Rosensträuchern, die den Weg säumten, vorbeigerannt, und Conrad hatte angehalten, um auf einen Baum zu klettern. Es sei der Mast seines Floßes, hatte er gerufen. Nicholas war weiter auf das Haus zugelaufen. Aufblickend hatte er seinen Vater am Rand des Daches stehen gesehen. Er hatte seinen blauen Bademantel getragen und in den Himmel gestarrt.

Nicholas war stehengeblieben und hatte seinem Vater zugewunken. Aber Van Orton senior hatte ihn nicht bemerkt, sondern nur mit ausdruckslosem Gesicht in die Höhe gestarrt. Auch Nicholas hatte nach oben gestarrt, und sein Gesicht war ebenfalls ausdruckslos geworden ...

Das Tor stoppte. Nicholas legte die Automatik ein und trat das Gaspedal leicht nach unten. Der Wagen glitt unter dem Torbogen hindurch.

Ilsa kam aus der Küchentür. In etwa 200 Meter Entfernung hinter ihr lag das Gästehaus, in dem sie seit nunmehr fast 49 Jahren lebte. Sie blieb stehen und wartete, während Nicholas parkte und ausstieg.

»Ihr Abendessen ist im Ofen«, sagte sie, als er sich dem Garten näherte.

»Vielen Dank. Gute Nacht.«

»Gute Nacht.« Sie wandte sich ab, um zu gehen.

Nicholas erreichte die gläserne Schiebetür und hielt inne. »Heute nachmittag habe ich Conrad getroffen«, sagte er.

Ungefähr zehn Meter von ihm entfernt blieb Ilsa ebenfalls stehen. Sie drehte sich um, ohne daß ihr Gesicht in den Schatten der Dämmerung zu erkennen war. »Wirklich? Wie geht es ihm?«

»Gut, denke ich. Anscheinend nimmt er an einem neuen psychologischen Programm zur Persönlichkeitsförderung teil.«

Ilsa wirkte ein wenig verunsichert. »Das ist schön«, sagte sie. Sie hatte Conrad immer sehr gemocht, ihn eigentlich sogar favorisiert. Ilsa war ernst, Conrad lustig, und bekanntlich ziehen sich Gegensätze an. »Bestellen Sie ihm liebe Grüße, wenn Sie ihn das nächste Mal sehen«, fügte sie hinzu.

»Ich war bereits so frei.«

»Danke. Also, dann nochmal gute Nacht. Und alles Gute zum Geburtstag.«

Nicholas nickte, und Ilsa ging davon.

Einige Sekunden lang stand er allein in der Dunkelheit. Zum ersten Mal seit dem Morgen empfand er ein Gefühl von Ruhe in sich. Es war ein angenehmes Gefühl.

Kapitel 6

Nicholas nahm die Topflappen und zog den Teller mit seinem Abendessen aus der Mikrowelle. Er stellte ihn auf ein wartendes Tablett neben eine Champagnerflöte und einen kleinen Kuchen, in dessen Schokoladenguß eine Geburtstagskerze steckte. Der riesige Cheeseburger und die knusprigen, handgeschnittenen Pommes frites waren heiß und sahen appetitlich aus. Er liebte es, einen langen Tag so zu beenden. Vorsichtig trug er das Tablett in seine höhlenartige Bibliothek.

Der Champagnerkübel wartete neben dem tiefgepolsterten Lehnstuhl. Er stellte das Tablett auf den Mahagonitisch neben dem Stuhl, genau zwischen das Telefon und die drei Fernbedienungen – eine für den Fernseher, eine für den Videorecorder und eine für den digitalen Videodiscplayer. Während er sich setzte, nahm er die TV-Fernbedienung und richtete sie auf den großen Fernseher in der Ecke. CNN lief. Er legte sich eine Stoffserviette auf den Schoß und aß den Cheeseburger, während er auf die Börsennachrichten wartete. Dann öffnete er die Champagnerflasche und schenkte sich ein. Ohne jemandem zuzuprosten nahm er einen Schluck und stellte das Glas wieder ab. Er schloß die Augen.

Als das Telefon klingelte, schreckte er auf. Er blickte auf seine Armbanduhr. Es war 23 Uhr 40. Er hatte über vier Stunden geschlafen! Nachdem er die Stummtaste auf der Fernbedienung gedrückt hatte, betätigte er die Lautsprechertaste des Telefons.

»Hallo?« fragte er müde.

»Herzlichen Glückwunsch zum Geburtstag, Nick.«

Nicholas richtete sich auf. »Elizabeth.« Er spülte sich den Mund mit einem Schluck warmem Champagner. »Wie geht es dir?«

»Sehr gut. Hattest du einen schönen Geburtstag?«

»Wie man's nimmt. Connie hat mich heute in die Mangel genommen.«

»Connie? Ich mochte ihn immer gern.«

»Ich weiß. Dieses Jahr hast du es also fertiggebracht, mich an den Apparat zu bekommen.«

»Ich wollte es unbedingt schaffen, weil ich dachte, daß es diesmal besonders schwer für dich sein könnte.«

»Es ist ein Geburtstag wie jeder andere.« Nicholas nahm noch einen Schluck Champagner. *Warum belüge ich sie?* fragte er sich. *Wir sind nicht mehr verheiratet.*

»Ich verstehe«, sagte sie. »Dabei dachte ich, daß es heute anders sein könnte – wegen deines Vaters.«

»Daran hatte ich nicht gedacht«, log er. Van Orton senior war 48 Jahre alt gewesen, als er an jenem Tag 1959 auf dem Dach die Arme ausgebreitet hatte, in die Knie gegangen und seinem Sohn ins Leere entgegengesprungen war. Nicholas hatte stumm zugesehen und sich erst in dem Moment abgewandt, als sein Vater mit einem lauten Geräusch weniger als zwei Meter von ihm entfernt auf dem Steinweg aufgeschlagen war. Von hinten hatte Conrad aus dem Baumwipfel heraus laut *Daaaaddy!* geschrien. »Aber du hast recht«, sagte Nicholas jetzt. »Dad war 48. Meine Güte, danke, daß du mich daran erinnerst, Elizabeth. Vielleicht können wir im Büro eine kleine Wette organisieren. ›Wird Nicholas Van Orton vom Dach des Van-Orton-Gebäudes springen, bevor er 49 wird?'«

»Nick, hör auf.«

»Nein, wirklich. Wir könnten eine Annonce in die Zeitung setzen. Die ganze Stadt kann mitspielen.«

»Warum rufe ich dich überhaupt an?« fragte Elizabeth angewidert.

»Ehrlich gesagt, ich weiß es auch nicht, Liz. Hör zu, ich bin müde. Bestell Doktor Mel und Rachel meine besten Grüße.«

»Sie wird einen kleinen Bruder bekommen. Wir haben

soeben das Ergebnis der Ultraschalluntersuchung erhalten.«

»Damit seid ihr dann eine echte Kernfamilie. Du mußt sehr glücklich sein.«

»*Wir* sind glücklich.«

Nicholas lächelte dünn. Elizabeth spielte gezielt die Familienkarte gegen ihn aus. Es war die Karte, die er nie in die Hand hatte bekommen wollen. »Also dann«, sagte er. »Danke für deinen Anruf.«

»Ja, es ist spät. Ich sollte dich zu Bett gehen lassen.«

»Paß auf dich auf.«

»Und du auf dich, Nicholas. Ich meine es ernst.«

»Mhm. Viel Glück mit dem Baby. Ciao.«

Mitten in Elizabeths »Ciao« schaltete er den Lautsprecher des Telefons aus. Dann drückte er erneut auf die Stummtaste des Fernsehers und rieb sich die Augen. Er lockerte seine Krawatte und spürte dabei eine Visitenkarte in seiner Hemdtasche – die Karte, die Conrad ihm gegeben hatte. Er nahm sie heraus und betrachtete sie.

Consumer Recreation Services.

Sie sorgen für Spaß in deinem Leben, hatte Conrad gesagt. *Eine tiefgreifende Lebenserfahrung. Das Beste, was mir je passiert ist.*

Nicholas sah zu der gewölbten Decke hinauf. Conrad hatte immer am Rande des Abgrundes gelebt, ob er nun auf einen Baum geklettert oder nach Kuba gegangen war. Wenn er Wörter wie »tiefgreifend« und »das Beste« benutzte, dann mußte man sich den Tag im Kalender anstreichen.

»Also gut, Connie«, sagte Nicholas laut zu sich selbst. »Ich spiele dein Spiel.« Er stand auf, ließ seinen Mittelfinger vom Daumen aus gegen die Karte schnellen und nahm sich vor, am nächsten Morgen anzurufen.

Kapitel 7

Doch Nicholas rief nicht an.

Am nächsten Morgen spielte er Squash mit zwei neuen Partnern bei einem komplexen, abgekarteten Firmenaufkauf. Im Dampfbad begannen sie, über das Geschäft zu reden, unterhielten sich weiter, während sie die 5th Street entlanggingen, und hörten nicht auf, bevor sie den Aufzug im Bürogebäude seiner Partner erreichten. Zusammen mit den beiden Männern stieg Nicholas vor deren Geschäftsräumen im 21. Stock aus.

»Wir verstehen uns also?« fragte er leise, als sie sich vom Aufzug entfernten.

»Ja«, antwortete der eine.

»Arbeiten Sie es auf dem Papier aus, dann können Sie mit meiner vollen Unterstützung rechnen.«

»Geht in Ordnung«, sagte der Mann. »Wir sprechen uns bald wieder.«

Sie schüttelten einander die Hände, und die beiden Manager gingen weiter den Flur entlang. Nicholas wandte sich um und kehrte zum Fahrstuhl zurück. Er drückte auf den Knopf. Während er wartete, sah er sich um. Hinter ihm befand sich eine Wand aus durchsichtigem Glas, auf der in großen goldenen Buchstaben die Initialen »CRS« prangten.

»Das ist unmöglich«, sagte er halblaut zu sich selbst.

Er trat ein paar Schritte vor und spähte durch das Glas. Eine Rezeptionistin saß an einem Schreibtisch aus Plexiglas und sprach in ein Kopfhörermikrofon. Hinter ihr gingen Angestellte durch die Büronischen. Elektriker und Telefoninstallateure arbeiteten auf Knien hinter und um einen Wasserbehälter herum.

Nicholas nahm die Visitenkarte aus seiner Brieftasche. »Ich will verdammt sein«, murmelte er. Es war dieselbe Adresse. Dies mußte das Büro von *Consumer Recreation Services* sein. Er blickte auf seine Armbanduhr. Eigentlich hatte er keine Zeit. *Ach, was zum Teufel soll's?* dachte er. Jetzt war er schon einmal hier. Er drückte die Tür auf und ging auf den Schreibtisch zu.

»... das ist nicht gegen Sie persönlich gerichtet«, sagte die junge, hübsche Rezeptionistin in das Telefon.

Nicholas zeigte ihr die Karte. »Sind Sie *Consumer Recreation Services?*«

Mit klaren blauen Augen blickte sie zu ihm auf. »Einen Moment«, flüsterte sie ihm zu, während sie lächelnd die Karte nahm. Dann wandte sie sich wieder dem Telefonat zu. »Wir hoffen, Ihnen keine Unannehmlichkeiten bereitet zu haben. Vielen Dank für Interesse an C.R.S.« Sie unterbrach die Verbindung und wandte sich um eine halbe Körperdrehung nach hinten. »Mr. Feingold?« rief sie. »Könnten Sie diesem Gentleman hier helfen?«

Hinter ihr bezahlte ein fast kahlköpfiger Mann in mittleren Jahren soeben einen Botenjungen von New Moon Cafe. Der Junge ging, und Mr. Feingold kam herüber. Er nahm die Karte von der Rezeptionistin entgegen, schob sie in die Hand, in der er die Tüte mit dem Essen hielt, und streckte seine freie Hand aus.

»Guten Tag«, sagte er. »Ich bin Jim Feingold, stellvertretender Geschäftsführer und Leiter der Abteilung Technik und Datenanalyse.«

»Guten Tag, Nicholas Van Orton«, erwiderte Nicholas förmlich. »Mr. Feingold, ich bin nicht ganz sicher, worum es hier geht, oder wie es funktioniert. Mein Bruder ...«

»Halten Sie den Gedanken für einen Augenblick fest«, unterbrach ihn Feingold und drehte die Karte um. »Aha. Hier steht alles.«

»Wie bitte?« fragte Nicholas. Seine Handfläche, in der er den Griff seines Aktenkoffers hielt, wurde feucht. Er hoffte, daß die Arbeiter die Klimaanlage einrichteten. Es war zu warm hier drinnen.

Feingold deutete auf die Rückseite der Karte, an deren einem Rand vier Ziffern aufgedruckt waren. »Mehr brauchen wir für den Anfang nicht.« Er streckte seinen Arm in Richtung eines Korridors aus. »Wenn Sie mir folgen wollen, Mr. Van Orton.«

»Um ehrlich zu sein, Mr. Feingold, ich bin nicht sicher, ob ich dazu momentan die Zeit habe.«

Feingold lächelte und ging voraus. Nicholas sah die Rezeptionistin an, die bereits einen weiteren Anruf entgegengenommen hatte. Er seufzte und dachte erneut: *Zum Teufel, was soll's?* Jetzt war er schon mal hier. Tief einatmend, folgte er Feingold.

Mindestens zwei Dutzend Büronischen säumten den Mittelgang. Adrette Angestellte – alle in weißen Hemden oder Blusen und schwarzen Hosen oder Röcken – kamen daraus hervor oder gingen hinein. Die meisten waren in Eile. Nicholas sah einige Kunden, die mit versteinerten Gesichtern auf Stühlen neben Schreibtischen saßen.

Wieder dachte er: *Zum Teufel, was soll's?* Aber diesmal hatte die Frage mehr den Sinn von: *Was zum Teufel tue ich hier?*

»Bitte entschuldigen Sie das Tohuwabohu«, bat Feingold über die Schulter hinweg und schwang die Essenstüte neben sich. »Wir stecken mitten im Umzug.«

»Das dachte ich mir.«

»Irgendwo hier habe ich ein Büro – ah, dort ist es.«

Neben der letzten Nische hielt er an. Zu beiden Seiten des türlosen Eingangs standen jeweils zwei offene Kisten. Sie waren mit Unterlagen und Aktenordnern vollgestopft.

Feingold reichte Nicholas die Tüte mit dem chinesischen Essen. »Würden Sie das für einen Augenblick halten?« bat er.

Nicholas verzog das Gesicht, während er die schmierige Tüte nahm.

»Falls Sie hungrig sind, Mr. Van Orton, greifen Sie ruhig zu. Ich bestelle sowieso immer viel zuviel.«

»Nein, herzlichen Dank«, antwortete Nicholas.

»Sind Sie sicher? Das New Moon Cafe ist das beste Restaurant in Chinatown.«

»Falls ich es mir anders überlege, lasse ich es Sie wissen.« Nicholas blickte auf den an die Tüte gehefteten Speisenzettel. Auf dessen oberen Rand war ein großer, grinsender Drache gedruckt. Die Figur erinnerte ihn an Cecil, die seekranke Seeschlange aus dem Zeichentrickfilm, den Conrad und er gern im Fernsehen angeschaut hatten, als sie Kinder gewesen waren. *Wie passend,* fand er, *daß mich Feingold an Cecils Partner Beany erinnert.* Er beobachtete den stellvertretenden Geschäftsführer der Abteilung Technik und Datenanalyse, der Formulare aus verschiedenen Ordnern nahm. »Wird es sehr lange dauern?« fragte er ungeduldig.

»Nein, nein, keine Sorge.« Feingold richtete sich auf und lächelte stolz. »Jetzt habe ich alle erforderlichen Unterlagen. Wollen Sie nicht eintreten?«

Feingold ging voraus und legte die Papiere auf seinen Schreibtisch neben den Computer. Anschließend nahm er Nicholas die Tüte aus der Hand und auf einen Stuhl neben dem Schreibtisch. Zögernd setzte sich Nicholas.

Feingold öffnete die Tüte, zog eine Schachtel mit süßsaurem Schweinefleisch heraus und riß die Verpackung der Eßstäbchen auf. Nicholas bemerkte denselben stilisierten Drachen auf dem Behälter. *Wie schön für das New Moon Cafe,* dachte er, *daß man inzwischen weiß, wie wichtig Corporate Identity auch für kleine Unternehmen ist.*

Feingold öffnete den überquellenden Karton. »Seit ich einmal angefangen habe, Stäbchen zu benutzen, verwende ich kaum noch etwas anderes zum Essen. Das ist jetzt zehn Jahre her. Ganz schön verrückt, was?«

»Absolut.«

»Aber vielleicht liegt es auch nur daran, daß ich fast ausschließlich chinesisch esse.«

Nicholas blickte demonstrativ auf die Uhr. »Mr. Feingold, können wir weitermachen?«

»Selbstverständlich.« Feingold beugte sich über den Behälter und schob sich eine Ladung Nudeln in den Mund. Dann richtete er sich auf, legte die Stäbchen in das süß-saure Schweinefleisch zurück und wandte sich der Tastatur zu. »Mal sehen«, sagte er kauend. »Das war V-a-n ... O-r-t-o-n. Richtig?«

Nicholas nickte.

»Wunderbar. Jetzt ...« Feingold verstummte, während er die Ziffern von der Rückseite der Visitenkarte abtippte. Er drückte die Eingabetaste, lehnte sich zurück und wartete, bis eine Datei auf dem Bildschirm erschien. »Wie ich sehe, handelt es sich um ein Geschenk von Conrad Van Orton.«

»Das ist richtig.«

»Hm. Sehr interessant.«

»Was?«

Feingold fischte ein Stück Schweinefleisch aus dem Karton und steckte es sich in den Mund. Er kaute geräuschvoll. »Ihr Bruder war Kunde unserer Londoner Niederlassung.«

»Warum ist das interessant?«

»Nein, das meine ich nicht. Aber sehen Sie, wir führen so eine Art informeller Bewertung durch. Seine Zahlen waren hervorragend.«

»Seine Zahlen?«

»Ja.« Feingold schob Nicholas den Karton zu, während er ununterbrochen auf den Bildschirm sah. »Sind Sie sicher, daß Sie nichts essen wollen?«

»Ganz sicher. Ich kann Ihnen nicht folgen. *Welche* Zahlen waren hervorragend?«

»Die Ihres Bruders.« Feingold schien die Antwort für selbstverständlich zu halten.

Für einen Moment kam sich Nicholas sehr dumm vor.

»Also schön«, sagte Feingold. »Bevor wir weitermachen, müssen Sie das hier ausfüllen.« Er gab Nicholas den dünnen Stapel Papiere, die er zuvor aus dem Kasten gezogen hatte. »Haben Sie was zum Schreiben?«

»Ja.« Nicholas sah auf das erste Formular, während er seinen Aktenkoffer aufschnappen ließ und seinen Füllfederhalter herauszog. »Was genau soll ich ausfüllen?«

»Den Antrag, die psychologischen Tests M.M.P.I. und T.A.T. Was den Fragebogen zu ihrer wirtschaftlichen Situation angeht, da müssen Sie nichts ausfüllen, was Sie nicht angeben wollen.«

»Ich werde nicht …«

»In jedem Fall müssen wir einen T.R.W. machen.«

Ich muß in einen Film geraten sein, dachte Nicholas. Die Situation war so bizarr, so irreal, daß er unbedingt wissen wollte, wohin sie führte. Er schloß den Aktenkoffer, legte ihn auf seine Oberschenkel und die Formulare darauf. Zuerst füllte er die persönlichen Daten in der oberen linken Ecke aus – Name, Adresse, Telefonnummer, Alter, Familienstand –, dann las er die erste Frage laut.

»'Ich quäle manchmal kleine Tiere – wahr oder falsch?'« Er sah Feingold an, der durch die Datei auf dem Bildschirm blätterte und sein Schweinefleisch aß. »Was soll das?«

Feingold sah herüber. »Die erste Seite des psychologischen Profils.«

Nicholas sah wieder nach unten und las die zweite Frage. »›Ich fühle mich schuldig, wenn ich masturbiere …‹ Was ist das für ein Mist?«

Feingold hob verschämt die Schultern. »Ich habe die Fragen nicht erfunden, ich überprüfe nur die Antworten.«

»Wozu?«

»Um einen Eindruck von den allgemeinen Fähigkeiten, Neigungen, Stärken und Schwächen eines möglichen Kunden zu erhalten.«

»Ja, aber *wozu* das alles? Was verkaufen Sie und Ihre Firma?«

Feingold wirkte überrascht. »Wissen Sie das denn nicht?«

»Würde ich dann fragen?«

»Wahrscheinlich nicht. Es tut mir leid, ich dachte, Sie wüßten es.« Feingold schob sein Mittagessen zur Seite, faltete seine schlaffen Hände auf dem Schreibtisch und setzte eine etwas professionellere Miene auf. Hätte er ein schlechtsitzendes Toupet aufgehabt, dachte Nicholas, dann hätte er einen typischen, mittelmäßigen Versicherungsvertreter abgegeben. »Mr. Van Orton, wir verkaufen – ein Spiel.«

»Ein Spiel?«

»Ja. Ein Spiel, das für jeden Teilnehmer individuell ausgearbeitet wird. Stellen Sie es sich wie eine große Ferienreise vor, mit dem Unterschied, daß Sie sie nicht antreten, sondern daß die Reise zu Ihnen kommt.«

»Das verstehe ich nicht. Was kommt zu mir?«

»Es ist jedesmal anders.«

»Machen Sie mir die Freude, und langweilen Sie mich mit Einzelheiten«, drängte Nicholas.

»Wir liefern alles, was fehlt.«

»Und wenn nichts fehlt?«

Feingold grinste und sah ihn an, als wollte er fragen: *Gibt es das?*

»Ich meine«, fuhr Nicholas fort, »glauben Sie ernsthaft, daß ich an irgend etwas teilnehme, ohne genaueres darüber zu wissen?«

Noch immer grinste Feingold. »Darf ich zwei Vorschläge machen?«

»Nur wenn mindestens einer davon die Worte enthält: ›Auf Wiedersehen, Mr. Van Orton.‹« Nicholas steckte seinen Füller zurück, legte die Unterlagen auf den Schreibtisch und stand auf. »Auf Wiedersehen, Mr. Feingold.«

»Mr. Van Orton, Sie sind ein äußerst erfolgreicher Geschäftsmann.«

»Das stimmt.« Nicholas wandte sich zum Gehen. »Und

das bin ich nicht dadurch geworden, daß ich mich blindlings auf irgendwelche Abenteuer eingelassen habe.«

»Exakt. Sie gehen bei Ihren Geschäften Schritt für Schritt vor. Genau das sollten Sie hier auch tun, Mr. Van Orton.«

Nicholas hielt inne und wandte sich wieder Feingold zu. Das Grinsen war verschwunden, und die Augen des stellvertretenden Geschäftsführers blickten plötzlich erstaunlich ernst.

»Also gut«, sagte Nicholas, »schießen Sie los. Welche zwei Vorschläge haben Sie zu machen?«

»Erstens: Ich hoffe, daß Sie zumindest vor sich selbst zugeben, daß das alles spannend klingt. Zweitens: Sie sollen wissen, daß Sie nichts heute entscheiden müssen. Machen Sie die albernen Tests, füllen Sie die blöden Formulare aus, und beantworten Sie die dämlichen Fragen. Eines Tages beginnt das Spiel. Sie werden es entweder lieben oder hassen. Wir sind wie die Probemitgliedschaft in einem Buchklub. Sie können jederzeit ohne weitere Verpflichtung aussteigen.« Wieder lächelte er, diesmal warmherzig. Seine Augen wurden sanfter. »Das war mein Angebot. Auf Wiedersehen, Mr. Van Orton. Oder ...« Feingold nahm einen Kugelschreiber, drückte die Mine heraus und bot ihn Nicholas an.

Seitlich an der grünen Hülse bemerkte Nicholas die winzigen goldenen Buchstaben C.R.S. Sein Blick suchte die Papiere auf dem Schreibtisch. Er sah einmal mehr auf seine Armbanduhr. »Wie lange wird es dauern?«

»Höchstens eine Stunde für die Formulare, vielleicht eine weitere für die physische Untersuchung.«

»Eine physische Untersuchung?«

»Nur ganz oberflächlich. ›Wenden Sie ihren Kopf ab, und husten Sie', so in der Art. Das kennen Sie doch. Es wird wirklich nicht lange dauern.«

Nicholas sah Feingold an. Dann seufzte er, nahm den Kugelschreiber und setzte sich wieder.

»Vielen Dank«, sagte Feingold.

Nicholas zog die Unterlagen erneut auf seinen Aktenkoffer. Während er laut las, hakte er die Kästchen ab. »'Ich habe oft das Gefühl, verfolgt zu werden – wahr oder falsch? Ich hasse Gemüse – wahr oder falsch? Gemüse haßt mich – wahr oder falsch?'«

Links von Nicholas widmete sich Mr. Feingold wieder seinem chinesischen Mittagessen, während er den Computerbildschirm betrachtete. In einem hatte er sich getäuscht: Nicholas fand »das alles« nicht spannend. Ihn interessierte vielmehr herauszufinden, wie weit seine eigene Bereitschaft, an einem derart entwürdigenden Verfahren teilzunehmen, gehen würde. Während er die Formulare ausfüllte, kam ihm in den Sinn, daß er das alles vielleicht nur tat, um Conrad etwas zu beweisen. Vielleicht wollte er seinem Bruder beweisen, daß Conrad nicht der einzige war, der sich traute, auf einen Baum zu klettern, durch den Südpazifik zu segeln oder von einem Tag auf den anderen zu leben.

Vielleicht wollte er Conrad zeigen, daß Nicholas Van Orton Mut besaß.

Und – also gut Mr. Feingold – vielleicht wollte er dasselbe auch Nicholas Van Orton beweisen.

Kapitel 8

Nicholas verbrachte weniger als eine Stunde mit dem Papierkram, aber mehr als eine Stunde mit dem Rest der »Invasion in seine Intimsphäre«, für die er den ganzen Vorgang mittlerweile hielt.

Schließlich wurde er gebeten, Kopfhörer aufzusetzen und verschiedenen Signaltönen zu lauschen. Er sollte einen Finger der linken Hand für jeden tiefen Summton, einen Finger der rechten für jeden hohen Piepser heben.

Die Töne kamen ohne erkennbares Muster aus beiden Ohrmuscheln – manchmal erklangen zwei hohe Signale aus der rechten, gefolgt von einem tiefen, dann einem hohen und einem tiefen Ton hintereinander aus der linken. Er vermutete, daß damit seine Fähigkeit getestet wurde, die linke und die rechte Hand unabhängig davon unter Kontrolle zu behalten, daß seine Ohren in die Irre geführt wurden.

Danach wurde er aufgefordert (man *bat* ihn jetzt nicht mehr), einen Papierkittel anzuziehen, und in ein Labor geführt. Dort schloß man ihn an Elektroden und Kabel an. Seine Herzschläge und Gehirnströme wurden auf Monitoren und Ausdrucken überprüft. Nicholas nahm die Entwürdigungen nicht nur deshalb in Kauf, weil er bereits so tief in der Sache drinsteckte, sondern auch, weil er sehen wollte, wie weit sie gehen würden. Aber er fragte nach einem Telefon. Die junge Krankenpflegerin brachte ihm eines und fuhr dann damit fort, eine Blutdruckmanschette an seinem Arm zu befestigen. Während sie arbeitete, tippte Nicholas die Nummer von Maria ein.

»Nicholas!« sagte sie erstaunt, nachdem er sich gemeldet hatte. »Wo stecken Sie?«

»Ich wurde unerwartet festgehalten.« Er blickte auf die Manschette an seinem Arm. »Bitte sagen Sie alle Verabredungen für heute morgen ab, und legen Sie sie auf Mittwoch. War sonst noch was los?«

»Mr. Sutherland hat wegen des Baer/Grant-Verlages angerufen. Er meinte, es sei dringend, daß Sie ...«

»Morgen. Warten Sie auf mich, Maria, ich komme bald ins Büro.« Nicholas unterbrach die Verbindung und wandte sich der Pflegerin zu. »Wie lange wird das hier noch dauern?«

»Wir sind beinahe fertig.«

»Wir waren schon vor zwei Stunden beinahe fertig«, gab er zurück.

Sie lächelte höflich.

Nach der körperlichen Untersuchung wurde Nicholas in einen kleinen weißen Raum geführt, wo ihn eine grimmig dreinblickende Psychologin in einem weißen Laborkittel mit einer Reihe von psychologischen Tests konfrontierte. Auf ihrem Namensschild stand Heather Jackson.

Mrs. Jackson zeigte ihm nacheinander Karten, auf denen sich einfache Zeichnungen befanden. Er sollte seine Reaktion zu jedem Bild mitteilen. Seine Antworten wurden aufgenommen. Mrs. Jackson hielt ein Bild in die Höhe, das eine große Ameise in einer Schürze zeigte. Sie fütterte ein menschliches Kind, das vor einem Fernseher saß.

»Abendessen bei Tante Rosie«, antwortete Nicholas.

Mrs. Jackson reagierte nicht auf die Antwort. Sie hielt ein Bild hoch, auf dem ein Mann zu sehen war, der auf einer Bananenschale ausrutschte.

»Ein schöner Tag, um sich fallenzulassen«, sagte Nicholas.

Die Psychologin hielt das Bild einer Schlange hoch.

»Das Logo für ein neues chinesisches Restaurant«, sagte er. »Und, Mrs. Jackson – ich muß mal auf die Toilette.«

Mrs. Jackson deutete auf eine Tür im Flur. Als er zurückkam, wartete sie bereits mit einem neuen Satz Bilder auf ihn. Sie hatte einen Stuhl herangezogen, auf dessen rechter Armlehne sich eine Reihe von Knöpfen befand.

»Betätigen Sie die entsprechenden Knöpfe, um ihre Reaktion auszudrücken«, sagte sie. »Der blaue Knopf ist für ›angenehm', der gelbe für ›neutral‹ und der rote für ›unangenehm'.«

Bevor sie ihm das erste Bild zeigen konnte, drückte er auf den roten Knopf. Sie sah ihn an und legte die Stirn in Falten.

Dann wurde der Raum dunkel. Die Bilder wurden über einen Computer, der auf einem Tisch hinter ihm stand, auf eine Leinwand vor ihm projiziert. Für einen Moment fühlte sich Nicholas, als wäre er wieder in seinem Arbeitszimmer und sähe sich seine privaten 8-mm-Filme an. Nur handelte es sich hierbei nicht um Bilder der Familie Van Orton, sondern von Präsidenten der Vereinigten Staaten, von Insekten, die andere Insekten auffraßen, von Autounfällen, sonnigen Stränden, belebten Straßen, Sportereignissen, militärischen Schlachten und sehr alten Häusern. Sie zeigten Berge, Gräber und junge Hunde, und sie erschienen alle drei Sekunden. Er wußte es, weil er im stillen mitzählte.

Nach ungefähr zehn Minuten hörte Nicholas auf, die Knöpfe zu drücken. Er drehte sich um und blinzelte in das helle Licht hinter sich.

Es erfolgte keine Reaktion.

Mit einer Hand schirmte er seine Augen ab und versuchte, etwas zu erkennen. »Mrs. Jackson? Heather?«

Er erhielt keine Antwort.

Nicholas stand auf. »Hallo!« rief er. »Wo sind Sie?«

Plötzlich gingen die Lichter wieder an, und der Computer schaltete sich automatisch aus. Nicholas fuhr wegen der überraschenden Helligkeit zusammen. Außer ihm war niemand im Raum. Zum ersten Mal bemerkte er über und hinter sich eine kleine spiegelnde Wölbung. Offensichtlich handelte es sich um Kameras. Er runzelte die Stirn und ging auf die Tür zu. Als er eben seine Hand nach dem Griff ausstrecken wollte, trat Mr. Feingold ein. Er trug Nicholas' Aktenkoffer bei sich.

»Das hier haben Sie im Untersuchungszimmer liegen gelassen«, sagte Feingold. »Bitte entschuldigen Sie, daß es ein wenig gedauert hat.«

Nicholas schnappte sich den Aktenkoffer. »Ja, keine Ursache. Es war wunderbar, sich den ganzen Tag mit Ihnen und ihrem Spitzenteam um die Ohren zu schlagen. Ich glaube, ich bin jetzt bereit, in die Armee einzutreten.«

»Unsere Leute sind in der Tat sehr gut, Mr. Van Orton.

Sie tun alles Erforderliche, um die Sicherheit und Zufriedenheit unserer Kunden zu gewährleisten.«

»Selbstverständlich. Sehen Sie, Mr. Feingold, es war einfach großartig, aber jetzt muß ich wirklich gehen ...«

»Ich weiß.« Feingold hielt eine beleuchtete Klemmtafel in die Höhe. »Nur noch eines.«

Nicholas verzog das Gesicht. »Nein, nichts mehr.«

»Mr. Van Orton, jetzt sind Sie so lange bei uns gewesen, daß es auf die paar Minuten auch nicht mehr ankommt.«

»Was denn noch?« Nicholas nahm die Klemmtafel und sah auf das Papier darauf.

»Dies ist eine Erklärung für die Versicherung«, erwiderte Feingold. »Sie erkennen an, daß ›das Spiel‹ existiert und daß Sie freiwillig daran teilnehmen und so weiter und so fort.«

»Ich nehme nur freiwillig daran teil, wenn ich mich dazu entschließe weiterzumachen, das sagten Sie doch?«

»Selbstverständlich. Aber bis jetzt ist noch niemand ausgestiegen, und ich glaube nicht, daß Sie der erste sein werden.«

Nicholas ignorierte die Herausforderung; das hatten schon andere und Bessere versucht. Er überflog die erste Seite und wendete das Blatt dann.

Feingold verdrehte den Kopf, so daß er mit ihm lesen konnte. Sein Gesicht war ausdruckslos. Nicholas roch das Schweinefleisch in seinem Atem.

»Das ist unsere Garantie«, erklärte Feingold. »Darin steht, daß die Zahlung ausschließlich über ihren Bruder erfolgt und daß es sich um ein Geschenk handelt. Es muß nur bezahlt werden, wenn Sie absolut zufrieden sind.«

»Sie meinen, wenn es mir nicht gefällt, muß er nicht bezahlen?«

»Im Grunde ja. Aber das ist noch nie vorgekommen«, fügte Feingold schnell hinzu. »Wir hatten noch nie einen nicht zufriedenen Kunden.«

»Sie meinen einen *un*zufriedenen Kunden«, verbesserte Nicholas.

»Richtig, Sie sind ein Wortfetischist der linken Gehirnhälfte.«

»Ach ja? Hat Ihnen das der Test mitgeteilt?«

Feingold lächelte. Er hielt Nicholas den Kugelschreiber hin. Dann blätterte er wieder zur ersten Seite zurück und deutete an den unteren Rand. »Ihre Initialen hier, hier und ... hier. Und hier unterschreiben, bitte.«

Nicholas seufzte erneut und schüttelte den Kopf. »Sicher, warum zum Teufel auch nicht?«

Er stützte das Brett auf die Armlehne des Stuhls und wollte eben unterschreiben, als Feingold wie eine zustoßende Schlange sein Handgelenk ergriff.

»Mit Blut«, sagte der stellvertretende Geschäftsführer, Leiter der Abteilung Technik und Datenanalyse. »Wie ein Geschäft, das man mit dem Teufel macht.« Dann lachte er amüsiert. »Ha, ha, ich mache nur Spaß.«

Immer noch den Kopf schüttelnd, unterschrieb Nicholas. Als er fertig war, riß Feingold zwei Durchschläge heraus und übergab sie Nicholas.

»Ihre Kopien – und vielen Dank. Behalten Sie den Kugelschreiber als Erinnerung.« Feingold schob sich die Tafel unter den Arm und bot Nicholas die Hand. Er schüttelte sie kurz und trat dann rasch rückwärts zur Tür. »Sie hören von uns.«

»Meinetwegen«, entgegnete Nicholas.

»Der Ausgang ist gleich dort links durch diese Tür. Nochmals vielen Dank, daß Sie gekommen sind.« Feingold zwinkerte ihm zu und war verschwunden.

Wieder schüttelte Nicholas den Kopf. »Ein erwachsener Mann hat mir soeben zugezwinkert«, murmelte er. Während er das Büro durch die bezeichnete Tür verließ und zum Aufzug ging, konnte er immer noch nicht glauben, daß er den ganzen Vormittag hier verschwendet hatte.

Kapitel 9

Den Nachmittag verbrachte Nicholas in seinem Büro. Als der Abend kam, fühlte er sich nicht in der Stimmung, sofort nach Hause zu fahren. Er hatte seine Energie für diesen Tag noch nicht verbraucht, das fühlte er in seiner Brust, in seinen Armen. Er wollte hinaus.

Also ging er in den Squashklub und spielte mit einer Frau, die er nie zuvor gesehen hatte. Sie war nicht sehr gut, aber sie hatte einen Platz, und das war entscheidend. Nach 25 Minuten war sie vollkommen erschöpft und er konnte den Court allein nutzen. Zufrieden trainierte er noch über eine halbe Stunde.

Als er nach einer langen warmen Dusche neben seinem Spind aus Mahagoniholz stand, klingelte sein Handy. Es war Conrad. Er wollte mit ihm zu Abend essen, diesmal auf seine Rechnung.

»Wie stets mit Montag oder Dienstag?« fragte Conrad.

»Paßt mir nicht.«

»Heute abend?«

»Ich werde den ganzen Abend arbeiten, hab' einiges aufzuholen. Frühestens nächsten Mittwoch.«

»Okay«, sagte Conrad, »also nächsten Mittwoch.«

»Ich habe ziemlich viel Zeit verloren«, fuhr Nicholas fort, »weil ich heute morgen bei deinen Freunden von C.R.S. war.«

»Tatsächlich? Und, wie war's?«

»Ich denke, daß sie ein bißchen desorganisiert und neurotisch sind. Es war sehr seltsam.«

»Das wundert mich. In London lief alles perfekt ab.«

»Hier nicht.«

»Und? Wirst du es tun?«

»Hab' mich noch nicht entschieden. Hör zu, ich tropfe hier den ganzen Teppich voll, wir sprechen vor Mittwoch noch mal miteinander, okay?«

»Klar«, sagte Conrad. »Also dann, ciao.«

Nicholas legte auf. Er steckte das Telefon in die Jackentasche zurück und begann, sich abzutrocknen. Während er sich die Haare trockenrubbelte, erreichten zwei Männer die Spinde hinter ihm. Sie legten ihre Schläger ab, ließen sich schwer auf die Sitzbank fallen und zogen die Turnschuhe aus.

»Es wäre eine tolle Gelegenheit, von Anfang an dabei zu sein. Das wird das nächste Disneyland«, sagte einer der beiden Männer.

»Zweifellos, Jerry«, erwiderte der andere. »Aber C.R.S. wird niemals für jedermann zugänglich werden. Es läuft alles sehr exklusiv ab, und so wollen sie es auch weiterhin halten.«

»Wir werden sehen.«

Nicholas hörte auf, seine Haare zu trocknen, und wandte sich neugierig um, weil er hören wollte, was sich die beiden zu erzählen hatten.

»Weißt du, daß sie hier eine Filiale eröffnet haben?« fragte Jerry.

»Das Spiel – in San Francisco?«

»Ja.«

»Siehst du?« sagte Ted ein wenig traurig. »Sie kommen auch ganz gut ohne uns zurecht. Das erste Glas heute abend werde ich auf sie trinken.«

Die Männer gingen in die Duschen. Nicholas drehte sich noch ein wenig mehr, um einen Blick auf sie werfen zu können, bevor sie verschwanden. Beide waren groß und grauhaarig. Rasch zog er sich an und begab sich in den dezent beleuchteten Klubsaal, wohin die Männer, wie er annahm, später ebenfalls kommen würden. Der Raum war nahezu leer wie meistens um die Abendessenszeit.

15 Minuten nach Nicholas traten die beiden Männer ein. Er saß an der Bar und nippte an einer Cola light; nur selten trank er Alkohol – und niemals, wenn er aufmerksam sein wollte.

Die Männer setzten sich an einen der kleinen Tische in

eine Ecke, bestellten Drinks beim Kellner, entzündeten dann sorgfältig ihre Zigarren mit den Streichhölzern, die extra dafür auf dem Tisch bereitlagen, und begannen, laut über ihre Unzulänglichkeiten beim Squash und Golf zu sprechen.

Nicholas winkte den Barkeeper heran, der ihre Drinks zubereitete.

»Neue Mitglieder, Bobby?«

»Ich glaube ja, Sir.«

»Namen?«

»Tut mir leid, Mr. Van Orton«, sagte der junge Barkeeper. »Ich habe sie erst einmal hier gesehen.«

»Die Runde geht auf mich.« Nicholas nahm seine Cola light und ging zu dem Tisch hinüber.

Die Männer sahen auf, als er näher kam. Sie setzten beide ein leichtes, höfliches Lächeln auf und nahmen die Zigarren aus dem Mund. *Aus dem Mittleren Westen,* dachte Nicholas aufgrund ihres gepflegten Äußeren und ihrer freundlichen Blicke.

»Hoffentlich störe ich Sie nicht, Gentlemen«, sagte er, noch mehrere Meter von ihrem Tisch entfernt. Er wartete nicht auf eine Antwort. Das tat er nie, wenn er sich etwas in den Kopf gesetzt hatte. »Ich bin Nicholas Van Orton.« Er streckte eine Hand aus.

»Gerard Gill«, sagte Jerry und ergriff die dargebotene Hand. »Und das ist Ted Thurston.«

Ted schüttelte Nicholas ebenfalls die Hand. »Nehmen Sie sich doch einen Stuhl.«

Nicholas dankte ihm und lieh sich einen Stuhl vom Nachbartisch aus. *Ganz bestimmt aus dem Mittleren Westen,* entschied er. Gerard war höflich und benutzte die kurzen, freundlicheren Versionen der Namen. Dem Akzent und ihrer selbstbewußten Art nach zu urteilen, stammten sie aus Texas.

»Ich glaube, ich habe Sie hier noch nie gesehen«, sagte Nicholas.

»Wir sind dem Klub erst letzte Woche beigetreten«, gab Ted zurück. »Man hat uns von Dallas hierher versetzt.«

»Ah, dann gehören Sie wahrscheinlich zur Marius-Gruppe, die kürzlich hier eröffnet hat?«

»Das stimmt«, bestätigte Gerard. »Sie müssen im Finanzgeschäft sein, oder Sie haben die Wirtschaftsseiten der Zeitung genau studiert.«

»Beides«, bestätigte Nicholas.

»Brauchen Sie ein paar Anlagetips?« Ted kicherte.

»Zufälligerweise kenne ich mich auf dem Gebiet ganz gut aus. Aber ein paar Tips zum Golfspielen wären etwas anderes.«

Gerard lachte, während die Getränke gebracht wurden. »Ich fürchte, da sind Sie an die Falschen geraten, Nick – oder Nicholas?«

»Nick ist in Ordnung.«

»Ich wollte nur sichergehen«, erklärte Gerard. »Manche Leute mögen keine Spitznamen oder Kurzformen. Aber es ist nicht böse gemeint.«

»Kein Problem.« Nicholas lächelte. Allmächtiger Gott, San Francisco würde diese Bauerntrottel bei lebendigem Leibe rösten.

»So leid es mir tut«, sagte Gerard und zog an seiner Zigarre. »Aber ich kann Ihnen ganz bestimmt nicht bei ihrem Abschlag behilflich sein. Als ich das letzte Mal Golf spielte, schwor ich mir, nie wieder einen Schläger in die Hand zu nehmen.«

»Ich bin auch kein großer Golfer«, fügte Ted hinzu.

»Weil wir gerade vom Spielen sprechen«, sagte Nicholas und beugte sich näher an sie heran. »Zufällig habe ich in der Umkleidekabine einen Teil Ihres Gesprächs über C.R.S. mitbekommen.«

Die freundliche Haltung der beiden war mit einem Mal verschwunden. Aus ihren Augen wich der Glanz, und die lächelnden Gesichter wurden ernst. Sie wechselten einen vielsagenden Blick und steckten die Zigarren in den Mund.

»Nur eine kleine Plauderei«, meinte Gerard.

»Selbstverständlich«, sagte Nicholas und dachte dabei: *Plauderei? Daß ich nicht lache.* »Ich erwähne es nur, weil ich zufällig heute morgen im Büro von C.R.S. in der Montgomery Street war und den Eignungstest abgelegt habe.«

Plötzlich wirkten die Texaner interessiert.

»Tatsächlich?« fragte Ted. »Das ist ja sehr interessant.«

»Ihr Spiel hat also noch nicht begonnen?« frage Gerard.

»Nein, noch nicht«, gab Nicholas zurück.

Ted sah zu Boden und dann zur Seite. Nach einem Moment wandte er sich um, als ließe er den Blick nur zufällig durch den Raum schweifen. Dann sah er wieder zu Boden. Die Szene wirkte auf Nicholas wie aus einem schlechten Krimi – Ted schien unauffällig versucht zu haben herauszufinden, ob jemand in der Nähe lauschte.

Nicholas rutschte mit dem Stuhl näher an den Tisch heran, und die Männer beugten sich ebenfalls nach vorne. Plötzlich fühlte sich Nicholas als Teil einer Verschwörung. »Um ehrlich zu sein«, sagte er, »ich hatte gehofft, daß Sie mir erzählen könnten, worin genau das Spiel besteht.«

»Aha«, sagte Gerard.

»Die ewig gleiche Frage«, meinte Ted.

»Ich beneide Sie«, sagte Gerard.

Ted hob sein Glas. »Ich auch.«

In Nicholas' Kopf begann sich alles zu drehen. Plötzlich fühlte er sich wie am Morgen in Feingolds Büro.

»Ich wünschte, ich könnte alles noch einmal von vorne beginnen«, sagte Gerard und hob ebenfalls sein Glas. »Auf C.R.S., weil wir es versprochen haben.«

Gerard und Ted nahmen beide einen raschen Schluck.

»Und auf neue Erfahrungen«, fügte Ted hinzu.

Erneut hoben die Männer ihre Gläser. Diesmal tranken sie sie in einem Zug leer. Gerard stellte sein Glas vor sich ab, legte die Handflächen auf die Tischplatte und stand langsam auf.

»Du meine Güte«, sagte er, »morgen werde ich Muskelkater haben. Die Bälle springen einfach nicht so gut wie Vollgummibälle.« Er sah Nicholas an. »Entschuldigen Sie mich, ich muß gehen. Morgen früh habe ich einen sehr wichtigen Termin.« Er bot Nicholas die Hand. »Gute Nacht, Nick. Es war nett, Sie kennenzulernen.«

»Ganz meinerseits«, erwiderte Nick und schüttelte ihm die Hand.

Gerard wünschte Ted eine gute Nacht und versprach, ihm beim nächsten Mal das Fell über die Ohren zu ziehen. Dann griff er nach seiner Sporttasche und ging. Ted setzte sich aufrecht und wandte seine Aufmerksamkeit seiner Zigarre zu.

Nicholas beobachtete ihn durch den Rauch hindurch. »Sagen Sie«, sagte er, »haben Sie kürzlich mitgespielt?«

Ted blies einen Rauchring und nickte. »Vor ungefähr einem Jahr. Ich arbeitete in Los Angeles.«

»In Los Angeles? Wie viele Niederlassungen hat C.R.S. denn?«

Ted schüttelte den Kopf und hob die Schultern. »Es ist ein privates Unternehmen, sogar extrem privat. Niemand weiß etwas genaues darüber.«

»Über die Londoner Filiale habe ich viel Gutes gehört.« Nicholas nippte an seiner Cola. »Sie müssen zugeben, daß es sich wie eine Art imaginäres Rollenspiel oder irgend so ein Unsinn anhört.«

Ted kicherte. Er beugte sich wieder heran. »Sie wollen wissen, was es ist? Worum es geht?«

»Ja, allerdings.«

»Ich sage es Ihnen.« Ted zog erneut an seiner Zigarre. »Johannes, Kapitel neun, Vers 25.«

»Tut mir leid, Ted, aber ich bin nicht besonders bibelfest.«

Ted grinste. »'Eines weiß ich wohl, daß ich blind war und bin nun sehend.'« Er stand auf und nahm seine Sporttasche. »Ich muß morgen früh zum selben Termin wie Jerry.«

Er griff nach seiner Brieftasche, aber Nicholas hob eine Hand.

»Danke, Nick«, sagte Ted freundlich. »Beim nächsten Mal bin ich dran. Alles Gute, und passen Sie auf sich auf.«

»Danke.« Nicholas sah Ted nach, wie er den Klubsaal verließ. Eine Zeitlang blieb er reglos sitzen – allein mit seiner Cola light, seinen verwirrten Gedanken und dem seltsamen Satz des Johannes.

Kapitel 10

Draußen vor dem großem Konferenzsaal im obersten Stockwerk des Gebäudes der Van-Orton-Gruppe glühte die untergehende Sonne. Nicholas saß an einem Ende des großen Tisches mit der Rauchglasplatte, der fast den gesamten Raum ausfüllte. Hinter ihm stand gelassen sein Rechtsanwalt, der große, schlanke grauhaarige Sam Sutherland. Drei weitere, sehr junge und sehr elegant gekleidete Anwälte saßen zu beiden Seiten des Tisches.

Vor Nicholas lag ein dicker Vertrag. Rücksichtslos nahm er mit einem roten Filzstift Veränderungen darin vor. »Falls das Baer/Grant-Treffen nicht morgen stattfindet«, sagte er, während er schrieb, »können wir es gleich vergessen. Bitte stellen Sie sicher, daß sich Ihr Klient und seine wichtigsten Aktionäre darüber im klaren sind.«

»Sie sind es«, sagte einer der Anwälte.

Nicholas legte den Stift hin, schloß das Dokument und schob es dem Anwalt, der rechts neben ihm saß, zu.

»Bitte sehr, Mr. Grantham. Jetzt ist Ihr Dokument für die Van-Orton-Gruppe akzeptabel.«

Die anderen Anwälte standen auf und traten hinter Bill Grantham.

»Wenn Mr. Van Orton morgen sein Flugzeug besteigt«, sagte Sutherland, »werden alle zusätzlichen Punkte und Änderungen in den Vertrag eingearbeitet sein. Das gesamte Paket ist bis dahin abschließend und fehlerfrei überprüft.« Er beugte sich näher an Nicholas heran. »Deswegen zahlen Sie uns schließlich das doppelte Honorar von dem, was wir eigentlich verdienen. Damit Sie zum zweiten Mal bei einer Oper einschlafen, bei der Sie schon einmal eingeschlafen sind.«

»Zufällig mag ich Opern«, gab Nicholas zurück. »Und heute abend geben sie *Die Meistersinger von Nürnberg*. Sie fangen früh an, weil das Stück fünfeinhalb Stunden dauert.«

»Dann bitte ich um Verzeihung«, sagte Sutherland. »Betrachten Sie es also als Gelegenheit, um unserem Kunden zu zeigen, wie mutig wir seiner erheiternden Herausforderung begegnen, uns in letzter Minute ein unfertiges Dokument vorzulegen.«

»Wir werden niemandem sagen, daß wir unter Druck besser arbeiten.« Nicholas' Handy läutete. Während er es aus seiner inneren Jackentasche fischte, legte er die Stirn in Falten. »Ja?«

»Nicholas Van Orton?« fragte die Anruferin.

»Wer ist da?«

»Cynthia von C.R.S.«

Es dauerte einen Moment, bis Nicholas den Namen einordnen konnte. Den ganzen Tag lang hatte er nicht an C.R.S. gedacht. »Woher haben Sie diese Nummer?«

Sie ignorierte die Frage. »Wir haben Ihren Antrag bearbeitet, Mr. Van Orton ...«

»Ich bin in einer Besprechung!« fuhr er sie an.

»Leider muß ich Ihnen mitteilen, daß er abgelehnt wurde«, fuhr sie unbeirrt fort.

Nicholas schwieg für einen Moment. »Wie bitte?«

»Sie sollten das nicht persönlich nehmen. Hoffentlich haben wir Ihnen keine Unannehmlichkeiten bereitet.«

»Unannehmlichkeiten? Das ist absurd!«

»Es tut mir leid«, sagte sie mit falscher Höflichkeit. »Vielen Dank, daß Sie sich für C.R.S. entschieden haben.« Sie legte auf.

Nicholas klappte das Telefon zusammen und schob es in seine Tasche zurück. *Abgelehnt? Für wen zum Teufel hielten sich diese Mistkerle?*

»Stimmt was nicht?« fragte Sutherland.

»Nein, alles in Ordnung. Mir geht's gut.«

Nicholas log, und er wußte es. Trotzdem verstand er nicht, warum er aufgebracht war. Eine Gruppe von Verrückten hatte beschlossen, daß er für irgend etwas ungeeignet war. Das war kein Rückschlag. Aber warum fühlte es sich dann wie einer an?

Nach der Besprechung sagte Nicholas sein Abendessen mit Sutherland ab. Er rief Ilsa an und trug ihr auf, wie gewöhnlich zu kochen. Dann begab er sich zu seinem Auto. Bevor er losfuhr, rief er das Sheraton-Palace-Hotel an und fragte nach Conrad. Er war offenbar nicht im Hause, denn er hatte den Anrufbeantworter eingeschaltet. »Hallo, hier ist Conrad Van Orton. Bitte hinterlassen Sie eine Nachricht nach dem Signalton. Vielen Dank, auf Wiederhören.«

»Connie, hier ist Nicholas«, sagte er nach dem Pieps-Ton. »Ruf mich an, wenn du Zeit hast.« Er zögerte und überlegte, ob er ihm die Wahrheit sagen oder sie verdrehen sollte. »Wegen deines Geburtstagsgeschenks«, sagte er. »Hmm ... Es geht im Moment ziemlich wild zu. Ich bin nicht sicher, ob es in meinen Terminplan paßt. Jedenfalls treffen wir uns morgen zum Abendessen am selben

Ort am selben Tisch.« Weil er wegen seiner Lüge ein schlechtes Gewissen hatte, fügte er hinzu: »Ich freue mich darauf.«

Die Dämmerung ging in Dunkelheit über. Die Fahrt nach Hause war erfüllt von leisen Chopin-Préludes und ärgerlich gemurmelten Worten über den »kleinen Wicht« Feingold, den »fettigen chinesischen Fraß, den er in seinen fetten Schweinsschädel gestopft« hatte und sein »vollkommen irres Personal von Schwachköpfen«. Als sich Nicholas der Einfahrt zu seinem Haus näherte und den Knopf drückte, um das Tor zu öffnen, war er noch immer wütend.

Langsam schwang das Tor nach innen auf. Kaum stand es weit genug offen, als Nicholas den BMW auch schon ungeduldig hindurchsteuerte – und plötzlich anhielt.

Gerade außerhalb der Scheinwerferkegel bemerkte er zu seiner Rechten einen dunklen Umriß auf dem Rasen. Er fuhr zusammen, als er erkannte, daß es sich um einen menschlichen Körper handelte, der in einen dunklen Mantel oder Bademantel gekleidet war. Hatte er eine Vision seines Vaters, der mit dem Gesicht nach unten an fast genau derselben Stelle lag wie vor beinahe 40 Jahren?

Sein Herz schlug ihm bis in die Kehle. Er stieg aus dem Wagen. Auf dem Rasen lag definitiv ein Körper, der sich nicht bewegte. Einer plötzlichen Eingebung folgend, beugte sich Nicholas in den Wagen zurück und holte den Squashschläger aus der Tasche. Während er sich der Gestalt näherte, hielt er ihn fest umklammert.

»Hallo!« sagte er. »Was tun Sie hier? Wie sind Sie hereingekommen?«

Keine Bewegung. Nicholas klatschte laut in die Hände. Immer noch nichts.

»Wunderbar.« Er nahm einen tiefen Atemzug und überquerte die Einfahrt bis an den Rand des Rasens heran.

Die Beleuchtung vor der Küche war eingeschaltet,

aber sie reichte nicht bis hierher. Vorsichtig näherte er sich. Er wunderte sich, daß Ilsa seine Rufe nicht gehört hatte.

Sie wird alt, dachte er. Dagegen schien Nicholas mit jedem Schritt jünger zu werden. Er fühlte sich, als wäre er zehn Jahre alt und nähere sich dem Körper seines Vaters, um nachzusehen, ob er überlebt hatte. *Natürlich hat er überlebt,* hatte er damals gedacht. *Es ist doch Daddy, und Daddy wird nie was passieren. Nie.*

Aber Van Orton senior hatte nicht überlebt, und an jenem Tag war auch ein Teil von Nicholas gestorben. Der Teil, der geglaubt hatte, daß irgend etwas im Leben sicher war.

Die Gestalt lag auf dem Bauch. Nicholas war jetzt nur noch wenige Schritte von ihr entfernt. Er erkannte, daß die Person tatsächlich einen Bademantel trug – einen Bademantel, wie ihn sein Vater getragen hatte.

»Sind Sie okay?« fragte Nicholas. »Falls ja, dann bereiten Sie sich darauf vor, daß ich Ihnen Ihren verdammten Schädel einschlage, weil Sie hier rumhängen.«

Er erhielt keine Antwort. Dicht vor dem Körper blieb er stehen und stieß ihn vorsichtig mit der Fußspitze an. Keine Reaktion. Langsam ging Nicholas in die Hocke. Den Squashschläger über den Kopf erhoben, streckte er eine Hand aus und legte sie auf die Schulter der Gestalt. Er schüttelte sie und erwartete halbwegs, daß der andere sich drehen, stöhnen oder schreien würde. Aber er bewegte sich nicht. Mit zugeschnürter Kehle und immer noch hämmerndem Herzen ergriff Nicholas den Bademantel und zog daran.

Die Gestalt ließ sich unerwartet leicht herumdrehen. Nicholas sprang zurück, und seine Vorsicht verwandelte sich in Zorn, als er in das Gesicht blickte. Vor ihm lag eine hölzerne Schaufensterpuppe, deren Gesicht wie der Clown, der die Ballontiere auf der Party zu seinem siebten Geburtstag geformt hatte, angemalt war. Nicholas stand auf. Mit einem verächtlichen Schnauben packte er die Figur am Kragenaufschlag und hob sie vom Rasen auf.

Zum Haus stapfend, überlegte er, wer das getan haben könnte und warum. Conrad? Nicht einmal dann, wenn er randvoll mit Drogen gewesen wäre, hätte er sich über das Andenken seines Vaters lustig gemacht. Elizabeth? Ilsa? Maria?

Meine Güte, reiß dich zusammen.

Aber die Schaufensterpuppe mit dem Clowngesicht war da, und irgend jemand hatte sie in seinen Garten gelegt. Er fragte sich, ob er sie besser an Ort und Stelle gelassen und seinen Freund Detective Gorbaty vom San Francisco Police Department angerufen hätte.

Er betrat die Villa durch den Vordereingang, schaltete die Alarmanlage aus und legte die Puppe auf eine Bank neben die Tür. Als er das Licht angemacht hatte, bemerkte er, das etwas aus dem Mund der Puppe hing. Es war ein rotes Band. Er steckte seinen Schlüssel in die Tasche zurück und ging zu dem Clown hinüber.

Sich über das Gesicht beugend, betrachtete er das Band. Es ragte nur wenige Zentimeter aus dem engen Schlitz des mit Scharnieren eingehängten Mundes heraus. Er fragte sich, was passieren würde, wenn er daran zog. Würde das verdammte Ding explodieren?

Nein, entschied er. Falls ihn jemand umbringen wollte, hätte es dazu nicht der Puppe bedurft. Man hätte seine Wohnungstüre, sein Auto oder sein Abendessen präparieren können. »Der alte Gag mit der Bombe im Cheeseburger«, murmelte er, leise kichernd, vor sich hin und zog an dem Band. Langsam entrollte es sich. Am anderen Ende befand sich ein Widerstand. Er zog heftiger daran, bis schließlich ein Schlüssel herausfiel – aus Gold, nicht aus Messing. Drei Buchstaben waren darin eingraviert:

C.R.S.

Kapitel 11

Nicholas saß in seinem Sessel, neben sich das Tablett mit dem Abendessen, im Fernsehen lief CNN. Der Schlüssel lag neben den Fernbedienungen auf dem Tisch. Hin und wieder nahm er ihn in die Hand und starrte ihn an.

Im Gästehaus hatte kein Licht gebrannt. Von Zeit zu Zeit ging Ilsa mit einem »Gentleman-Anrufer« aus, daher nahm Nicholas an, daß dies heute der Fall war. Die Schaufensterpuppe war sicher in Abwesenheit der alten Haushälterin deponiert worden; wahrscheinlich hatten die Typen von C.R.S. das Haus beobachtet. Aber warum hatten sie ihm dann erzählt, daß er die Aufnahmeprüfung nicht bestanden habe?

Er wußte es nicht. Während seine Gedanken kreisten, blickte er auf den Fernseher.

»Heute warnte der Präsident davor, daß die Verabschiedung des Gesetzes Millionen von Amerikanern betreffen werde«, sagte der Nachrichtensprecher. »Daraus könnten erhöhte Arbeitslosigkeit und Gefahren für viele kleine Unternehmen resultieren. Dagegen argumentierten führende Republikaner, daß die schleppende Wirtschaft ein solches Gesetz benötige. Niemand äußerte sich dazu, inwiefern es die jämmerliche Existenz von Nicholas Van Orton beeinflussen werde.«

Nicholas blinzelte zum Fernseher hinüber. Der Nachrichtensprecher war zu einem Bericht über Teepreise in China übergegangen. Er konnte nicht gehört haben, was er gehört zu haben glaubte. Er war einfach müde und geistesabwesend.

Und zornig.

Während er die letzten Bissen seiner Pommes frites hinunterschluckte, sah er zu dem Clown auf der Bank in der angrenzenden Eingangshalle hinüber. Dann nahm er das Messer von seinem Tablett und ging hin. Er richtete die Figur auf, so daß ihr das Licht direkt ins Gesicht schien. Dann zog er den Unterkiefer nach unten und steckte die Klinge in die Öffnung. Er schob sie vor und zurück, soweit es ging.

»Das einzige, worin sowohl Demokraten als auch Republikaner übereinstimmen«, fuhr der Sprecher fort, »ist die Tatsache, daß die meisten Amerikaner ernste Zweifel im Hinblick auf die wirtschaftliche Zukunft hegen. Eine kürzliche Umfrage ergab, daß alarmierende 57 Prozent der amerikanischen Arbeitnehmer befürchten, daß sie während der nächsten fünf bis sieben Jahre arbeitslos werden könnten. Aber was kümmert das einen aufgeblasenen Millionär wie Nicholas Van Orton?«

Nicholas sah auf. Das hatte er definitiv gehört. Er eilte in die Bibliothek zurück. Der Nachrichtensprecher berichtete wie gewöhnlich, nichts wirkte seltsam. Einen Moment lang betrachtete Nicholas den Fernseher.

»Genau«, sagte er zu sich selbst. »Der Nachrichtensprecher redet über dich, Nick. Baer/Grant sind verdammt noch mal internationale Neuigkeiten.« Kopfschüttelnd ging er in die Eingangshalle zurück.

»Weitere Meldungen vom Finanzmarkt«, sagte der Sprecher nun. »Nach der Ankündigung, einige High-Tech-Unternehmen würden höhere Gewinne einfahren als erwartet, zogen die Aktienkurse sowohl auf dem heimischen als auch auf den ausländischen Märkten an, aber sie gaben wieder nach, als durchsickerte, daß Nicholas Van Orton schlechte Laune hat.«

Nicholas wandte sich ungläubig um. »Was zum Teufel ...?«

Der Nachrichtensprecher sah ihn an. »Werden Sie den Rest des Abends damit verbringen, im Mund dieses Clowns herumzustochern?«

Nicholas' Unterkiefer klappte nach unten. »Ich ... ich ...«

»Was ist los?« fragte der Sprecher. »Sie glauben das nicht? Nun, ich muß Ihnen sagen, daß es sehr frustrierend für mich ist, wenn Sie mir nicht mal zuhören wollen.«

Mit der rechten Hand das Messer umklammernd, näherte sich Nicholas dem Fernseher. »Was geht hier vor?«

Der Sprecher lächelte überlegen. »Dies ist Ihr Spiel, Nicholas, seien Sie herzlich willkommen. Ich werde Sie mit ein paar grundlegenden Regeln vertraut machen.«

Während er sich dem Bildschirm weiter näherte, bemerkte Nicholas unnatürliche Streifen im Bild. Er kniete vor dem Apparat nieder und legte die Hände auf beide Seiten des Fernsehers. Das Bild, das den Nachrichten täuschend ähnlich sah, wurde von einem Computer erstellt – eine Fälschung. Und offenbar beobachtete jemand den Raum und hörte, was er sagte. Er stand auf und sah sich um.

»Statt herausfinden zu wollen, wie ich zustande komme«, fuhr der »Nachrichtensprecher« fort, »sollten wir vielleicht besser zu den wirklich wichtigen Themen übergehen.«

»Meinetwegen«, stimmte Nicholas ärgerlich zu. »Dann sagen Sie mir endlich, was wirklich wichtig ist.«

»Sie haben den ersten Schlüssel erhalten. Andere werden folgen. Sie werden niemals wissen, wo Sie sie finden, oder wann und wie Sie sie einsetzen müssen, also halten Sie die Augen offen.«

»Augen offenhalten«, wiederholte Nicholas. Er stand kurz vor einem Wutanfall. Sie waren in sein Privatleben eingedrungen, und er wollte wissen, wie. »Also, Bürschchen, bevor ich irgendwas von dem glaube, was du mir da erzählst, will ich erst mal wissen, wie du mich sehen und hören kannst.«

»Ich sehe und höre Sie, das allein zählt.«

»Nicht für mich.«

»Warum heben wir uns diese Frage nicht auf, bis ...«

»Nein, jetzt. Wie funktioniert das?«

Der »Nachrichtensprecher« lächelte. »Also gut. Sie werden von einer kleinen Kamera beobachtet.«

»Das ist unmöglich. Hier kommt niemand rein. Das Alarmsysstem ist den ganzen Tag über eingeschaltet, auch wenn Ilsa da ist.«

»Richtig«, stimmte der »Sprecher« zu. »Es ist unmöglich. Sie führen eine Unterhaltung mit Ihrem Fernseher, so wie jeden Abend.«

Nicholas kam wieder näher. Erneut tastete er die Seiten des Apparates ab, dann untersuchte er die Kabelverbindungen.

»Es ist eine Miniaturkamera«, sagte der »Sprecher«. »Ein Lichtwellenleiter mit einem sehr kleinen Objektiv.«

Nicholas überprüfte die Stereolautsprecher, die an den Seiten angebracht waren. Er begann, eine der Plastikabdeckungen abzumontieren.

»Wissen Sie, wie gefährlich das ist?« fragte der »Nachrichtensprecher«.

»Nein, sag's mir!«

»Was soll ich Ihnen sagen?« fragte eine Stimme hinter ihm.

Nicholas wirbelte herum und kam strauchelnd auf die Beine. In der Tür stand Ilsa. Sie trug einen dunklen Rollkragenpulli, Jeans und Turnschuhe. Ihr weißes Haar war zu einem festen Knoten hochgesteckt.

»Ich nahm ein Bad und dachte, ich hätte Sie rufen gehört«, sagte Ilsa entschuldigend.

»Inlandsnachrichten«, fuhr der »Nachrichtensprecher« fort. »Die Automobilarbeiter in Detroit haben beschlossen, auf ihren Streikposten zu bleiben. Damit dauert der Streik nunmehr bereits zehn Tage ...«

Ilsa kam ein paar kleine Schritte in die Bibliothek. Sie blickte auf das Messer. »Ist alles in Ordnung, Mr. Van Orton?«

»Ja, sicher, alles bestens.«

»In Südkalifornien«, sagte der »Sprecher«, »bemüht

sich die Feuerwehr, einen Großbrand unter Kontrolle zu bringen, der gestern in einem Ölfarbenwerk ausbrach. Mehrere Arbeiter wurden durch die Explosion, die den Brand verursachte, verletzt ...«

»Hat Ihnen das Abendessen geschmeckt?« fragte Ilsa.

»Natürlich, wie immer.«

Sie nickte zweifelnd. »Nun, wenn Sie weiter nichts brauchen, dann werde ich heute abend ausgehen.«

»Ich habe alles. Vielen Dank, machen Sie sich einen schönen Abend.«

»Also dann, gute Nacht«, sagte Ilsa.

Sie wandte sich um und ging.

»In North Carolina, am Stadtrand von Charlotte, stürzte vergangene Nacht ein Verkehrsflugzeug 100 Meter neben einem Apartmentgebäude ab«, sagte der »Nachrichtensprecher«. »Ursache war offenbar das schlechte Wetter ...«

In der Küche wurde eine Schublade geöffnet und mit einem lauten Geräusch wieder geschlossen.

Der »Sprecher« hielt inne, blickte von seinen Unterlagen auf und sah Nicholas an. »Was war das?«

»Ist doch egal, was das war.«

»Sie fühlen sich nicht wohl.«

»Wie scharfsinnig.«

»Sie wollen also wirklich wissen, wie die Kamera in Ihr Haus kam?«

»Ja, verdammt noch mal.«

Der »Nachrichtensprecher« lächelte und verschwand plötzlich. An seiner Stelle erschien eine Fischaugenansicht des Raumes. Das Bild wurde nicht vom Fernseher aus aufgenommen. Die Kamera befand sich irgendwo rechts neben der Türe.

Nicholas durchquerte den Raum und ging auf die Bücherregale zu. Er behielt den Fernseher im Auge und benutzte ihn als Anhaltspunkt.

»Kalt, kalt ...« sagte die Stimme aus dem Fernseher.

Nicholas blieb stehen. Er wandte sich der Türe zu.

»Wärmer, wärmer ...«

Nicholas sah sich um. Er stand in der Nähe der Eingangshalle. Wieder blickte er zum Fernseher zurück. Er konnte seinen eigenen Körper in Seitenansicht sehen. Er bewegte sich auf die Tür zu. Dabei wurde er größer, und der obere Teil seines Kopfes verschwand vom Bildschirm. Er bewegte sich weiter in dieselbe Richtung, bis sein Kopf vollständig verschwand.

Er wandte sich der Eingangshalle zu und sah in die toten Augen des Clowns.

Mit einem Fluch stürzte er sich auf die Figur, packte sie am Hinterkopf und rammte ihr das Messer unter das linke Auge. Es sprang sofort heraus, fiel zu Boden und kullerte auf die Tür zu. Er hebelte auch das andere Auge heraus, doch es ließ sich nicht völlig lösen. Als er daran zog, bemerkte er ein Kabel, das etwa die Dicke und Festigkeit von Zahnseide besaß. Mit einem Aufschrei riß Nicholas die kleine Kamera heraus und warf die Schaufensterpuppe auf die Bank zurück.

»Damit enden die heutigen Abendnachrichten«, triumphierte er wutschnaubend. Aus der Bibliothek drang nur noch Rauschen. Mit dem beruhigenden Gefühl, die Kontrolle wiedererlangt zu haben, drehte sich Nicholas um und ging auf den Fernseher zu. Doch sein Wohlgefühl verging, als er auf den flimmernden Bildschirm sah. Der Schnee und das Rauschen verschwanden, und statt dessen verwandelte sich das Bild in ein tiefes Blau. Eine Telefonnummer erschien.

Nicholas fühlte sich an *Outer Limits – Unbekannte Dimension* erinnert, als er erkannte, daß sogar das Rauschen von C.R.S. gesteuert worden war. *Versuchen Sie nicht, das Bild einzustellen ...*

Die Stimme des »Nachrichtensprechers« kam zurück. »Schreiben Sie sich diese Nummer auf.« Die Stimme war jetzt eher eindringlich als spielerisch oder sarkastisch. »Es ist die Hotline der *Consumer Recreation Services.* Sie ist rund um die Uhr besetzt und nur für Notfälle vorgesehen. Rufen Sie nicht an, um herauszufinden, worin das Ziel des Spiels besteht. Denn das herauszufinden, *ist* das Ziel des Spiels.«

Nicholas ging zu dem Sofa hinüber, das mitten im Raum stand. Er bemühte sich zu gehen, nicht zu laufen. Obwohl ihn die Bastarde nicht mehr sehen konnten, wollte er ihnen keinen Hinweis auf seine Panik geben. Sein Jackett hing über der Armlehne. Er griff danach und langte in seine Tasche. Nachdem er einen Parkschein und den C.R.S. Kugelschreiber herausgezogen hatte, notierte er sich die Nummer pflichtbewußt. Dann steckte er den Schein in seine Hosentasche.

»Viel Glück und herzlichen Glückwunsch, daß Sie C.R.S. gewählt haben«, sagte die Stimme des »Nachrichtensprechers«. »Wir fahren jetzt mit dem normalen Programm fort.«

Der blaue Bildschirm und die Nummer lösten sich auf. An ihre Stelle trat der echte Nachrichtensprecher von CNN.

»... drohten nach dem Zwischenfall, den amerikanischen Botschafter auszuweisen. Das Außenministerium antwortete rasch mit einer formellen Entschuldigung und der Ankündigung, den Botschafter sofort abzusetzen. Bis jetzt wurde noch nichts über den Nachfolger bekannt. – Frankreich: Die längste Trockenperiode seit über 40 Jahren hat die Landwirtschaft im Landesinneren stark in Mitleidenschaft gezogen ...«

Nicholas hörte nicht mehr zu. Er starrte auf die Telefonnummer hinab. Ob er wollte oder nicht, er war im Spiel.

Kapitel 12

Zum ersten Mal in seinem Leben war Nicholas auf dem Dach gewesen. Als Kind hatte er nie hinaufgedurft. Nach dem Tod seines Vaters hatte es Jahre gedauert, bis er auch nur hatte hinauf*schauen* können.

Niemals hätte er sich träumen lassen, daß er selbst einmal auf das Dach klettern würde. Aber als erstes hatte er an diesem Abend entscheiden müssen, ob er seine Routine einhalten würde oder nicht. Ob er seinen Feinden von C.R.S. – als die er sie jetzt betrachtete – entgegenkommen oder ihnen ein Schnippchen schlagen würde, wenn er seine Routine durchbrach. Er hatte beschlossen, in die Offensive zu gehen, und das bedeutete, seine Gewohnheiten zu ändern. So war er auf das Dach geraten. Er hatte bereits einige der technologischen Fähigkeiten von C.R.S. kennengelernt. Die Verbindung aufzudecken, mit der das Unternehmen die Kontrolle über seinen Fernseher erlangt hatte, würde ihm möglicherweise mehr über seine Widersacher verraten.

Die Antwort war enttäuschend einfach gewesen. Mit einer großen Taschenlampe unter dem Arm war er zur Satellitenschüssel neben dem Kamin gerobbt. Ein Kasten mit einer Löffelantenne war an den Fuß der Schüssel geklemmt. Das war der Empfänger gewesen, von wo aus sie auch immer gesendet haben mochten – vielleicht aus dem Büro in der Montgomery Street. Er war mit einem kurzen Stück Koaxialkabel an den Ausgang angeschlossen.

Man hatte die Antenne nur mit einer Schraube befestigen müssen. Nichts Außergewöhnliches.

Nicholas hatte den Kasten abgeschrauben wollen, dann aber innegehalten. Was, wenn sie sich noch einmal mit ihm in Verbindung setzen mußten? Also hatte er beschlossen, die Antenne dort zu lassen. Außerdem wurde er vielleicht beobachtet – von der Straße, von einem

Baum oder aus dem Schatten des Gästehauses; vielleicht von einem Menschen, vielleicht von einer weiteren Kamera.

Rückwärts war er das schräge Dach entlang wieder zur Leiter gekrochen. Dann hatte er vorsichtig einen Fuß auf die zweite Sprosse von oben gesetzt. Es wäre ziemlich idiotisch gewesen, hatte er gedacht, wenn das Spiel damit geendet hätte, daß er wenige Minuten, nachdem es begonnen hatte, vom Dach stürzte. Conrad hätte ihm das nie verziehen.

Nicholas hatte die Leiter auf den Boden gelegt und war zum Hintereingang der Villa gegangen. Er hatte die Tür von innen verschlossen und den Alarmcode in die Tastatur eingegeben. Dann war er nach oben und zu Bett gegangen.

Er schlief gut.

Am folgenden Morgen wachte er früh auf. Er fuhr auf der Route 101 nach Süden zum San Francisco International Airport. Am Schalter wollte er Sutherland mit dem aktualisierten Vertrag treffen.

»Können Sie mir helfen?« fragte ein obdachloser Mann, als Nicholas den Eingang zur Flughalle erreichte. »Ich war ein wohlhabender Mann, bis sie mir das antaten ...«

Nicholas warf dem Mann einen Blick zu, ging jedoch vorbei.

»Ja, ja, du Geldsack, ignorier mich nur wie all die anderen.«

Nicholas kümmerte sich nicht um den Mann. Er tat so, als hätte er es eilig, und trat durch die automatische Tür in die geschäftige Abflughalle. Es kam ihm vor, als benähme sich an diesem Morgen jeder in irgendeiner Weise auffällig: eine Frau und ein Mann, die in Zeichensprache miteinander redeten; ein Mann hinter einer aufgeschlagenen Zeitung, der ins Leere starrte; ein Flughafenbediensteter mit einem großen, rasselnden Schlüsselbund; ein

Mann an einem öffentlichen Telefon, der ihn, wie Nicholas hätte schwören können, anstarrte.

Jetzt hab' ich's, dachte er. *Das Spiel besteht einfach daraus, daß sie dich nervös machen. Nach dem ersten Besuch durch den »Nachrichtensprecher« tun sie nichts mehr. Sie sorgen nur dafür, daß du denkst, daß sie was tun.*

Er erreichte die Sicherheitskontrolle. Dort stellte er seinen Aktenkoffer auf das Förderband der Durchleuchtungsmaschine und legte seine Schlüssel, sein Handy und seine Patek-Phillipe-Uhr auf das dafür vorgesehene Tablett. Nachdem er den Metalldetektor passiert hatte, brachte ihm der Sicherheitsbeamte das Tablett.

»Schöne Uhr«, sagte der Mann.

Nicholas lächelte wohlwollend, während er seine Sachen an sich nahm. Er blickte auf des Förderband zurück. Im gleichen Moment hielt es an, und der Inhalt seines Aktenkoffers erschien auf dem Monitor.

»Gibt es ein Problem?« fragte Nicholas die Sicherheitsbeamtin.

Ausdruckslos sah sie ihn an. Dann schaltete sie das Band wieder ein, sein Aktenkoffer rutschte die Rampe herunter, und er nahm ihn auf. Er warf einen Blick auf seine Armbanduhr, bemerkte, daß er noch Zeit hatte, und begab sich in die Golden Air Lounge.

Der Aufenthaltsraum war dunkel und mit roten Teppichen ausgelegt. Dick gepolsterte weiße Sessel standen herum. Er nahm einen Kaffee – schwarz, ohne Zucker – und setzte sich an einen Kaffeetisch. Zwei Plätze neben ihm hustete ein Mann in einem maßgeschneiderten Anzug und erhob sich. Aus den Augenwinkeln heraus bemerkte Nicholas, daß der Mann seine Zeitung auf den Sitz zwischen ihnen fallen gelassen hatte. Während sich der Mann entfernte, schielte Nicholas zur Seite. Seine Augenbraue furchte sich, als er unter der Zeitung eine Kinderrassel bemerkte, auf deren Seite ein lachendes Clowngesicht aufgedruckt war.

Nicholas sah auf. Er erhaschte nur noch einen Blick von hinten auf den Mann, der soeben die Lounge verließ. Die große Gestalt hatte graues Haar – wie die beiden Texaner aus dem Squashclub.

Wie viele Männer, dachte Nicholas, verärgert über seine Paranoia.

Er griff nach der Rassel und untersuchte sie. Auf der Suche nach einem weiteren Schlüssel schüttelte er sie zunächst mit ausgestrecktem Arm, dann etwas näher vor seinem Gesicht, und schließlich hielt er sie gegen das Licht des großen Leuchters in der Mitte des Raumes, um hindurchzusehen.

»Bitte entschuldigen Sie«, sagte eine glockenhelle Stimme neben ihm.

Er sah auf und blickte in das Gesicht einer jungen Frau, die ein Baby in den Armen hielt.

»Das gehört mir«, sagte sie. »Oder eigentlich ihm.« Sie deutete auf die Rassel, dann auf das Baby.

»Oh, tut mir leid.« Beschämt reichte Nicholas der jungen Frau die Rassel.

Er legte seine Stirn in die Handflächen und rieb sie fest, während die Frau die Lounge durchquerte und er dem Geräusch des Kinderspielzeugs lauschte. Nachdem sie fort war, sah er wieder auf. Ein Mann mit Brille schien ihn von der anderen Seite des Kaffeetisches aus zu mustern. Beobachtete er ihn schon länger, oder interessierten ihn nur die Vorgänge um die Rassel?

Nicholas wandte sich ab. Es mußte aufhören. In die Offensive zu gehen funktionierte nicht. Er würde das Spiel – um was für ein Spiel es sich auch handeln mochte – auf sich zukommen lassen, ohne es vorwegzunehmen.

Er trank einen Schluck Kaffee und stellte die Tasse wieder ab. Noch immer sah ihn der bebrillte Mann an. Vielleicht beschattete er ihn nicht, aber er starrte definitiv herüber.

Nicholas beugte sich über den Tisch. »Kann ich Ihnen helfen?« zischte er den Mann an.

Sein Tonfall bewirkte, daß sich ihm weitere Gesichter zuwandten. Der Mann mit der Brille sah sich um, rückte nervös seine Augengläser zurecht und pochte sich dann mit dem Zeigefinger auf die Brust.

»Was?!« rief Nicholas. »Was ist los?«

Der Mann deutete erneut auf seine Brust. Dann zeigte er auf Nicholas.

Nicholas sah an sich hinab. An der Innenseite seines Jacketts hatte sich ein großer blauer Tintenfleck gebildet. Die Tinte war durch den Stoff der Tasche gedrungen und hatte einen blauen Fleck auf seinem weißen Hemd verursacht. Fluchend griff er in die Anzugtasche und zog den lecken Kugelschreiber heraus – es war der Stift, den er von Feingold geschenkt bekommen hatte. Erneut fluchend, warf er den Stift in seine Kaffeetasse, riß seinen Aktenkoffer an sich und stürmte aus der Lounge.

Die Herrentoilette befand sich gleich nebenan. Vergebens versuchte Nicholas, den Fleck mit nassen Papierhandtüchern wegzuwischen. Er verschmierte ihn lediglich noch mehr, so daß sein Hemd schließlich mehr blau als weiß war. Er würde sich in einer Flughafenboutique ein neues Hemd besorgen müssen. Angewidert nahm er seinen Aktenkoffer auf und wandte sich zum Gehen.

»He, Sie! Sind Sie noch da draußen?«

Nicholas hielt inne und sah sich um. Außer ihm befand sich lediglich ein weiterer Besucher in der Toilette, der in einer der Kabinen hockte. Er konnte nur die braunen Schuhe des Mannes erkennen. Der gesunde Menschenverstand sagte ihm, daß er gehen sollte. Aber in diesen Momenten herrschte nicht der gesunde Menschenverstand über ihn.

»Ich habe ein kleines Problem«, fuhr der Mann fort. »Könnten Sie mal herkommen?« Eine große behaarte Hand tauchte unter der Kabinentür auf und winkte ihn heran. »Ich bin nicht pervers, Mister, ich brauche nur Papier. Hier drin ist keins.«

Nicholas stürzte aus der Toilette. Draußen rannte er beinahe Sutherland um.

»Ah, hier sind Sie!« sagte der Anwalt. »Ich fing an, mir Sorgen zu machen.« Seine Augen glitten an ihm hinab. »Wollen Sie einen neuen Modetrend kreieren, Nicholas?«

»Sehr witzig. Haben Sie hier zufällig irgendwo eine Herrenboutique gesehen?«

»Tut mir leid. Fragen Sie den Fahrer, wenn Sie landen. Er wird Ihnen sicher weiterhelfen können. Wenn Sie Glück haben, hat er sogar ihre Größe.«

»Noch witziger«, meinte Nicholas.

Sutherland überreichte ihm das dicke Vertragspaket.

»Haben Sie die ganze Nacht damit verbracht?« fragte Nicholas.

»Fast«, gab der Anwalt zu. »Ich habe ihn persönlich überprüft. Es ist ein Meisterwerk der Gesetzesauslegung.«

»Da bin ich sicher.« Nicholas schob das Schriftstück in seinen Aktenkoffer. »Gehen Sie jetzt nach Hause, und schlafen Sie sich aus.«

»Sind Sie sicher, daß ich nicht mitkommen soll? Seattle kann erbarmungslos sein.«

»Ich werde schon zurechtkommen.«

Sie schüttelten einander die Hände, und Sutherland schritt davon. Nicholas sah auf den Monitor für seinen Flugsteig und eilte hinüber.

Jetzt war er sicher, daß die Blicke der anderen Menschen seinem Hemd galten. Zumindest redete er sich das ein, während er das Flugzeug bestieg, sich auf Sitz 1 A setzte, eine Decke über seine befleckte Brust zog und die Augen zumachte. Er schloß sie mehr vor der Welt, nicht so sehr, weil er müde war.

Kapitel 13

Anson Baer sah aus wie ein Pinguin mit ein paar wenigen, pomadigen Haaren. Er trug einen großen runden Bauch vor sich her, und seine Wangen waren ausgesprochen blaß. Die kahle Mitte seines Kopfes bedeckten ein paar elfenbeinfarbene Strähnen, die er von links nach rechts gekämmt hatte. Er hatte einen dreiteiligen schwarzen Anzug mit Uhrkette und wildlederne schwarze Schuhe an. Den einzigen Farbtupfer bildete ein roter Querbinder.

Er starrte Nicholas über seinen großen, mit Schnitzereien verzierten Schreibtisch hinweg an. In einem neuen weißen Hemd und mit zugeknöpftem Jackett schritt Nicholas langsam an den lebensgroßen Pappstandbildern von Baer/Grants bekannten Kinderbuchfiguren vorbei. Da gab es das Eiscreme liebende Monster *God'nilla* und die Basketball spielenden Bären, die *NetFurs*. In Regalen mit Little Baer Books stand unter anderem eine Reihe von Lehrbüchern für Kinder mit Titeln wie *Wunderbare Welt der Mathematik* und *Wortwunder*.

»Nach all den Jahren«, knirschte Baer durch seine Jacketkronen hindurch, »betreten Sie zum ersten Mal dieses Büro und dann, um mir zu sagen, daß ich mich aus dem Geschäft zurückziehen soll?«

Nicholas hob die Schultern. »Sie haben versprochen, die Prognosen zu erfüllen, Anson. 1,60 Dollar pro Aktie, sagten Sie. Ich glaube nicht, daß mein Besuch so überraschend kommt.«

»Die Erwartungen waren viel zu optimistisch«, entgegnete Baer erregt.

»Zugegeben ...«

»Unsere Schätzungen lagen bei 1,50 für das vergangene Quartal. Wir liegen acht Cents pro Aktie darüber.«

»Aber die Prognosen lagen bei zehn«, hob Nicholas hervor. »Und in diesem Fall, Mr. Baer, geht es um nichts anderes als um die Prognosen.«

»Jetzt heißt es also ›Mr. Baer‹. Na schön, *Mr. Van Orton*. Wollen Sie mich wirklich wegen ein paar lumpiger Pennies festnageln?«

»Die Aktien von Baer/Grant fallen, oder etwa nicht? Diese Pennies kosten mich Millionen.«

»Nur momentan«, erwiderte Baer. »Sie wissen verdammt gut, daß die Aktien wieder steigen werden.«

»Vielleicht«, gab Nicholas zu. »Um ehrlich zu sein, würde ich sogar sagen: Sie werden mit ziemlicher Sicherheit wieder steigen – mit der Zeit.«

»Dann geben Sie mir bis zum nächsten Quartal«, sagte Baer, der sich allmählich beruhigte. »Wenn Sie dann immer noch der gleichen Meinung sind, üben Sie das Stimmrecht Ihrer Aktien aus.«

»Mr. Baer – Anson –, unglücklicherweise zählt nur das Heute.«

Baer schlug mit der flachen Hand auf seinen Schreibtisch. »Sie rotznasiger kleiner Bettnässer! Wenn Ihr Vater Sie jetzt sehen könnte!«

Nicholas blieb stehen. »Was dann?«

»Ihr Vater war ein guter, enger Freund von mir«, fuhr Baer fort. »Verdammt noch mal, ich habe Sie aufwachsen sehen. Ich war auf Ihren Geburtstagsfeiern! Wie können Sie es wagen, mich so zu behandeln?«

Nicholas preßte die Lippen aufeinander. »Haben Sie wirklich geglaubt, daß zwischen uns so etwas wie *Freundschaft* existiere?«

»Ich beging diesen Fehler, ja.«

»Warum? Weil Sie auf meine Geburtstagsparties kamen und mit meinem Vater zum Fischen gingen? Soll ich deswegen auf meinen Händen sitzen, während sie mein Geld aus dem Fenster werfen? Dabei handelt es sich nicht nur um mein Geld, sondern um das von Dutzenden Aktionären.«

»Sehen Sie ...«

»Ich bin noch nicht fertig, Mr. Baer, aber es dauert nur

noch eine Minute. Sie haben sich eben falsch ausgedrückt, als Sie von ›sich zurückziehen‹ sprachen. Ich bin hier, um Ihnen klarzumachen, daß Sie nichts mehr zu entscheiden haben. Sie sind gefeuert. So unternehmen wir etwas und stellen das Vertrauen in das Unternehmen wieder her. Die Folge: Die Aktien steigen. Und die Tatsache, daß Sie ein ›alter Freund der Familie‹ sind, verleiht meiner Aktion nur zusätzlichen Nachdruck.«

»Judas Nicholas Ischarioth ...«

»Tja, so ist das Leben.«

»Es gibt keinen Baer/Grant-Verlag ohne Anson Baer.«

»Glauben Sie? Wo ist Stewart Grant? Er geht zum Segeln. Er genießt seine goldenen Jahre und wundert sich wahrscheinlich darüber, wo zum Teufel Sie sind.« Nicholas nahm seinen Aktenkoffer auf, den er kurzzeitig zwischen Steve Grizzly und Polar Laurie von den *NetFurs* abgestellt hatte. Er schob einige Papiere auf dem Schreibtisch zur Seite, legte den Aktenkoffer dorthin und wollte ihn aufschnappen lassen. »Sie werden ihm bald Gesellschaft leisten, alter Freund. Weil Sie versagt haben. Die Abfindung, die ich Ihnen anbiete, ist mehr als angemessen.« Während er sprach, kämpfte er mit den Verschlüssen. »Holen Sie einen Notar, und unterschreiben Sie das Angebot. Es gilt nur bis heute abend.«

»Ich könnte rechtlich dagegen angehen«, sagte Baer.

»Sicher. Aber wenn ich ohne Ihre Unterschrift von hier verschwinde, dann verliert diese Übereinkunft – falls ich sie verdammt noch mal hier rauskriege – zusehends an Wert. Die Vergünstigungen schrumpfen, die Optionen werden weniger, und die Kompensationen bröckeln ab.« Nicholas richtete den Aktenkoffer auf und hieb mit der rechten Handfläche auf die Verschlüsse. Sie öffneten sich nicht. »Es ist in Ihrem eigenen Interesse«, sagte er, erneut auf die Schlösser einschlagend. Immer noch tat sich nichts. Mit einem Mal kam ihm der Gedanke, daß der Aktenkoffer zugesperrt sein könnte, obwohl er sich nicht daran erinnerte, ihn mit dem Schlüssel verschlossen zu haben. Er zog sein Etui heraus und klappte es auf. Überrascht stellte er fest, daß sich an dem Haken, an dem er für gewöhnlich den Schlüssel seines Aktenkoffers aufbewahrte, der C.R.S.-Schlüssel befand. Er erinnerte sich nicht, ihn dort angebracht zu haben. Vielleicht hatte er es doch getan, und es war ihm lediglich entfallen, weil die vergangene Nacht so verwirrend gewesen war. Obwohl der Schlüssel nicht so aussah, als würde er passen, probierte er ihn. Es gelang ihm, den Bart ins Schloß zu bringen, aber bei dem Versuch ihn zu drehen, geschah nichts.

Baer lächelte finster. »Ich hoffe, Van Orton junior, daß Sie das Unternehmen besser zu leiten gedenken, als Sie mit Ihrer Aktentasche umgehen können.«

»Ihr Problem, Mr. Baer, besteht darin, daß Sie den Unterschied zwischen einem kleinen Mißgeschick und fortdauerndem Mißmanagement nicht kennen«, erwiderte Nicholas verärgert und in verletzender Absicht. Er starrte den älteren Mann an. »Offenbar will es der Zufall, daß Sie einen Exekutionsaufschub erhalten. Aber mehr ist es nicht, ›alter Freund'. Ich lasse Ihnen über Nacht eine Kopie zukommen. Der Zweck meines Besuches ist trotzdem erfüllt.«

»Sind Sie hierhergekommen, um zu beweisen, daß Sie ein herzloses kleines Arschloch sind?« fragte Baer kalt.

»Guten Morgen, Sir.« Nicholas zog seinen Aktenkoffer vom Schreibtisch und stieß dabei einige Little-Baer-Bände um.

In wilder, zorniger Hast verließ er das Büro, die Etage und das Gebäude. Als er die Straße erreichte, blieb er stehen. Er hatte die Unterschrift des miesen alten Trottels auf dem Vertrag gewollt. *Deswegen* war er verdammt noch mal hergekommen! Und wäre dieser dämliche Aktenkoffer nicht gewesen, dann hätte er sie jetzt auch gehabt.

In blinder Wut hob er den Aktenkoffer über seinen

Kopf und schleuderte ihn mit Macht auf einen Hydranten.

Der Aktenkoffer gab ein lautes Geräusch von sich, zeigte jedoch keine weitere Reaktion. Vor Zorn schnaubend, und ohne auf die Fußgänger zu achten, die einen großen Bogen um ihn beschrieben, stolzierte Nicholas auf die wartende Limousine zu. Er befahl dem Fahrer, ihn aus dem »verfluchten« Seattle hinauszubringen.

Kapitel 14

Nicholas saß an seinem Tisch im Restaurant des City Club, vor sich eine nahezu leere Cola light. Geistesabwesend stocherte er mit dem Strohhalm auf der Zitronenscheibe herum. Er blickte auf die Uhr.

19 Uhr 55. Conrad war seit fast einer halben Stunde überfällig. Das war typisch für seinen Bruder. Für gewöhnlich wurde er durch irgendeinen Drogendeal aufgehalten oder war zu ausgelaugt, um aufzustehen. Eigentlich hatte Nicholas gedacht, daß der neue Conrad anders wäre. Er wußte nicht, von wem er mehr enttäuscht sein sollte – von Conrad oder von sich selbst. Wie hatte er annehmen können, daß sich sein Bruder geändert hatte?

Niemand ändert sich, dachte er und leerte sein Glas.

Er hob die Hand und winkte den beleibten, schnurrbärtigen Oberkellner heran. »Hat mein Bruder Conrad eine Nachricht für mich hinterlassen?«

»Nicht, daß ich wüßte, Mr. Van Orton. Aber ich sehe sofort nach.«

Nicholas blickte aus dem Fenster. Sein verbeulter Aktenkoffer stand auf dem Stuhl neben ihm. Er konnte es kaum erwarten, nach Hause zu kommen und das verdammte Ding aufzubrechen. Er würde es mit Wonne zerstören, dafür bestrafen, daß es ihn gequält hatte.

»Zur Hölle mit Conrad«, entschied er plötzlich, griff nach dem Aktenkoffer und rutschte hinter dem Tisch hervor.

Dabei stieß er mit einer Kellnerin zusammen, die ein Tablett mit zwei Gläsern Rotwein trug. Die Flüssigkeit ergoß sich über Nicholas' Anzug.

»Oh, bitte entschuldigen Sie!« brachte die Kellnerin erschrocken hervor. Sie stellte das Tablett auf den Tisch und griff nach einer Serviette. »Es tut mir sehr leid, Sir.« Sie ergriff mit einer Hand seinen Jackenaufschlag und begann, die Außenseite abzutupfen.

»Bitte, lassen Sie das.« Hastig zog sich Nicholas zurück.

»Es dauert nur eine Sek...«

»Ich sagte *nein!*« Er entriß ihr die Serviette. »Ich kümmere mich selbst darum!«

»Ich bitte tausendmal um Entschuldigung, Sir. Heute ist wirklich nicht mein Tag.«

»Es scheint nicht Ihre Woche zu sein«, gab Nicholas zurück. »Vor ein paar Tagen haben Sie das gleiche schon einmal mit mir gemacht« – er starrte auf ihr Namensschild – »Christine.«

Die junge Frau sah ihn an. Sie trat einen Schritt zurück und schluckte. »O mein Gott, es tut mir so leid.«

»Sparen Sie sich das. Holen Sie mir statt dessen noch ein paar Servietten und etwas Mineralwasser.«

»Sofort. Noch einmal, Sir, es tut mir leid. Es war ein Unfall.«

»Ja. Toll.«

Sie blieb stehen und starrte ihn einen Moment lang an. »Ich sagte, daß es mir leid tut. Es ist doch weiß Gott nicht das Ende der Welt.«

»Dieses Jackett kostet mehr, als Sie in einem Monat verdienen.« Er wandte ihr den Rücken zu. »Sagen Sie mir nicht, was das Ende der Welt ist und was nicht.«

»Also schön, dann eben nicht!« Sie wandte ihm ebenfalls den Rücken zu und ging. »Blödmann.«

Nicholas wirbelte herum. Er lief ihr nach. »*Was* haben Sie gesagt?«

»Sind Sie genauso taub wie unhöflich? Ich sagte ›Blödmann'! Von mir aus machen Sie einen ›idiotischen Blödmann‹ daraus.«

Der Oberkellner kam mit weit aufgerissenen Augen heran. »Christine!« rief er. »Wie können Sie es wagen! Mr. Van Orton ist ein geschätzter Kunde unseres Hauses!«

»Dann küssen Sie ihm doch die Füße.« Sie wollte an ihm vorbei.

Der Oberkellner packte sie am Oberarm. »So reden Sie nicht mit mir, junge Frau!«

Christine fixierte den rundlichen Mann. »Ich habe mich bei ihm entschuldigt«, gab sie leise und ruhig zurück. »Ich bot ihm meine Hilfe an, und ›Mr.‹ Van Orton beleidigte mich. Er bekam nur die Antwort, die er verdient.«

Der Oberkellner straffte sich. »Sie werden auch bekommen, was Sie verdienen. Räumen Sie sofort Ihren Spind, Miss Whitlock!«

Christine entwand ihm ihren Arm. »Sehr gut, Dennis. Sobald ich das Geld für diese Woche bekommen habe.«

»Warten Sie in meinem Büro. Ich komme gleich.«

»Ich werde die Sekunden zählen, Mr. Mikasa.« Sie verschwand durch die Tür.

Der Oberkellner winkte zwei Kellnerlehrlinge heran und führte Nicholas dann sanft an einen anderen Tisch. »Es tut mir furchtbar leid, Mr. Van Orton. Dürfen wir Ihnen auf Kosten des Hauses ein Abendessen als Wiedergutmachung anbieten?«

»Ja, meinetwegen.« Nicholas war erschöpft. Außerdem war er hungrig und zu allem bereit, um diese verrückte Szene, diesen verrückten Tag zu beenden.

»Ich werde Ihnen einen neuen Kellner zuteilen«, sagte der Oberkellner.

»Er soll mir ein paar Servietten und Mineralwasser bringen.«

»Sofort, Sir.«

Nicholas zog sein Jackett aus und hängte es über die Stuhllehne. Nachdem er Platz genommen hatte, preßte er seine Handflächen in die Augenhöhlen. Er hoffte, daß Conrad nicht mehr auftauchen würde. Er wollte nur noch essen, nach Hause fahren und schlafen. Sogar der gottverdammte Aktenkoffer konnte warten. Er würde Sutherland damit beauftragen, Baer eine Kopie des Vertrages zukommen zu lassen.

Ein Kellner mit einer Speisekarte unter dem Arm näherte sich dem Tisch. Nicholas richtete sich auf. Der Kellner blieb stehen und legte eine Rechnung auf den Tisch. Dann ging er fort.

Nicholas starrte hinter ihm her. »Warten Sie! Hallo, einen Moment!«

Der Kellner blieb nicht stehen.

»He, Mann!« Nicholas hob eine Hand. Er sah auf die Rechnung hinunter, über die mit Bleistift eine Botschaft gekritzelt worden war: LASSEN SIE SIE NICHT GEHEN! Nicholas sah wieder auf und bekam eben noch mit, wie der Kellner die Stufen hinter der Tür, über der *Ausgang* stand, hinunterging. »He, Kellner, warten Sie!«

Aber der junge Mann war bereits verschwunden. Nicholas stand auf, griff nach seinem Aktenkoffer und eilte durch das Restaurant. Er hörte, wie eine Tür geräuschvoll ins Schloß fiel. Rasch nahm er die Stufen und stand in einer dunklen, engen Sackgasse. Hinter ihm fiel die Tür zu.

Er sah sich um. Rechts von ihm verlief eine größere Querstraße, links befand sich eine hohe Mauer. Zwischen ihm und der Straße lag eine weitere Tür. Im selben Moment, als er darauf zuging, öffnete sie sich, und Christine trat heraus.

»Ach ja?« rief die junge Frau. »Dann schmier dir deine Vichysauce doch in die Haare, Idiot!« Sie versetzte der

Tür einen Tritt und starrte mit funkelndem Blick darauf. »Verdammter Dreckskerl von Oberkellner! Ich hoffe, daß du an einem Hühnerknochen erstickst.« Sie warf sich die Tasche über die Schulter und ging auf die Straße zu.

Nicholas folgte ihr. »Entschuldigen Sie, Miss.«

Ohne stehenzubleiben, sah sie über ihre Schulter. »O nein, *Sie!*« Sie ging schneller.

»Bitte warten Sie!« rief Nicholas. Er lief ihr nach, noch immer die Rechnung in der Hand haltend, die ihm der Kellner gegeben hatte. »Ich habe diese Nachricht hier bekommen. Wie funktioniert das? Haben Sie etwas für mich?«

»Na klar, Sie Wahnsinniger. Es befindet sich genau *hier*, zwischen meinem Zeigefinger und meinem Ringfinger.« Sie hielt den Mittelfinger hoch und ging weiter.

»Nein, ich meine ... Ich möchte wissen, was hier vorgeht. Sind Sie ein Teil davon?«

»Wovon zum Teufel sprechen Sie? Wissen Sie, wovon ich Ihretwegen ein Teil bin? Vom Heer der Arbeitslosen.«

»Das tut mir leid.« Er folgte ihr weiter. »Aber ich muß Ihnen etwas erklären.«

»Erklären Sie mir nichts.« Christine hatte nun fast die Querstraße erreicht. »Verschwinden Sie einfach auf Nimmerwiedersehen.«

Nicholas griff nach ihr und trat in eine tiefe Wasserpfütze. Er stolperte, ließ seinen Aktenkoffer fallen, verdrehte sich das Knie und holte sich ein nasses Hosenbein. Bevor er wieder auf die Füße kam, verschwand die Frau um die Ecke.

»Verdammt noch mal!« rief er hinter ihr her. »Ich wollte mich entschuldigen! Werden Sie mir wenigstens das ermöglichen?«

Sie ging die Straße entlang, ohne sich umzudrehen.

Nicholas ließ den Kopf hängen, und seine Schultern fielen herab. »Mein Gott«, sagte er. Seufzend hob er seinen Aktenkoffer auf, wandte sich langsam um und ging den Weg zurück, den er gekommen war. Nach wenigen Schritten vernahm er hinter sich einen erstickten Schrei. Es war die Stimme eines Mannes. Als er sich umdrehte, sah er, wie ein schwerer Mann auf dem Gehweg der Querstraße unter einer Laterne auf die Knie sank und dann nach vorne auf das Gesicht fiel.

Instinktiv bewegte er sich auf ihn zu. Offenbar hatte der Mann einen Herzinfarkt erlitten. Nicholas zog sein Handy aus der Tasche. Es war feucht vom Wein, aber er hoffte, daß es noch funktionierte. Während er es aufklappte, kam die ehemalige Kellnerin zurück und beugte sich zu dem Mann hinunter.

»Kennen Sie diesen Mann, Christine?« fragte Nicholas.

Sie schüttelte den Kopf. »Was fehlt ihm?«

»Ich weiß es nicht. Er schrie auf und fiel dann um.«

Die junge Frau ließ sich auf die Knie nieder und versuchte, den schweren Mann auf die Seite zu drehen. Nicholas half ihr, und es gelang ihr, einen Arm unter ihm hervorzuziehen. Sie fühlte nach dem Puls. Plötzlich begann der Mann krampfartig zu zucken. Christine und Nicholas sprangen zurück.

»Was sollen wir tun?« fragte sie.

Der Mann erstarrte und bewegte sich nicht mehr.

»Ich glaube, er hat aufgehört zu atmen«, sagte Nicholas.

Christine reagierte, noch während er sprach. Sie schob dem Mann zwei Finger in den Mund und tief in die Kehle. Zähflüssiger Speichel und Schleim kamen aus seiner Luftröhre hervor.

Nicholas reichte ihr sein Taschentuch. Sie riß es ihm aus der Hand. »Worauf zum Teufel warten Sie?« fragte sie.

»Was?«

»Benutzen Sie das gottverdammte Telefon, und rufen Sie den Notarzt!«

Nicholas hatte das Handy wieder eingesteckt und

ganz vergessen. Er holte es hervor und gab 911 ein. »Das darf doch alles nicht wahr sein«, sagte er und erhob sich. »Ich kann's nicht glauben.«

»Der arme Kerl pinkelt sich soeben in die Hose. Ist das wahr genug für Sie?« fragte Christine.

»Schon gut. Okay.«

»Und jetzt wird er verdammt noch mal blau! Mist!«

Christine zerrte den Mann auf den Rücken und beugte sich über ihn. Während sie ihm eine Mund-zu-Mund-Beatmung verpaßte, dämmerte Nicholas allmählich, daß es sich nicht um ein Spiel handelte. Dies war echt.

»Verdammt!« stieß er hervor, als nur Rauschen in der Ohrmuschel zu hören war. Wozu waren die verdammten Dinger gut, wenn sie mitten in einer der belebtesten Städte der Welt nicht funktionierten? Während er loslief, versuchte er weiter, eine Verbindung herzustellen. Als er versehentlich auf die Straße geriet, konnte er sich nur um Haaresbreite durch einen Satz auf den Bürgersteig zurück vor einem vorbeirasenden Lieferwagen retten.

»Blöder Hund!« schrie der Fahrer und hupte laut.

Nicholas ignorierte ihn. Er sah die Straße hinauf und hinunter und betätigte immer wieder die Wahlwiederholung. Es war ein kühler Abend, und niemand schien einen Spaziergang zu unternehmen – niemand, der vielleicht hätte helfen können. Wäre jemand auf der Straße gewesen, so hätte er Nicholas sicherlich für eine bemerkenswerte Erscheinung gehalten: Seine Kleider waren durchnäßt, er hielt ein Handy am Ohr und trug einen Aktenkoffer bei sich, der beim Laufen wild vor und zurück schwang.

»Komm schon!« schrie Christine den bewußtlosen Mann an. »Atme, verdammt noch mal! *Atme!*

Ein Mann stirbt, sagte Nicholas zu sich selbst. *Unternimm etwas!*

In diesem Augenblick sah er ein Polizeifahrzeug auf sich zukommen. Er trat auf die Straße und gestikulierte heftig mit beiden Armen. Der Polizeiwagen hielt an, und zwei Beamte stiegen vorsichtig aus. Während Nicholas dem einen die Situation erklärte, rief der andere über Funk eine Ambulanz herbei. Der Beamte, mit dem Nicholas sprach, sagte ihm, daß er bei der Laterne warten solle, sie seien in Kürze bei ihm.

Nicholas lief zu Christine zurück. Hilflos sah er dabei zu, wie sie um das Leben des Fremden kämpfte.

Ist er Vater eines kleinen Jungen? fragte er sich.

Zum ersten Mal seit langer Zeit fühlte Nicholas Van Orton so etwas wie Demut.

Kapitel 15

Während die Sanitäter und einer der Polizisten den Mann auf eine Trage hoben, kam der andere Polizist zu Christine und Nicholas herüber. Der jungen Frau war es gelungen, den Mann wieder zum Atmen zu bringen, kurz bevor der Krankenwagen eintraf. Das Rettungspersonal war beeindruckt, Nicholas ebenfalls.

»Sie müssen das hier ausfüllen«, sagte der Beamte und hielt ein hölzernes Klemmbrett hoch.

»Aber wir kennen den Mann nicht«, meinte Nicholas.

»Was brauchen Sie?« fragte Christine.

»Einen vollständigen Bericht über alles, was Sie gehört, gesehen und getan haben«, antwortete der Polizist.

»Der Mann brach zusammen«, erklärte Nicholas unwirsch. »Vielleicht hatte er zuviel getrunken, oder ihm wurde aus irgendeinem anderen Grund schlecht. Was zum Teufel hat das mit uns zu tun?«

»Es mag durchaus so gewesen sein«, erwiderte der Beamte. »Aber es gibt keine anderen Zeugen, und falls der Arzt herausfindet, daß es sich in irgendeiner Form um einen Überfall gehandelt haben könnte, kommt es zu einer Untersuchung.«

»Ich muß doch sehr bitten«, sagte Nicholas ärgerlich. »Ich habe keine Zeit, um mich mit so etwas abzugeben.«

»Aber Sie werden sich damit abgeben müssen, ob es Ihnen gefällt oder nicht«, gab der Beamte zurück. »Sollten Sie sich weigern, mit uns zusammenzuarbeiten, muß ich Sie festnehmen.«

»Mich festnehmen? Mit welcher Begründung?«

»Wegen Behinderung der Ermittlungen, Verdacht der Beteiligung an einer kriminellen Handlung – wählen Sie aus, was Ihnen besser gefällt, Sir.«

»Das ist dummes Geschwätz«, sage Nicholas.

»Das ist das Gesetz«, verbesserte ihn der Beamte.

»Gestapo-Taktik«, schimpfte Nicholas.

»Wir sind soweit und können abrücken!« rief einer der Sanitäter.

»Fahren Sie mit Ihrer Frau im Krankenwagen mit«, sagte der Beamte zu Nicholas. »Wir treffen uns im Krankenhaus.«

»Sie ist nicht meine Frau«, entgegnete Nicholas, seinen Ärger nur noch mühsam zügelnd.

»Mir tut die Frau leid, die es ist«, murmelte Christine, während sie in den Krankenwagen stieg.

Nicholas folgte ihr, und ein Sanitäter schloß die Tür. Nicholas stellte den Aktenkoffer zwischen seine Beine, und Christine legte die Klemmtafel auf ihre Knie. Sie begann damit, Kästchen abzuhaken. Nicholas warf die Rechnung des Kellners auf das oberste Blatt Papier.

»Was ist das?« fragte sie.

»Das habe ich Ihnen schon draußen auf der Straßen zu erklären versucht. Vor 15 Minuten freute ich mich auf nichts weiter als ein ruhiges Abendessen, als ich diese Notiz bekam. Ich sollte Sie nicht fortgehen lassen.«

»Ich hatte mal einen Freund, dessen Mutter ihm dasselbe riet.«

»Ich meine es ernst«, sagte Nicholas. »Da geht etwas vor, wovon Sie nichts wissen.«

»Ach ja? Was denn?«

Nicholas bedeutete ihr mit erhobenem Finger, daß sie warten solle. Dann sah er einen der Sanitäter an und zeigte auf den Mann auf der Bahre. »Der Mann atmet, nicht wahr?«

»Ja, Sir.«

»Sehr gut«, meinte Nicholas. »Ist die Sirene dann unbedingt notwendig?«

»Ja, Sir«, entgegnete der junge Mann. »Das sind die Regeln.«

»Großer Gott«, stieß Nicholas hervor. »Hier haben anscheinend alle außer mir bestimmte Rechte.«

»Alle außer uns«, warf Christine ein. Sie gab Nicholas die Rechnung zurück und fuhr fort, das Formular auszufüllen. »Ich habe beschlossen, daß ich nicht hören will, was da vorgeht und wovon ich nichts weiß«, sagte sie. »Ich will nur hiermit fertig werden und mir dann überlegen, was ich mit dem Rest meines Lebens anfange.«

Nicholas steckte die Rechnung in die Innentasche seines Mantels und lehnte sich zurück. Plötzlich fiel ihm die Wortwahl des Sanitäters auf. *»Das sind die Regeln«*, hatte er gesagt. Gehörte das alles zum Spiel?

Der Krankenwagen raste zum San Francisco General Hospital in Potrero. Er schoß eine Rampe hinab, durchquerte rasch eine Tiefgarage, vollzog eine Kehre und fuhr rückwärts an den unterirdischen Eingang der Notaufnahme heran. Ein Sanitäter öffnete die Tür. Überall schien sich medizinisches Personal aufzuhalten, während Verletzte aus anderen Krankenwagen gebracht wurden. Nicholas und Christine stiegen aus und blieben auf der Seite stehen, während der schwere Mann weggerollt wurde. Sie beobachteten, wie er rasch durch eine automatische Tür geschoben wurde. Christine hob die Augenbrauen, wandte sich dann an Nicholas und gab ihm die Klemmtafel.

»Sie sind dran, Mr. Sensibel.«

»Wie bitte?«

»Mr. Sensibel«, wiederholte sie. »Ihre armen Ohren. Es ist das erste Mal, daß ich erlebe, wie sich jemand über die Sirene eines Krankenwagens beschwert.«

»Ich wollte Ihnen etwas Wichtiges sagen«, entgegnete er.

»Und der Notarzt war dabei, jemandem das Leben zu retten«, erwiderte sie. »Aber vermutlich ist das nicht besonders wichtig für einen Mann wie Sie.«

»Das ist nicht fair«, gab er zurück. »Ich bewundere Sie für das, was Sie getan haben.«

»Sparen Sie sich das.«

Er sah auf die Klemmtafel, während sie davonging. »He, Sie haben Ihre Führerscheinnummer vergessen«, rief er ihr hinterher.

»Nein, ich habe meinen Führerschein vergessen«, rief sie über die Schulter zurück und ging auf die Tür zu.

»Wohin gehen Sie?«

»Mit dem reden, der hier verantwortlich ist.«

»Warten Sie«, rief Nicholas und lief ihr nach.

Plötzlich gingen alle Lichter in der Tiefgarage aus. Nicholas erstarrte, Christine ebenfalls. Sie war noch nahe genug bei ihm, so daß er sie im Signallicht des Krankenwagens erkennen konnte. Um sie herum war Fußgetrappel zu hören, aber keine Stimme.

»Das ist verrückt«, sagte Nicholas.

»Was geht hier vor?« fragte Christine.

»Das wollte ich Ihnen die ganze Zeit sagen.« Er kam auf sie zu. »Es ist ein Spiel.«

»Ein Spiel?«

»Es wird von einem Unternehmen veranstaltet«, erklärte er. »Sie spielen den Leuten ziemlich ausgefallene Streiche und so weiter. Ich bin auch erst dabei herauszufinden, wie es funktioniert.«

»Streiche?« fragte sie. »Wovon zum Teufel sprechen Sie?«

»Ich rede von einer Art Freizeitaktivität, in der Ihnen so etwas wie ein Rätsel aufgegeben wird, das Sie lösen müssen. Die Lichter gehen aus, und ungefähr ein Dutzend Menschen laufen davon, um Sie mutterseelenallein in einer Tiefgarage zurückzulassen.«

»Sie meinen, daß wir *vorsätzlich* hergebracht wurden?«

»Ich jedenfalls schon«, antwortete Nicholas. »Aber wahrscheinlich sollte ich Sie mitbringen. Das hatte die Nachricht des Kellners zu bedeuten.«

»Dann glauben Sie also, daß der Mann, der auf der Straße zusammenbrach, blau wurde und sich in die Hose machte ...«

»Vermutlich war er ein Köder.« Nicholas erreichte Christine. »Er sollte uns hierherbringen, an diesen Punkt.«

»Wozu?«

»Ich weiß es nicht. Es tut mir leid, aber ich weiß es wirklich nicht.«

»Das sollten Sie aber!« schrie sie ihn plötzlich an. »Himmel, ich höre mich schon so an wie Sie vorhin im Restaurant!« Kopfschüttelnd lief sie auf den Krankenwagen zu.

»Was haben Sie vor?« fragte Nicholas.

»Da muß doch eine Taschenlampe drin sein. Ich werde sie finden und mich verdammt noch mal aus dem Staub machen – weg von Ihnen.«

Er sah zu, wie sie hinten in den Wagen kletterte und begann, Schubladen aufzuziehen und wieder hineinzudrücken. Nicholas schürzte die Lippen. Ihm wollte nicht einleuchten, warum sie in das Spiel einbezogen worden war.

»Leer!« zischte sie. »Na ja, was hatte ich auch erwartet? Verdammter Mist.« Sie stieg aus, öffnete ihre Handtasche und zog eine Streichholzschachtel heraus. »Dabei dachte ich, daß der Kerl im Sterben liegt. Ich gab ihm eine Mund-zu-Mund-Beatmung und habe ihm seinen Rotz aus dem Hals gefischt.«

»Wahrscheinlich war beides nicht echt«, sagte Nicholas in der Absicht zu helfen.

»Fantastisch.« Christine riß ein Streichholz an. »Wir sehen uns dann später. Oder vielleicht auch nicht. Ich bin sicher, daß wir in unterschiedlichen sozialen Kreisen verkehren.«

»Wohin gehen Sie?«

»Nach Hause. Ich werde einfach diese gelbe Rampe hinauflaufen und an der nächsten Haltestelle in einen Bus steigen.«

»Ich komme mit Ihnen.«

»Nein, vielen Dank. An Ihnen ist was Unheimliches.« Das Streichholz erlosch, und Christine zündete ein neues an. Sie sah sich um. »Ähm ... erinnern Sie sich, wo wir reingekommen sind?«

»Nein, nicht genau. Aber ich glaube, daß wir uns daran auch nicht erinnern *sollen.*«

Sie starrte ihn durch das flackernde Licht hindurch an. »Gehört das auch zu diesem dämlichen Spiel?«

Nicholas nickte. Da hörte er in einiger Entfernung ein helles *Ping.* Er wandte sich um. Irgendwo ging die Tür eines Aufzuges auf. »Christine ... geben Sie sie mir«, sagte er. »Die Streichhölzer.«

Christine eilte zu ihm. Nicholas nahm die Schachtel, riß ein Streichholz an und schirmte es mit einer Hand ab, während er sich durch die dicht geparkten Wagen schlängelte. Unmittelbar hintereinander bewegten sie sich um die Autos und die Säulen herum, bis sie die erleuchtete Aufzugskabine sahen. Sie liefen darauf zu.

»Ihr verdammten Mistkerle«, fluchte Christine, als sie gegen einen geparkten Wagen stieß. »Wenn ich euch zu fassen kriege, ihr Saftsäcke ...«

Als Nicholas den modernen, hellerleuchteten Aufzug erreichte, drückte er nacheinander alle Knöpfe. Nichts geschah. Christine öffnete die Tür zum Nottelefon. Der Kasten war leer.

»Das ist unglaublich«, sagte sie.

»Allerdings«, bemerkte Nicholas. Im gleichen Moment fiel ihm das Schlüsselloch auf. Hastig griff er in die Tasche, um sein Etui herauszuziehen. Er fingerte nach dem C.R.S.-Schlüssel und steckte ihn in den Schlitz. Der Schlüssel paßte! Nicholas drehte ihn. Die Türen schlossen sich, und der Aufzug fuhr nach oben. Es war der erste befriedigende Moment, den er an diesem Tag erlebte.

»Okay«, meinte Christine. »Wollen Sie jetzt wenigstens den Versuch unternehmen, mir das alles zu erklären?«

Er sah sie an, bemüht, mit einem Auge die Anzeige der Stockwerke, die nacheinander aufleuchteten, zu beobachten. Der Aufzug war im vierten Untergeschoß losgefahren. »Das ist eine lange Geschichte, Christine«, begann er. »Mein Bruder hat eine Firma namens *Consumer Recreation Services* beauftragt. Sie veranstalten so eine Art Abenteuerwochenenden ...«

»Abenteuerwochenenden? Was ist das – für die Nichteingeweihten?«

»Man trifft sich in einem Hotel oder Tagungszentrum und versucht, ein simuliertes Verbrechen aufzuklären.«

»Wie ich bereits sagte«, stellte Christine fest. »Wir verkehren in unterschiedlichen sozialen Kreisen.«

»Das spielt keine Rolle. Alles fing damit an, daß ich in der Eingangshalle zu meinem Haus diesen Schlüssel hier im Mund eines hölzernen Clowns fand ...«

»Wissen Sie was?« sagte sie »Geben Sie sich keine Mühe. Ich habe genug ...«

Ihr Mund klappte hörbar zu, als der Aufzug mit einem plötzlichen Ruck zum Stehen kam. Die Deckenlichter erloschen, und ein rotes Notlicht leuchtete auf. Bis auf Nicholas' hämmerndes Herz und Christines rasselnden Atem herrschte absolute Stille.

»Weil wir gerade von Clowns reden«, sagte sie. »Wir hätten niemals in diesen Aufzug steigen sollen.«

Nicholas drückte auf den roten Alarmknopf. Er funktionierte nicht. Weil er das Gefühl hatte, daß auch die anderen Knöpfe nicht funktionieren würden, drückte er sie erst gar nicht. Auch die Ziffern für die Stockwerke leuchteten nicht mehr auf; er hatte keine Ahnung, wo sie sich befanden. In einem letzten verzweifelten Versuch zog er sein Handy aus der Tasche und wählte den Notruf. Er runzelte die Stirn. »Rauschen.«

»Warum überrascht mich das nicht?« fragte Christine besorgt. Sie trat an die Tür und begann dagegenzuhämmern. »He!« schrie sie. »Ist da draußen jemand? Hallo?« Wütend trat sie mit dem Fuß gegen die Tür. »Sagen Sie, was zahlt man denn heutzutage für das Abenteuer ›Gefangen in einem Aufzug'?«

»Ich werde Conrad fragen, wenn ich den Bastard das nächste Mal sehe«, antwortete Nicholas. Erst jetzt kam ihm der Gedanke, daß Conrad vielleicht absichtlich nicht zum Abendessen erschienen war. Wahrscheinlich hatte er C.R.S. angerufen, und sie hatten den Plan ausgeheckt, das Spiel mit dieser strohdummen Kellnerin fortzusetzen. Während sich seine Augen an das rote Halbdunkel gewöhnten, bemerkte er, daß Christine nach oben starrte. Sie fixierte die Falltür in der Decke. »Vergessen Sie's«, meinte er.

»Wieso? Haben Sie eine bessere Idee?«

»In der Tat. Lesen Sie das Schild neben dem Alarmknopf.«

Christine folgte seinem Zeigefinger.

»Achtung«, las er, *»versuchen Sie nicht, die Kabine zu verlassen, falls der Aufzug stehenbleibt. Benutzen Sie statt dessen das Nottelefon …«*

»… das es nicht gibt …«

»… *und warten Sie auf Hilfe.* Genau das habe ich vor – auf Hilfe warten.«

»Verstehe. Und Sie glauben allen Ernstes, daß Hilfe kommen wird? Denken Sie, daß derjenige – wer immer das auch sein mag –, der diesen Fahrstuhl angehalten hat, ihn wieder in Gang setzen wird oder die Kavallerie schickt?«

Für einen langen Augenblick starrte Nicholas die Frau an. *Selbstverständlich wird jemand kommen,* dachte er. *Es sei denn, das ist kein Krankenhaus, und alle wurden dafür bezahlt, Rollen zu spielen wie Filmstatisten.* In diesem Fall würde C.R.S. in zwei oder drei Tagen Hilfe schicken, nachdem Christine und er vor Hunger ohnmächtig geworden wären. *Vielleicht schicken sie auch keine Hilfe,* sagte er zu sich selbst. Wer konnte das schon wissen? Möglicherweise handelte es sich bei den Menschen, die zu C.R.S. gingen, um unterhalten zu werden, um Wirrköpfe, die nach echter Gefahr suchten. Conrad paßte mit Sicherheit in diese Kategorie – er gehörte zu den Typen, die illegal nach Kuba einreisten, um dort am Strand zu liegen, obwohl er einen billigen Flug nach Florida oder Antigua oder an einen anderen sonnigen, heimatlichen Strand hätte buchen können.

Nicholas sah zu der Falltür auf. Wenn sie sich nun nicht öffnen ließe?

Es muß gehen, entschied er. *Jetzt haben sie uns schon so weit an der Nase herumgeführt.*

Er zog sein Jackett aus, reichte es Christine und stieg über seinen Aktenkoffer auf den Handlauf der Aufzugskabine. Als er sich gegen den Deckel stemmte, knirschte es, bevor die Abdeckung mit lautem Getöse herunterfiel. Nicholas starrte in die Öffnung. Dahinter war es schwärzer als in der Hölle.

Er sprang auf den Boden zurück. »Wie wär's, wenn ich Sie hochhebe?«

»Äh-äh«, machte Christine.

»Was heißt das?«

»Daß Sie zuerst gehen. Sie sind der Mann.«

»Hören Sie, Christine, hier geht es nicht darum, ob ich mutig bin oder nicht. Ich habe genauso viel Angst wie Sie. Aber ich kann noch vernünftig denken. Sie sind kleiner als ich, und wenn ich Sie nicht hochhebe, wie wollen Sie dann hier rauskommen?«

»Sie steigen rauf, sehen sich um und ziehen mich nach oben.«

»Blödsinn. Es ist viel leichter, wenn ich Sie raufschiebe. Sie steigen auf den Handlauf, halten sich an den Rändern des Loches fest, und ich schiebe Sie hoch.«

»Nein.«

»Bitte.«

»Nein!« Sie sah zu Boden. »Ich trage keinen Slip. So, jetzt hab' ich's gesagt. Sind Sie nun zufrieden?«

»Unter normalen Umständen wäre ich's. Aber ich bin viel zu erschöpft, um den Anblick zu genießen. Bitte überlegen Sie sich's noch mal.«

Sie schüttelte den Kopf.

Nicholas gab auf. Geräuschvoll stieß er den Atem aus und stieg wieder auf den Handlauf. Dann streckte er beide Arme durch die Öffnung, legte seine Handflächen auf das staubige Dach der Fahrstuhlkabine und zog sich nach oben.

Kapitel 16

Da es in dem Schacht kühl war, bat Nicholas Christine, ihm seine Jacke nach oben zu reichen. Nachdem er sie angezogen hatte, zündete er ein Streichholz an und sah sich um. Zu beiden Seiten des Fahrstuhls befanden sich zwei Metallschienen. Direkt hinter ihm hingen drei dicke Kabel, die in der Dunkelheit über ihm verschwanden. Wahrscheinlich führten sie zu den Motoren, die den Aufzug steuerten. Das Gegengewicht zu der Kabine war nicht auszumachen. Er hatte keine Ahnung, wie hoch das Gebäude war, oder wo sich der nächste Ausgang befand.

»Sehen Sie was?« fragte Christine.

»Nichts Vielversprechendes.« Während Nicholas sich umsah, verbrannte das Streichholz seine Fingerkuppen. Er schüttelte es aus, ließ es fallen und zündete ein neues an.

Dann sah er den wunderbarsten Anblick, dessen er je teilhaftig geworden war. »Ich nehme alles zurück«, sagte er. »Hier ist eine Leiter.«

»Mein Held«, rief sie.

Durch den Sarkasmus hindurch konnte Nicholas die Erleichterung hören. Das entschädigte ihn: Christine war nicht die eiserne Lady, die sie zu sein vorgab. Er ließ sich neben der Öffnung auf die Knie nieder. »Geben Sie mir meinen Aktenkoffer, danach ziehe ich Sie hoch.«

Christine reichte ihm den schweren Aktenkoffer hinauf und kletterte dann auf den Handlauf. Er zog sie an den Unterarmen hoch, weil er sie so besser festhalten konnte.

Augenblicke später befanden sie sich auf der Leiter und stiegen den Schacht hinauf. Nicholas bildete die Vorhut. Die Kletterpartie war kurz und ereignislos. Er erblickte einen vertikalen Lichtstreifen ungefähr zehn Meter über ihnen, und sie bewegten sich darauf zu. Als sie ankamen, zündete er ein Streichholz an. An der Tür, die sich auf der Seite der Leiter befand, war ein drehbarer Riegel angebracht, der sich problemlos nach unten ziehen ließ. Dadurch gelang es ihm, die Tür zu öffnen. Nachdem sie die letzten Sprossen erklettert hatten, schwangen sie sich mühelos ins Freie.

Sie befanden sich in einer großen Halle mit einer gläsernen Kuppel.

»Verdammt«, fluchte Nicholas und wischte sich die schmutzigen Hände an seiner Hose ab. »Mein Aktenkoffer.«

Christine verschränkte die Arme. »Ich warte hier.«

Er sah den Schacht hinunter. »Nun, eigentlich kann ihn sowieso niemand öffnen.«

»Vermutlich kann auch keiner etwas mit dem Inhalt anfangen. Ich meine, der typische Aufzugsmechaniker wird sich nicht unbedingt mit komplizierten finanziellen Transaktionen beschäftigen.«

Nicholas seufzte. Sie hatte recht. Außerdem war das verdammte Ding sowieso hinüber. *Zum Teufel damit,* dachte er.

Sie durchquerten die leere Halle. Plötzlich schmunzelte Nicholas. »Ich hätte es wissen sollen.«

»Was?«

»Das ist C.R.S.«

»Was ist C.R.S.?«

»Das hier. Es ist ihr Gebäude.«

»Das ganze riesige Haus?«

»Das frage ich mich auch.«

Plötzlich begann ein Alarm zu schrillen. Nicholas sah sich um, dann blickte er nach oben. In geringer Höhe entdeckte er die rote Betriebsanzeige eines Bewegungsmelders.

»Jetzt bekommen wir wenigstens Hilfe«, sagte er.

»Was meinen Sie mit ›wir'? Ich habe damit nichts zu tun.«

»Mittlerweile schon, fürchte ich. Aber es ist kein großes Problem. Wenn die Sicherheitsleute eintreffen, erklären wir ihnen einfach, was passiert ist ...«

»Sie werden begeistert sein.«

»Das ist mir egal, es entspricht der Wahrheit.«

Christine sah sich in der Halle um. »Wissen Sie, was?«

»Was?«

Sie begann zu laufen. »Sie können es für uns beide erklären.«

»Warten Sie! Ich glaube, Sie sollten hierbleiben, bis sichergestellt ist, daß das Spiel beendet ist.«

»Schreiben Sie mir eine Karte, und lassen Sie es mich wissen«, rief sie, bevor sie um eine Ecke verschwand.

Nicholas fluchte und rannte ihr nach. In einigen dieser Gebäude liefen Wachhunde frei herum, die die Aufgabe hatten, Einrichtung und Ausrüstungsgegenstände zu beschützen. Sie würden Eindringlinge nicht nur anbellen. Er sah, wie Christine soeben durch eine Flügeltüre verschwand, auf der *Notausgang* stand. Atemlos erreichte Nicholas die Tür kurz nach ihr. Sie befanden sich auf einer Laderampe im Freien. Fest ergriff er ihren Arm.

»Zuerst Dennis und jetzt Sie«, beschwerte sie sich. »Morgen wird mein Arm grün und blau sein.«

»Es könnte schlimmer kommen, zum Beispiel wenn Sie an einen Wachhund geraten oder an einen zornigen Aufseher mit einem Schlagstock.«

Christines Mund klappte hörbar zu. Irgendwo hinter sich hörte Nicholas ein Auto, daß rasch näherkam.

»Gehen Sie langsam«, sagte Nicholas. »Erregen Sie keine Aufmerksamkeit. Wir gehen nur spazieren.«

»Mr. ›Schmutzfink‹ und Miss ›ohne Unterwäsche mit Schweißflecken so groß wie Seen unter den Armen‹ – die typischen Durchschnittsbürger von San Francisco.«

»Es gibt üblere Gestalten.«

Hinter ihnen kreischten Autoreifen. Ein Scheinwerfer warf ihre Schatten vor sie auf den Boden. Über einen Lautsprecher ertönte eine Stimme, die nicht zu scherzen schien.

»Sie beide, bleiben Sie sofort stehen!«

Christine und Nicholas sahen sich um. Ein Wagen des Sicherheitsdienstes befand sich auf der anderen Seite eines Maschendrahtzaunes.

Christine entwand Nicholas ihren Arm. »Ich hau' ab!« flüsterte sie ihm zu.

Sie rannte die Rampe am Gebäude entlang, und Nicholas folgte ihr. Falls das Spiel vorüber und der Wächter nicht Teil davon war, hatte er nicht die Absicht, ihm seine Geschichte freiwillig zu erzählen.

Die Rampe mündete in eine enge Sackgasse. Christine sprang hinunter und lief weiter geradeaus. Nicholas holte sie ein, und gemeinsam bogen sie um die nächste Ecke in die andere Richtung.

Im selben Augenblick tauchte vor Ihnen schleudernd ein zweites Fahrzeug des Sicherheitsdienstes auf.

»Mist!« schrie Christine und drehte sich um.

Erneut folgte ihr Nicholas. »Wohin zum Teufel rennen Sie?«

Sie hielt vor der Sackgasse an. Am Ende der kurzen Straße befand sich ein Spalt von höchsten einem halben Meter Breite zwischen dem C.R.S.-Gebäude und einem alten Backsteinhaus. Wahrscheinlich war die Lücke entstanden, als das neuere Gebäude dort errichtet worden war.

»Da passen Sie nicht durch.« Keuchend blieb Nicholas vor dem Spalt stehen, doch Christine zwängte sich bereits hindurch. »Also gut, *ich* passe da nicht durch.«

Hinter ihm ertönte eine weitere Aufforderung aus dem Lautsprecher. Beide Fahrzeuge des Sicherheitsdienstes bogen in die Sackgasse ein. Fluchend zog Nicholas seine Jacke aus und schob sich seitwärts in den Spalt zwischen den beiden Häusern. Trotz seines muskulösen Hinterteils – häufig von Neidern als »Squashhintern« bezeichnet –, kam er erstaunlich gut vorwärts.

Eines der Fahrzeuge hielt an, das andere raste rückwärts davon. Eine Autotür wurde zugeworfen, und Nicholas wurde vom Anfang des Spalts aus mit einer Taschenlampe angeleuchtet.

»Sie da!« rief der Sicherheitsmann. »Kommen Sie zurück.«

Nicholas sah zu ihm. *Na klar,* dachte er.

Im Licht der Autoscheinwerfer erkannte er die Silhouette des Wächters. Der korpulente Mann versuchte, sich in den Spalt zu zwängen. Er kam nicht weit; tatsächlich gelang es ihm nicht einmal hineinzukommen. Deshalb lief er watschelnd zum Wagen zurück, öffnete die hintere Tür und ließ einen Schäferhund heraus.

Der Hund war nicht zu dick für den Spalt. Mit der Geschwindigkeit eines Torpedos schoß er zwischen die Wände und holte gegenüber Nicholas rasch auf.

Nicholas wußte, daß er niemals rechtzeitig die andere Seite erreichen würde. Er sah nach oben und erkannte, daß er nur eine Chance besaß. Den Rücken gegen die Wand hinter sich stemmend und die Fingerspitzen in die Wand vor sich krallend, begann er, aufwärts zu klettern. Kaum hatte er zwei Meter an Höhe gewonnen, als der Hund ihn erreichte und sprang. Das Tier schnappte nach ihm, verfehlte ihn jedoch um knapp 30 Zentimeter. Hinter sich hörte Nicholas, wie der Wächter seinen Hund anfeuerte. Ein zweiter Wächter tauchte kurz auf und verschwand wieder. Weiter vorne bemerkte Nicholas, daß Christine zwei Plastikmülleimer übereinander in den Ausgang des Mauerspalts zwängte.

Nicht dumm, die Kleine, dachte er.

Seltsam erleichtert, obwohl er immer noch ausrutschen und in das zähnefletschende Maul unter sich fallen konnte, schob sich Nicholas seitlich auf den ungefähr fünf Meter entfernten Ausgang zu. Ohne weitere Zwischenfälle erreichte er ihn und ließ sich nach draußen auf die andere Seite der Mülltonnen fallen. Sie waren fest genug verkeilt, so daß der Hund nicht aus dem Mauerspalt herauskonnte.

Christine ging eine etwas breitere Gasse entlang, und Nicholas folgte ihr. Vor ihnen befand sich ein Zaun aus Maschendraht mit einer Tür darin.

»Dahinter müßte es eigentlich zur Sansome Street gehen«, sagte sie.

»Die Idee mit den Mülltonnen war gut«, meinte Nicholas anerkennend.

»Danke.«

»Trotzdem fand ich es ziemlich mies, daß Sie mich zurückgelassen haben.«

»Sie sind ein erwachsener Mann. Ich bin nicht für Sie verantwortlich.«

»Das sind Sie sehr wohl, weil Sie die Wächter auf uns aufmerksam gemacht haben, als Sie zu rennen anfingen.«

»Ich? Wer hat uns denn die ganze Suppe eingebrockt?« Plötzlich hielt sie inne. »Haben Sie das gehört?«

»Das war nur der Hund.«

Langsam wandte sich Christine um. »Mist!«

Nicholas drehte sich ebenfalls um und sah, wie die obere der beiden Mülltonnen unter dem Gewicht des Hundes nachgab und in dem Spalt kippte. Zwar blieb sie noch zwischen den beiden Wänden verkeilt, aber die Barriere war jetzt so niedrig, daß der Hund sie überwinden konnte. Er sprang auf die obere Tonne und dann darüber hinweg.

Christine fluchte erneut und lief los. Nicholas blieb ihr auf den Fersen. Sie erreichten das Tor, aber es war mit einer Kette und einem Schloß versperrt.

»Klettern Sie!« schrie Nicholas und half ihr den Zaun hinauf. Kaum hatte er sich selbst ungefähr einen Meter in die Höhe gehievt, als ihn der Schäferhund springend erreichte. Diesmal erwischte das Tier sein Fußgelenk. Nicholas schrie auf, als er die Zähne in seiner Haut spürte. Der Hund fiel zurück, im Maul ein Stück Stoff.

»Sind Sie in Ordnung?« rief Christine.

»Ja, ja«, log er. Sein Knöchel schmerzte.

Sie erreichten den oberen Rand des Zaunes und schwangen sich rittlings darüber, als weitere Hunde von der anderen Seite aus herbeigerannt kamen – zwei Pitbullterrier und ein Dobermann. Nicholas fluchte laut. Jetzt wußte er, wohin der zweite Wächter verschwunden war. Am Fuß des Zaunes bellten und sprangen die Hunde wie toll.

»Was nun?« fragte Christine.

»Ich bin dankbar für jeden Vorschlag«, erwiderte er. Jedesmal, wenn sich ein Hunde gegen den Zaun warf, klammerte er sich oben mit beiden Händen fest. Mittlerweile fürchtete er sich nicht mehr so sehr vor den Wächtern. Auch wenn die beiden Männer vielleicht bewaffnet waren, würden sie wohl nicht auf Wehrlose schießen. Am Morgen würde der Sicherheitsdienst bei C.R.S. nachfragen und herausfinden, daß Christine und er nichts Unrechtes getan hatten. Die Sache wäre rasch erledigt. Viel mehr Angst hatte er davor, hinunterzufallen und von den Hunden in Stücke gerissen zu werden, bevor die Wächter eintrafen.

Der Dobermann warf sich mit seinem ganzen Gewicht gegen den Zaun, und Christine hätte um ein Haar das Gleichgewicht verloren. Nicholas packte sie am Gürtel und brachte sie in die Balance zurück.

»Behalten Sie ihre Hände bei sich, Mister!« Um sich über die kläffenden Hunde hinweg verständlich zu machen, mußte sie schreien.

»Tut mir leid, ich wollte Ihren Hintern nur retten, nicht berühren.«

Sie schmollte.

Aus den Augenwinkeln bemerkte Nicholas, daß der Zaun hinter ihnen in etwa sechs Meter Entfernung unter der Feuerleiter eines alten Gebäudes entlanglief. »Ich habe eine Idee«, schrie er.

»Welche?« schrie Christine zurück. Dann beugte sie sich nach unten. »Haltet die Schnauze, ihr blöden Hunde!« Sie sah wieder Nicholas an. »Was sagten Sie?«

»Ich sagte, daß ich eine Idee habe!« brüllte er. »Folgen Sie mir!« Er begann, rückwärts zu rutschen, froh, daß der Zaun oben mit einem Querdraht abschloß.

Christine folgte ihm, abwechselnd zu ihm und zu den Hunden blickend. »Was zum Teufel bewachen die hier eigentlich?« fragte sie. »Sich gegenseitig?«

»Ich glaube, daß die gar nichts bewachen«, antwortete Nicholas. »Vermutlich gehört das alles auch zum Spiel.«

»Und für dieses Privileg haben Sie auch noch bezahlt!« rief sie kopfschüttelnd. »Sie müssen krank sein.«

»Ich habe nicht dafür bezahlt, sondern mein Bruder.«

»Dann muß er krank sein.«

»Wir wollen das jetzt nicht vertiefen.«

»Oder er hat eine Stinkwut auf Sie.«

»Auch das wollen wir jetzt nicht vertiefen.«

Versehentlich trat Nicholas mit einem Absatz in den Zaun, so daß einer seiner Slipper herunterfiel. Die Hunde sprangen danach, als wäre er ein Gummiball. Der Dobermann erwischte die Beute und landete inmitten der anderen. Weiße Zähne und Speichel blitzten im Schein einer nahen Straßenlaterne auf, als die drei Hunde um den Schuh kämpften. In dem vergeblichen Versuch, auch einen Teil abzubekommen, schob der Schäferhund von der anderen Seite aus seine Schnauze durch den Zaun.

»1000 Dollar zum Teufel«, jammerte Nicholas.

»Was? Wollen Sie damit sagen, daß Ihre Schuhe einen *Tausender* gekostet haben?«

»Nein, der eine.«

Christine schüttelte den Kopf. »Das sind 200 Dollar pro Zeh«, überlegte sie. »So gut haben die Hunde noch nie gefressen, schätze ich.«

Nicholas widersprach nicht. Er erinnerte sich daran, daß als nächstes sein Hemd für 300 Dollar, seine Hose für 700 Dollar und sein Hintern für eine Viertelmilliarde Dollar dran sein könnten, wenn er nicht verdammt aufpaßte. Die Hunde hatten keinen Begriff von Geld und verziehen keinen Moment der Unachtsamkeit. Er konzentrierte sich darauf, die Feuerleiter zu erreichen.

Als er endlich das Ende des Gebäudes erreicht hatte, brachte er seine Knie auf den Zaun und wandte sich seitwärts. Es gelang ihm, den linken Fuß – an dem sich der zweite Schuh befand – auf den oberen Rand des Zauns zu stellen und den rechten Fuß nachzuziehen. Er sah nach oben. Die unterste Sprosse der Feuerleiter befand sich ungefähr zwei Meter senkrecht über ihm. An der Wand konnte er sich nicht abstützen. Außerdem wußte er, daß er höchstens eine Sekunde lang auf dem Zaun würde stehen können. Er mußte sich aufrichten, sich nach oben strecken und die Feuerleiter in einer fließenden Bewegung zu fassen bekommen.

Die Hunde hatten von dem Schuh abgelassen und liefen aufmerksam unter ihnen hin und her. Von den Wächtern war nichts zu sehen. Offensichtlich gehörte auch das zum Spiel. Nicholas fragte sich, ob sie sich unvermittelt materalisieren würden, wenn er abstürzte.

Er beabsichtigte nicht, es herauszufinden.

Er ließ den Zaun los, schoß in die Höhe und griff, als er aufrecht stand, nach der Feuerleiter. Sie gab nach und rasselte auf der Zaunseite mit den drei Hunden nach unten. Nach einem guten Meter rastete sie ein. Wild kläffend sprangen die Hunde in die Höhe, konnten jedoch weder Christine noch ihn erreichen.

Nicholas hielt sich mit einer Hand an der Leiter fest und streckte der jungen Frau die andere zu. Sie griff danach, erhob sich vorsichtig und balancierte auf ihn zu. Als sie nahe genug heran war, umklammerte sie sein Handgelenk.

»Danke«, sagte sie.

Er sah ihr in die Augen. Sie wirkten nicht unbedingt freundlich und einladend, aber zumindest glaubte er, so etwas wie Anerkennung darin zu bemerken. Es war das erste Mal, daß er einen Ausdruck in ihnen wahrnahm, der ihm nicht feindlich vorkam.

»Gern geschehen«, entgegnete er sanft.

Gemeinsam ruhten sie sich einen Moment lang aus, bevor sie mit dem Aufstieg begannen.

Kapitel 17

»Ich weiß gar nicht, wie Sie mit Vornamen heißen«, sagte Christine, während sie an mit Bretter vernagelten Fenstern vorbeikletterten.

»Nicholas.«

»Wie der Zar.«

»Der ist tot. Ich dagegen lebe, und das soll auch so bleiben.«

Sie erreichten das Dach des leerstehenden, dreistöckigen Gebäudes, überquerten es und kletterten über eine Feuertreppe hinunter. Als sie den letzten Treppenabsatz erreicht hatten, trat Nicholas auf die Vorrichtung, um die nach oben geklappte Leiter für das letzte Stück nach unten schwingen zu lassen. Sie bewegte sich nicht, und er versetzte ihr mit dem linken Fuß einen weiteren Tritt.

»Muß verrostet sein«, sagte er.

»Die Leiter oder Ihr Fuß?« fragte Christine.

Nicholas ignorierte die ironische Frage. Er setzte sich auf den Hosenboden und begann, kräftiger gegen die Leiter zu treten. Sie ächzte, löste sich ganz und fiel mit lautem Getöse auf die Straße.

»Sind Sie sicher, daß Ihr Name nicht Clark ist wie in Clark Kent?«

Er starrte auf die Leiter. Christine war nicht witzig, aber alles andere, was hier geschah, konnte nur ein verdammter Scherz sein.

»Oder vielleicht handelt es sich auch um *mein* Spiel«, vermutete Christine geistreich. »Jemand, der mich haßt, hat es für mich gekauft. Lassen Sie mich mal überlegen. Mein Vater vielleicht? Und Sie sind ein Schauspieler oder der Schiedsrichter oder was auch immer.«

»Ich wünschte, Sie hätten recht.« Nicholas wollte laut herausschreien, daß diese Bastarde endlich mit dem dämlichen Spiel aufhören sollten. Aber irgendwie hatte er das Gefühl, daß sie nicht zuhören würden.

Christine sah an ihm vorbei durch die Öffnung, in der sich die Leiter befunden hatte, nach unten. »Da steht ein Müllcontainer«, sagte sie. »Der Deckel ist geschlossen. Wenn wir uns nach unten hängen und dann fallen lassen, können wir es schaffen. Es sind höchstens drei Meter.«

»Das glaube ich nicht.«

»Warum? Befürchten Sie, Ihren Anzug mit anderthalb Hosenbeinen zu ruinieren?«

»Nein, ich ›fürchte‹ nur, daß ich jetzt genug habe.« Nicholas stand auf, lehnte sich mit dem Rücken an die Wand des Gebäudes und sank in die Knie.

»Es wird hier oben ziemlich kalt werden, und ich beabsichtige nicht, über Nacht zu bleiben.«

»Ich wärme Sie.«

»Vielen Dank, aber mir ist jetzt mehr nach Fernsehen in meinem kleinen gemütlichen Apartment zumute. Und dort gedenke ich sehr bald zu sein.«

»Haben Sie Kabelanschluß?«

»Natürlich, das gehört ja wohl zur Grundausstattung.« Christine kniete nieder, den Rücken der Öffnung im Treppenabsatz zugewandt. »Sie besitzen wahrscheinlich eine Satelitenschüssel mit 152 Kanälen, nicht wahr?«

»Es sind 153, um genau zu sein. Gestern abend fand ich heraus, daß ich auch das C.R.S.-Network empfangen kann – interaktives Fernsehen, aber nicht unbedingt empfehlenswert.«

»Ich will gar nichts darüber wissen«, sagte sie, ergriff den eisernen Rand des Treppenabsatzes und ließ sich durch die Öffnung nach unten hängen.

Sie war eben im Begriff loszulassen, als zwei junge orientalische Kellner eine Tür neben dem Müllcontainer öffneten. Damit sie nicht wieder zufiel, legten sie einen Ziegelstein vor die Tür. Ohne daß sie die über ihnen hängende Christine bemerkten, klappte einer der beiden den Deckel des Containers auf, und der andere warf ein paar übervolle Müllsäcke hinein. Anschließend zündeten sie sich Zigaretten an, lehnten sich an die Wand und unterhielten sich rauchend. Der Deckel des Containers blieb offen an die Wand gelehnt.

Den Rauch ausstoßend, legte einer der jungen Männer den Kopf in den Nacken. Seine Augen weiteten sich, dann deutete er in die Höhe. Der andere Junge sah ebenfalls auf, und beide begannen lauthals zu lachen.

Christine blickte nach unten auf ihre baumelnden Beine. Sie kreischte und bemühte sich verzweifelt, mit einer Hand den Rock zwischen ihre Schenkel zu schieben. Dabei verlor sie den Halt. Nicholas griff zu spät nach ihrem Handgelenk. Sie landete in der großen Mülltonne. Als um sie herum Müllsäcke explodierten, schrie sie erneut auf. In Sorge, daß sie sich verletzt haben könnte, sprang Nicholas hinterher. Er landete unsanft, aber unverletzt und half ihr, sich aufzurichten.

Die beiden Kellner kamen herbeigerannt und streckten helfend die Hände aus.

»Christine, sind Sie in Ordnung?« fragte Nicholas.

»Ja, ja, ich bin okay. Schaffen Sie mir diese Spanner vom Hals!«

»Aber sie wollen doch nur helfen.«

»Sicher.« Christine riß sich von den Kellnern los. »Wenn ihr eine schöne Aussicht wollt, fahrt nach Fort Point.«

Verwirrt traten die beiden jungen Männer den Rückzug an. Nicholas sprang aus dem Container und half Christine beim Raussteigen. Sie stöhnte auf, ließ jedoch die beiden Kellner nicht aus den Augen. Den Rock behielt sie ständig zwischen den Beinen.

»Sind Sie sicher, daß Ihnen nichts fehlt?« fragte Nicholas und musterte die Schnitte auf ihren Armen und Beinen.

»Nur mein Ehrgefühl ist verletzt.« Wütend starrte sie die beiden Jungen an.

Christine ging voraus und sah sich um. »Eine Dusche im Büro? Sind Sie ein Sportler oder so was?«

»So was.« Nicholas verspürte keine Lust zu duschen, weil er befürchtete, daß er nie wieder aus der Kabine herauskommen würde, wenn er einmal drin wäre. Statt dessen ging er zum Schrank und holte ein frisches Hemd und eine Hose heraus.

»Worin genau besteht Ihre Arbeit?« wollte Christine wissen.

»Investment Banking. Ich schiebe Geld von einem Ort zum anderen.«

»Aha.« Sie trat ans Fenster und sah durch die herabgelassenen Rollos hinaus. »Das wird sicherlich besser bezahlt, als Teller von einem Ort zum anderen zu schieben. Nette Aussicht.«

»Was?« Er zog ein Sweatshirt aus dem Schrank und trat neben sie. Als er über ihre Schulter sah, fiel sein Blick auf ihren Hals. »O ja, herrliche Aussicht.« Er hielt das Sweatshirt mit dem Aufdruck *Penn State University* hoch. »Wie wär's mit einem sauberen Sweatshirt?«

Sie nahm das Kleidungsstück und legte die Stirn in Falten. »Eigentlich bin ich ja mehr für die *UCLA*. Ich kannte nämlich mal einen Typen, der da studierte. Näher bin ich an keine Hochschule rangekommen.« Kopfschüttelnd ging sie auf das Badezimmer zu. »Ich muß Ihnen sagen, Nicholas, wenn das mein Büro wäre, würde ich die Rollos nicht herunterlassen.«

»Wahrscheinlich. Aber ich sehe nicht sehr häufig aus dem Fenster. Außerdem sind diese Gemälde ziemlich wertvoll. Durch das Sonnenlicht würden sie verblassen.«

»Dann nehmen Sie sie doch runter und hängen dafür Pflanzen an die Wände. Denen tut das Sonnenlicht gut und Ihnen auch.«

Christine betrat das Badezimmer, schloß die Tür aber nur zur Hälfte und betrachtete sich im Spiegel. Nicholas beobachtete, wie sie ihr schmutziges Hemd auszog und es in den Mülleimer warf. Er starrte auf die Form ihres makellosen Rückens und ihren roten Büstenhalter. Als sie sich umdrehte, wandte er den Blick ab, plötzlich beschämt. Er sah nicht sehr häufig Frauen an, aber wenn er es einmal tat, dann erinnerte er sich daran, wie sehr es ihm gefiel.

»Ich rufe Ihnen ein Taxi«, sagte er und räusperte sich. »Auf Firmenkosten.«

»Danke.«

Nicholas hob den Telefonhörer ab.

Fünf Minuten später waren sie wieder unten, wünschten dem Portier eine gute Nacht und gingen auf das am Straßenrand wartende Taxi zu.

»Ich kenne den Besitzer des City Club«, sagte Nicholas. »Morgen früh rede ich mit ihm, damit Sie Ihren Job zurückbekommen.«

»Vielen Dank, aber tun Sie's lieber nicht. Es war ein mieser Job, und ich war sowieso schon viel zu lange dort. Es ist Zeit für etwas Neues.«

Nicholas öffnete die Tür für sie, und sie stieg ein. Er blieb stehen, während sie ihre langen Beine unterbrachte. »Gute Nacht, Christine«, sagte er, als sie bequem saß.

»Übrigens«, sagte sie, »nur mein Vater und dieser Mistkerl von Dennis nennen mich Christine. Meine Freunde sagen Christy zu mir.«

Nicholas lächelte. »Also dann, gute Nacht, Christy. Es war nett, Sie kennenzulernen.«

»Ganz meinerseits. Wenn Sie mir eine Adresse nennen, schicke ich Ihnen Ihr Sweatshirt zurück.«

»Behalten Sie es als Erinnerung an einen unvergeßlichen Abend.« Er schloß die Tür und trat zurück.

Christine ließ das Fenster herunter. »Nicholas?«

Er wartete.

»Ich muß Ihnen etwas gestehen.«

Er fühlte, wie sich sein Magen zusammenzog. »Ja?«

»Heute abend im City Club, Sie erinnern sich? Jemand

gab mir 400 Dollar, damit ich die Getränke über Ihren Anzug schütte. Es sollte ein Scherz sein.«

Er sah auf sie hinunter. »Ernsthaft?«

Sie nickte.

»Was hat er gesagt?«

»Er sagte 300, ich sagte 400.«

»Ich meine über mich.«

»Er bestellte die Getränke, und als ich sie brachte, bot er mir das Geld an. Er sagte, ich solle sie über den Typen im grauen Flanellanzug schütten.«

»Und Sie sagten einfach ja?«

Sie grinste. »Nein. Ich sagte: ›Meinen Sie den gutaussehenden Typ in dem grauen Flanellanzug?'«

Immer noch grinsend, drehte sie das Fenster wieder hoch und nannte dem Fahrer ihre Adresse. Nicholas sah dem Taxi nach, als es sich vom Bürgersteig in den Verkehr einreihte. Es spielte keine Rolle, wer sie bezahlt hatte, dachte er, Feingold oder einer der anderen C.R.S.-Lakaien. Viel schmerzlicher war das Bedauern, denn er spürte, daß er die schlagfertige Christy vermissen würde. Aber im Gegensatz zu dem, was die Männer aus Texas gesagt hatten und was Conrad vielleicht denken mochte, würde er sonst nichts von diesem Abend vermissen.

Dieses Spiel war definitiv nicht sein Spiel.

Kapitel 19

Nicholas beauftragte den Nachtportier, ihm ein Taxi zu rufen, das ihn in den City Club zurückbrachte. Dort stieg er in seinen BMW und fuhr nach Hause. Nach einer langen, sehr heißen Dusche setzte er sich auf sein Bett und schaltete den Fernseher ein. Er verzichtete auf CNN – es würde eine Weile dauern, bevor er diesen Sender wieder sehen konnte, ohne eine Gänsehaut zu bekommen – und zappte durch eine Reihe von Werbespots, alten Filmen, neuen Filmen, Fernsehserien und Zeichentrickfilmen. Schließlich hielt er bei Bugs Bunny an. Er schüttelte ein Kissen auf, lehnte sich zurück und schlief zu den Klängen von *What's Opera, Doc?* ein.

Das Piepsen des schnurlosen Telefons ließ ihn ruckartig erwachen. Noch im Halbschlaf griff er nach dem Apparat auf dem Nachttisch.

»Ha-hallo?«

»Mr. Van Orton, hier ist Maria.«

Maria ... Maria. Maria aus dem Büro. »Ja?« Er setzte sich am Kopfende des Bettes auf.

»Ich ... ich dachte, daß ich Sie vielleicht anrufen sollte.«

»Wie spät ist es?« fragte er, noch ganz erschlagen vor Erschöpfung.

»Elf. Ich war so frei, Ihre Verabredung für neun Uhr mit Allison und Dietrich zu verlegen. Fühlen Sie sich ... nicht wohl?«

»Das ist eine lange Geschichte. Mir geht's gut. Ich bin in einer Stunde im Büro. Ach, Maria, ich habe meinen Aktenkoffer in der Montgomery Street 1019 verloren. Rufen Sie bitte deren Fundstelle an.«

»Ja, geht in Ordnung. Übrigens, Mr. Van Orton – Anson Baer ist in der Stadt.«

»Ach, wirklich?«

»Ja. Er wohnt im Ritz-Carlton. Er möchte mit Ihnen zu Abend essen.«

Nicholas rieb sich über das Gesicht. *Eine Friedenskonferenz, ein Konzessiongespräch oder eine Kriegserklärung?* fragte er sich. »Ich werde mich bei ihm melden. Sonst noch was?«

»Nur eine Nachricht vom Nikko-Hotel. Sie riefen an, um mitzuteilen, daß Ihre American-Express-Karte an der Rezeption für Sie bereitliegt. Sie haben sie gestern abend dort vergessen.«

Nicholas schwang die Beine aus dem Bett und hob sein schmutziges Jackett vom Boden des Badezimmers auf. Es roch nach der vergangenen Nacht. Er zog seine Brieftasche hervor und betastete die leere Plastikhülle.

»Soll ich jemanden hinschicken?« frage Maria.

»Nein, geben Sie mir die Nummer des Hotels.«

Maria nannte sie ihm. Nicholas sagte noch einmal, daß er bald komme, und legte auf. Dann gab er die Hotelnummer ein.

»Nikko-Hotel«, meldete sich eine samtweiche Stimme am Empfang.

»Hier ist Nicholas Van Orton. Man hat mir gesagt, daß meine American-Express-Karte ...«

»Ja, Mr. Van Orton. Wir haben sie gefunden, und alles ist in Ordnung. Der Zimmerkellner hat den Wein und die Blumen bereits auf das Zimmer gebracht.«

Nicholas sah sich in seinem abgedunkelten Schlafzimmer um. »Ach, wirklich?«

»Ja. Und eben hat eine Dame angerufen, um mitzuteilen, daß sie unterwegs ist, aber ein bißchen später kommen wird.«

»Verstehe. Hat die Dame ihren Namen genannt?«

»Nein, Sir, hat sie nicht.«

»Vielen Dank.« Nicholas legte auf.

45 Minuten später saß er in seinem Wagen und war auf dem Weg zum Nikko-Hotel. Einmal mehr versuchte er Conrad ans Telefon zu bekommen. Falls dies immer noch ein Teil des Spiels war, wollte er, daß es sofort aufhörte.

»Niemand antwortet«, sagte die Vermittlerin im Sheraton Palace. »Soll ich Sie an seine Voice-Mail durchstellen?

»Nein, danke. Richten Sie ihm nur aus, daß sein Bruder angerufen hat und daß er so bald wie möglich zurückrufen soll.« Er gab ihr die Nummern seines Handys und des Autotelefons.

»Ich leite Ihre Nachricht weiter, Sir«, erwiderte die Frau.

Nicholas unterbrach die Verbindung und blickte in den Rückspiegel. Eine zerbeulte schwarze Limousine folgte ihm, seit er ein paar Querstraßen zuvor in die Washington Street eingebogen war. Weil der Wagen zu weit entfernt war, hatte er die Gesichter der Insassen bis jetzt nicht erkennen können. Er war einen Umweg über die Jackson Street und einmal rund um den Häuserblock gefahren, um zu sehen, ob sie hinter ihm blieben. Sie taten es. Das Spiel lief also weiter.

Als er das Nikko-Hotel erreichte, übergab er seinen Wagen einem Hotelangestellten. Ein Portier öffnete die Glastür für ihn. Nicholas nahm seine Sonnenbrille ab und sah sich nach der Rezeption um. In diesem Moment stieß ein Mann in einem braunen Anzug, der sich offenbar in großer Eile befand, mit ihm zusammen.

»Entschuldigung«, sagte der Mann, ohne stehenzubleiben. »Es war meine Schuld.«

Nicholas sah ihm hinterher, während er aus der Tür lief, ohne sich umzusehen. Stimmte da etwas nicht? Er tastete nach seiner Brieftasche. Sie befand sich noch in seiner Jackentasche. Nicht alles diente einem geheimnisvollen Zweck, entschied er. Manchmal hatte es nur diesen Anschein.

Er erblickte die Rezeption und ging hinüber.

»Ah, Mr. Van Orton«, begrüßte ihn der stellvertretende Manager, als er ihn herankommen sah. »Hier, bitte sehr.« Er reichte Nicholas dessen American-Express-Karte.

Nicholas sah ihn an. »Kennen wir uns?«

»Ich glaube schon.« Der Mann lächelte. »Wenn Sie hier unterschreiben wollen.« Er schob ihm einen Kostenbeleg zu und reichte ihm einen Stift.

Nicholas unterschrieb. Er betrachtete den Betrag als eine Art Einsatz, um weiter im Spiel zu bleiben – ob er wollte oder nicht.

Der Hotelangestellte betätigte die Glocke auf dem Rezeptionstresen. Ein eifriger junger Page erschien neben Nicholas.

»Zeigen Sie Mr. Van Orton sein Zimmer.«

Nicholas streckte seine Hand aus. »Den Schlüssel.«

»Wie? Habe ich Ihnen nicht bereits zwei gegeben?«

»Nein«, antwortete Nicholas.

Der stellvertretende Manager wirkte verwirrt. Nicholas beschloß nachzusehen. Er schob seine Hände in die Hosentaschen, in die Jackentaschen ... In der rechten Jackentasche fand er einen goldenen Schlüssel. Er wandte sich zur Eingangstür um – der Mann in Braun, natürlich. »Nicht schlecht,« sagte er halblaut und mehr zu sich selbst.

Der Page nahm den Schlüssel. »Mein Name ist John. Haben Sie Gepäck, Sir?«

Nicholas schüttelte den Kopf. Er folgte dem jungen Mann und verneinte, als der sich erkundigte, ob es sich um seinen ersten Besuch in San Francisco handle. Aus Höflichkeit hörte er sich die weiteren Ausführungen des jungen Mannes über neue Restaurants an, die nicht neu waren, aber der Hotelkette oder John eine Provision dafür bezahlten, daß sie ihnen Kunden vermittelten.

Der Page brachte ihn auf die zweite Etage und führte ihn einen langen Flur entlang bis vor Zimmer 277. Er wollte den Schlüssel in die Tür stecken.

»Ich mache das schon«, wehrte Nicholas ab, tauschte den Schlüssel gegen eine Fünf-Dollar-Note und steckte ihn ins Schloß.

Die schwere Türe öffnete sich.

Die Vorhänge waren zugezogen, und drinnen war es dunkel. Nicholas schaltete das Licht im Vorraum ein und bemerkte einen kleinen Wagen des Zimmerservice. Er umrundete ihn und ging den kleinen Flur entlang. Dann schaltete er das Licht in dem geräumigen Zimmer ein. Sein Unterkiefer klappte herunter.

Der große Raum war vollkommen verwüstet worden. Die Jalousien waren zerschnitten, der Fernseher eingeschlagen, die Schubladen aus dem Schrank herausgezogen und zerbrochen, und den Spiegel über dem Bett überzogen spinnwebartig Risse. Die beiden Sessel im Zimmer waren umgekippt und genauso aufgeschlitzt worden wie die große Matratze des Bettes. Die Decken, Laken und Kissen lagen zerwühlt im Zimmer herum.

Mitten auf der ruinierten Matratze lag Nicholas' Aktenkoffer. Die Schlösser standen offen, aber er war nicht aufgeklappt. Er trat hin, hob den Deckel an und blickte hinein.

In dem Koffer lag ein Stoß Farbfotografien, die unscharfe pornografische Aufnahmen zeigten. Er blätterte sie durch. Sie zeigten sich bewegende Körper, ineinander verdrehte Gliedmaßen und nackte Brüste. Gegen Ende des Stapels kamen Fotos einer nackten Frau, die an das Bett gefesselt war. Dann folgten zwei nackte Frauen, in deren Mitte sich ein nackter Mann befand. Auf allen Fotos war nur ein Gesicht zu erkennen: das von Nicholas.

Die Bilder von ihm schienen etwa ein Jahr alt zu sein, wie er aufgrund seines längeren Haares vermutete. Sie waren im Computer bearbeitet worden. Er hatte keine Ahnung, was das bedeuten sollte. Wen zum Teufel kümmerte es, was er in seinem Privatleben trieb? Aber ihm war klar, daß es schwierig werden könnte, ein Aktionärstreffen zu leiten oder Übernahmeverhandlungen zu führen, nachdem er (oder derjenige, für den man ihn halten mochte) einen Tag zuvor nackt in den Mailboxen der Aktionäre aufgetaucht oder von http://www.nicholas/fotos heruntergeladen worden war.

Ein lautes Klopfen an der Tür ließ ihn zusammenfahren. Er warf die Bilder auf das Bett, hastete herüber und äugte durch das Guckloch. Das Zimmermädchen holte eben ihren Schlüssel heraus. Sie klopfte erneut.

»Zimmerservice!« rief sie.

Großer Gott, dachte Nicholas und versuchte, die Sicherheitskette vorzulegen. Im selben Moment, in dem sich die Tür öffnete, brachte er sie an. Die Tür rastete ein.

Er spähte durch den Spalt. »Könnten Sie später noch mal kommen?«

»Selbstverständlich, Sir«, antwortete sie. »Es tut mir sehr leid.«

»Kein Problem«, erwiderte er freundlich.

Während sich das Zimmermädchen entfernte, schloß Nicholas die Tür und ging in das Zimmer zurück. Er schob die Fotos wieder in den Aktenkoffer und verschloß ihn. Als er sich umdrehte, bemerkte er einen kleinen zerbrochenen Spiegel auf dem Tisch, auf dem einige feine Linien Kokain lagen. Fluchend stellte er den Aktenkoffer ab, nahm den Spiegel vorsichtig auf und trug ihn ins Badezimmer. Mit zitternden Händen legte er ihn ins Waschbecken.

Von Anfang an war das Spiel nicht amüsant gewesen, aber jetzt ängstigte es ihn. *Wie weit würden diese Leute gehen?* Als er den Spiegel abwusch, schnitt er sich ungeschickt den Daumen an einer scharfen Kante. Er schrie auf und ließ den Spiegel fallen, der auf dem Fußboden zerbrach.

Himmel!, fluchte er stumm und hielt seinen Daumen unter den Wasserhahn. Dann wickelte er den Finger in einen Waschlappen, hob die großen Glasscherben auf und griff nach einem Bündel Papiertücher, mit denen er das Blut aus dem Waschbecken und vom Boden wischte. Er warf die Papiertücher in die Toilette und spülte nach. In der Toilette gurgelte es, während das Wasser immer höher stieg, bis es schließlich über den Rand und auf den Boden lief.

»Herrgott!« rief er. »*Genug!*«

Er stürzte aus dem Badezimmer, griff nach seinem Aktenkoffer, öffnete die Zimmertür und kontrollierte den

Flur. Links sah er den Wagen eines Zimmermädchens, dahinter hörte er einen Staubsauger. Die Treppe befand sich auf der rechten Seite. Er könnte sie erreichen, ohne gesehen zu werden. In den Flur hinausgleitend, zog er die Tür hinter sich zu und eilte mit langen Schritten zu den Stufen. Unten durchquerte er die Hotelhalle und hetzte auf die Straße hinaus.

Kapitel 20

Nicholas nahm seinen BMW vom Hoteldiener in Empfang. Er setzte seine Sonnenbrille auf und überprüfte den Rückspiegel, während er in den dichten, morgendlichen Berufsverkehr einfädelte. Die schwarze Limousine war wieder da, zwei Wagen hinter ihm.

Waghalsig scherte Nicholas aus seiner Fahrspur aus und raste in die nächste Querstraße. Mit überhöhter Geschwindigkeit überfuhr er zwei Gelblichter, bevor er den Fuß vom Gaspedal nahm. Eine Minute später tauchte die schwarze Limousine erneut zwei Autos hinter ihm auf. »Das ist unglaublich«, murmelte er. In geringer Entfernung kam eine kleine Seitenstraße in Sicht. Rasch bog er in sie ein, als wollte er fliehen, aber dann bremste er scharf, sprang aus dem Wagen und blieb mit dem Rükken an die Fahrertür gelehnt stehen.

Die schwarze Limousine folgte kurz darauf. Der Fahrer mußte sein ganzes Gewicht in die Bremse legen, um einen Zusammenstoß zu vermeiden. Kaum war der Wagen zum Stehen gekommen, als Nicholas bereits an den beiden Fahrzeugen entlanglief und die Fahrertür der Limousine aufriß. Der bullige, schnauzbärtige Fahrer wirkte entsetzt, vor allem dann, als Nicholas ihn am weißen Hemdkragen packte.

»W-was zum Teufel ...!« stammelte er.

»Warum verfolgen Sie mich?« brüllte Nicholas dem Mann aus Leibeskräften ins Gesicht.

»Ich weiß nicht, wovon Sie sprechen«, gab der Schnauzbart zurück. »Ich fahre doch nur ...«

»Von wegen, *Sie fahren nur!*« Aus den Augenwinkeln bemerkte Nicholas einen offenen Aktenordner auf dem Beifahrersitz. Obenauf lagen ein Foto von Nicholas und ein Computerausdruck. Er bezwang den Wunsch, dem Mann ins Gesicht zu schlagen.

Sein Verfolger fummelte an dem Ordner herum und versuchte, ihn zuzuklappen. »Hören Sie«, sagte er. »Warum kümmern Sie sich nicht um Ihren eigenen Kram?«

»Sie haben ein gottverdammtes *Dossier* über mich. Ich denke, das *ist* mein ›Kram'!« Er begann den Mann mit dessen Hemdkragen zu würgen. »Steckt Anson Baer hinter C.R.S.? Was geht hier vor?«

»Ich habe keine Ahnung, wovon Sie sprechen. Es wäre besser für Sie, wenn Sie abhauen, und zwar schnell.«

»Es wäre besser für mich?« spottete Nicholas.

Der Mann schob seine dicke rechte Hand in die Jacke. Nicholas bemerkte den Schulterhalfter darin. Er ließ den Mann los, schlug ihn ins Gesicht und griff blitzschnell nach der Waffe. Aber der 38er-Revolver ließ sich nicht so einfach herausziehen. Nicholas begriff, weshalb: Es war ein Polizeihalfter. Man mußte die Waffe zuerst hineindrücken, um sie dann herausziehen zu können. Im Gegensatz zu anderen Festivitäten hatte er den Wohltätigkeitsball der Polizei nie ausgelassen. Es beruhigte ihn, diese Leute auf seiner Seite zu wissen, und hin und wieder nahm er kleine Gefälligkeiten entgegen oder ließ sich mit einem Fingerzeig aushelfen. Das war stets hilfreich gewesen.

Nicholas stellte die Zündung des Wagens ab und ließ den Mann los. Dann drückte er ihm den 38er an die Stirn.

»He!« rief der Mann und warf die Arme in die Luft.

»Halt die Klappe!« fuhr Nicholas ihn an. Er schwitzte,

seine Zähne klapperten, und seine Nerven waren zum Zerreißen gespannt. Es erschien ihm kaum faßbar, daß er tatsächlich einem Menschen eine Waffe an den Kopf hielt. Für gewöhnlich ließ er sie durch seine Anwälte verfolgen. Aber er mußte insgeheim zugeben, daß die Situation etwas äußerst Befriedigendes an sich hatte. »Jetzt sag mir, Schnüffler«, zischte er. »Werden in diesem Spiel echte Kugeln verwendet?«

»Welches Spiel?« fragte der Mann.

»Das verfluchte Spiel, von dem ich die Schnauze gestrichen voll habe!«

Nicholas wandte sich ab, zielte auf ein Hinterrad der Limousine und drückte ab. Das Echo des Schusses rollte die Straße entlang und erstickte den lauten, kurzen Knall des platzenden Reifens. Er wunderte sich, wie leicht sich der Abzug durchziehen ließ und wie heftig der Rückstoß war – Feingefühl und Macht in einem winzigen Augenblick. Es gefiel ihm.

Er wollte die rauchende Waffe wieder auf den Fahrer richten, aber der hatte die Gelegenheit genutzt, um auf den Beifahrersitz hinüberzuhechten und die Tür aufzustoßen.

»Mistkerl!« fluchte Nicholas, während er um das Heck des Wagens herumlief. Er bekam den Mann zu fassen, bevor er fliehen konnte.

Der stämmige Bursche fiel auf die Knie; sein kantiges Gesicht zitterte. »Okay«, winselte er. »Ich rede ... Schon gut. Was ... was wollen Sie wissen?«

»Die erste Frage habe ich mir bereits selbst beantwortet. In diesem Spiel werden also echte Kugeln verwendet. Die zweite Frage ist: Wer zum Teufel sind Sie?«

»Ich bin Privatdetektiv.«

»Sie kotzen mich an. Ich sah Sie bereits, als wir die Heights verließen. Warum verfolgen Sie mich?«

»Jemand hat mich beauftragt, Sie zu beschatten.«

»*Wer* hat sie beauftragt?«

»I-ich weiß nicht.«

»Wie wurden Sie dann bezahlt?«

»Das Geld war in der Akte. Sie wurde unter meiner Bürotür hindurchgeschoben.«

»Wieviel?«

»300 Dollar.«

Genausoviel, wie sie Christine angeboten haben. Nicholas fragte sich, ob das von Bedeutung war, oder ob es sich einfach um die aktuelle Rate für Schnüffler handelte.

Er war im Begriff, die Akte an sich zu nehmen, als er eine Polizeisirene hörte, die sich rasch näherte. Jemand mußte den Schuß mitbekommen und gemeldet haben. Er wollte auf keinen Fall in dieser Situation angetroffen werden – sogar sein Freund vom SFPD hätte Mühe, sie plausibel zu erklären.

Nicholas warf dem Privatdetektiv einen verächtlichen Blick zu und lief zu seinem Wagen. Während der bullige Mann umständlich auf die Beine kam und auf die Straße torkelte, sprang er in den BMW, schob die Waffe ins Handschuhfach und steuerte den Wagen aus der kleinen Querstraße hinaus. Als er sich wieder auf der großen Straße befand, holte er sein Handy hervor.

Maria meldete sich. »Guten Tag, hier ist das Büro von Mr. Van Orton ...«

»Maria, verständigen Sie Sutherland. Er soll mich im Riz-Carlton treffen.«

»Mr. Van Orton! Wir haben uns Sorgen ...«

»Es geht mir gut. Tun Sie nur, was ich Ihnen sage! Ich bin auf dem Weg dorthin.«

»Soll ich ihm ausrichten ...?«

Nicholas unterbrach die Verbindung und warf das Handy auf den Beifahrersitz.

Seine Angst schlug allmählich in Wut um. Das war keine Herausforderung. Es war auch kein Abenteuer. Irgend jemand wollte ihm etwas heimzahlen. Niemals hätte Conrad ein solches »Spiel« zugelassen. Scharfe Hunde, gefährliche Drogen in einem Hotelzimmer und geladene 38er – das mußte das Werk von Anson Baer sein. Dafür würde der fette Versager bezahlen.

Und zwar nicht zu knapp.

Kapitel 21

Sutherlands Büro lag in der California Street. Das Ritz-Carlton war von dort aus zu Fuß zu erreichen. Als Nicholas die Halle betrat, erhob er sich aus einem Besuchersessel. Ohne stehenzubleiben, schritt Nicholas unter den Kristalleuchtern weiter und an den Gemälden aus dem 18. Jahrhundert vorbei. Der Anwalt fiel neben ihm in seinen Schritt ein.

»Sie sehen entsetzlich aus«, sagte Sutherland. »Was ist passiert?«

»Folgen Sie mir einfach«, befahl Nicholas.

»Ich nehme an, daß wir Anson Baer treffen?«

Nicholas nickte.

»Ich habe mir erlaubt, seine Zimmernummer von Maria zu erfragen.«

»Das dachte ich mir«, sagte Nicholas, als sie den Aufzug betraten.

Im zweiten Stock stiegen sie aus und gingen zu Baers Suite. Ein Kellner rollte soeben den Wagen des Zimmerservice heraus. Mit Sutherland im Schlepptau schob sich Nicholas an ihm vorbei. Der Kellner rief etwas hinter ihm her, und Nicholas sagte ihm, er solle sich zum Teufel scheren. Sutherland drehte sich um und entschuldigte sich.

Anson Baer sah von einem üppig gedeckten Tisch auf. Er wirkte ebenso schockiert wie seine Frau und eine weitere Frau, die etwa Anfang Zwanzig war.

»Nicholas«, sagte Baer vorsichtig und stand auf. »Sie kommen unerwartet.«

Schweigend begaben sie sich in die Halle zurück, und anschließend fuhr Nicholas in einem tiefen blauen Nebel in sein Büro zurück. Er fühlte sich traurig, gedemütigt und verwirrt. Falls Anson Baer nicht hinter all dem steckte, wer dann? Und wie konnte er das grausame Spiel beenden? Vielleicht wußte Conrad die Antworten auf beide Fragen – aber der war nicht zu erreichen.

Als Nicholas in seinem Büro eintraf, war er immer noch schlechter Laune. Er ignorierte Maria, als er an ihr vorbeiging, und schloß die Tür hinter sich. Nachdem er sich hinter seinen Schreibtisch gesetzt hatte, ließ er den Kopf in die Hände sinken. Eine Minute später traf Sutherland ein. Er trat unaufgefordert ins Zimmer.

»Nun, Nicholas«, sagte er. »Wie besorgt muß ich sein?«

»Worüber? Über die Fotos oder über meinen Geisteszustand?«

Sutherland nahm auf der anderen Seite des Schreibtisches Platz. »Über beides«.

Nicholas richtete sich auf. »Es war ein Mißverständnis.«

Sutherland legte die Fotos auf den Schreibtisch. Er öffnete die Serviette und begann, durch die Bilder zu blättern. »Es sieht tatsächlich so aus, als wären Sie das.«

»Sie sollten erst mal sehen, was die mit den Abendnachrichten machen können.«

»Was *wer* machen kann?«

»Es ist kompliziert«, sagte Nicholas. »Hören Sie zu, Sam, darf ich Sie um einen Gefallen bitten?«

»Sie wissen, daß Sie das dürfen.«

»Ich möchte, daß Sie alles über eine Firma namens *Consumer Recreation Services* herausfinden.«

»Was herausfinden?«

»Alles. Sie stecken hinter diesen Fotos.«

»Der Name klingt, als würden sie Tennisschläger herstellen. Was wissen wir über sie?«

»Nur den Namen«, antwortete Nicholas.

»Sonst nichts?«

Unvermittelt hielt Nicholas einen Finger in die Höhe. »Einen Moment.« Er zog eine große Schublade in seinem Schreibtisch auf. »Vielleicht doch etwas mehr.« Er zog einen Aktenordner heraus und gab ihn Sutherland. »Als ich die Unterlagen unterschrieb ...«

»Sie haben Unterlagen unterschrieben, ohne mich vorher einen Blick darauf werfen zu lassen?«

»Wie ich bereits sagte: Es ist kompliziert. Jedenfalls gaben sie mir auch eine Verzichtserklärung. Sehen Sie sich das mal an.«

Während Sutherland den Ordner öffnete, hob Nicholas seinen Aktenkoffer auf den Tisch. Ihm war eingefallen, daß er, nachdem er die Fotos im Nikko-Hotel gefunden hatte, nicht nachgesehen hatte, ob sie noch etwas anderes hineingelegt hatten.

Und tatsächlich war es so. Er fand einen Briefumschlag, auf den ein Smiley-Gesicht gezeichnet worden war, und einen silberfarbenen metallenen Schwengel. Zuerst untersuchte er den Schwengel. Es war eine Kurbel irgendeiner Art, ähnlich einem antiquierten Wagenheber.

»Was ist das?« fragte Sutherland und deutete auf ein Blatt in dem Ordner vor sich.

Nicholas sah auf. »Ich sagte es Ihnen bereits – eine Verzichtserklärung.«

Sutherland gab ihm ein hellrosafarbenes Papier. Nicholas prüfte es. Außer seiner Unterschrift und seinen Initialen an verschiedenen Stellen war die Seite vollständig leer.

»Das kann nicht sein!« sagte Nicholas.

»Sie scherzen«, meinte Sutherland, »entweder Sie oder jemand anderes.«

»Mir ist nicht nach Scherzen zumute«, sagte Nicholas. »Die führen mich an der Nase herum. Zuerst wollen sie mich mit diesen Fotomontagen ärgern und dann hiermit.« Er warf das rosafarbene Blatt auf den Stapel Fotografien.

Sutherland seufzte. »Na schön, ich kümmere mich um C.R.S. Wenn Sie sagen, daß ich mir darum keine Sorgen machen muß ...« Er deutete auf die Fotos.

»Müssen Sie nicht«, versicherte ihm Nicholas.

»Gut.« Sutherland stand auf und wandte sich zum Gehen.

»Sam?«

Sutherland blieb stehen. »Ja?«

»Ich danke Ihnen.«

Sutherland lächelte warm und schloß die Tür hinter sich. Seufzend legte Nicholas das rosa Papier in seinen Aktenkoffer zurück, legte die Kurbel darauf und zog die Fotos zu sich heran. Er sah sie erneut durch, diesmal sorgfältiger als zuvor. Vielleicht konnte er irgendwo einen Hinweis auf die Identität der Personen, den Ort oder die Orte ...

»Ah!« entfuhr es ihm. Er hielt bei einem Foto inne. Es war eine Aufnahme über die Schulter einer Frau hinweg, deren Hals den größten Teil des Bildes ausfüllte. »Nicholas« lag auf dem Bett und lächelte. Hinter ihm hing der – noch intakte – Spiegel an der Wand. Darin sah er verschwommen und durch das Blitzlicht beinahe unkenntlich etwas, das wie ein roter Büstenhalter aussah.

Er drückte eine Taste auf seinem Telefon. »Maria?«

»Ja, Mr. Van Orton.«

»Neulich – zum Teufel, ich meine vergangene Nacht – war eine Frau namens Christine hier. Ich besorgte ihr ein Taxi bei diesem Unternehmen, das wir immer anrufen ...

»Elite?«

»Was?«

»Elite-Taxidienst?

»Ja. Kümmern Sie sich darum. Finden Sie heraus, welcher Wagen hier war, und wohin er Sie gebracht hat.«

»Sofort.«

Nicholas lehnte sich zurück und faltete die Hände, aber nur für einen Moment. Er betrachtete die Kurbel, nahm sie heraus und steckte sie in seine Jackentasche. Falls er während der vergangenen zwei Tage etwas gelernt hatte, dann dies: Wenn sie ihm etwas gaben, dann würde er es auch brauchen.

Kapitel 22

Nicholas ließ das Mittagessen aus. Auch auf Anson Baers Einladung verzichtete er. Dafür arbeitete er etwas von dem auf, was am Vormittag liegengeblieben war. Es fühlte sich gut an, wieder im Sattel zu sitzen und etwas zu tun, das ihm Freude bereitete – und wovon er etwas verstand. Kurz nach Einbruch der Dunkelheit verließ er das Büro und genoß die entspannende Heimfahrt. Sie verlief angenehm und ohne Zwischenfälle. Niemand folgte ihm.

Nachdem er in die Garage seines Anwesens gefahren war, nahm er vorsichtshalber die Waffe aus dem Handschuhfach und legte sie in seinen zerbeulten Aktenkoffer. Als er ausstieg, sah er sich um und ging dann rasch zum Haus hinüber. Nicht, daß es drinnen sicherer als draußen gewesen wäre, aber in einer hellen, umschlossenen Umgebung fühlte er sich weniger verwundbar. Seine Muskeln schmerzten von den Aktivitäten des vergangenen Tages, und er freute sich darauf, ein Bad zu nehmen.

Wie Wyatt Earp, dachte er amüsiert. *Wie in den Tagen der berüchtigten Gesetzesbrecher – ein Bad mit dem Revolver an der Seite.*

Als er sich der Küchentür näherte, hörte er das vertraute *Piep-piep-piep* des Telefons, dessen Hörer neben der Gabel lag. Er blieb stehen und legte sein Gesicht an die gläserne Schiebetür. Mit den Händen schirmte er die Augen vor dem Licht der Beleuchtung über seinem Kopf ab. Drinnen war es dunkel. Außer den schwach leuchtenden grünen Ziffern der Mikrowelle konnte er nichts erkennen. Er zog am Griff der Türe. Sie war unverschlossen und glitt auf. Vorsichtig trat er ein.

»Ilsa?« rief er in das Dunkel.

Keine Antwort. Einen Augenblick lang stand er in der Schwärze und lauschte. Dann griff er nach rechts, um das Licht einzuschalten. Er spürte Metall und fuhr zusammen, und im selben Moment sprühten blaue Funken. Für einen langen Moment zitterten seine Hand und sein Unterarm unkontrolliert. Dann riß er sich los und beugte sich näher an den Schalter heran. Die Abdeckplatte war entfernt worden, und die Kabel hingen offen heraus. Mit der flachen Hand schlug Nicholas wütend neben den Schalter gegen die Wand. Dann ging er in die Hocke, öffnete seinen Aktenkoffer und nahm den Revolver heraus. Nachdem er den Telefonhörer aufgelegt hatte, schlich er zum angrenzenden Eßzimmer.

»Ilsa?«

Er blieb stehen. Das nächste Zimmer war das Wohnzimmer, und dort saß jemand – in einem Stuhl in einer dunklen Ecke, gerade außerhalb des Scheins eines gemütlichen Kaminfeuers. Nicholas hob den Revolver in Hüfthöhe und näherte sich.

»Wer ist da?« fragte er.

Keine Antwort. Er näherte sich und erkannte, daß es der Clown war. Zwischen den Zähnen der Puppe steckte ein Schwarzweißfoto. Er zog es heraus und wandte sich dem Feuer zu.

Das bräunliche Foto zeigte seinen Vater, dessen Körper unnatürlich verkrümmt am Boden lag. Am oberen Rand befand sich eine Büroklammer. Nicholas drehte das Bild um. Auf der Rückseite trug es einen roten Stempel, der besagte: *EIGENTUM DES SFPD*. Daneben, auf einem mit der Büroklammer befestigten Zettel stand: *Wie mein*

Vater vor mir habe ich den ewigen Schlaf gewählt. Neben einer Linie rechts unten befand sich ein roter Pfeil. Darunter stand: *Unterschreiben Sie hier.*

Nicholas schrak zusammen, als alle Lichter im unteren Stockwerk gleichzeitig angingen. In die Lampenfassungen waren Schwarzlichtbirnen geschraubt worden. Jetzt bemerkte er, daß die Wände, Möbel und Vorhänge mit fluoreszierenden Graffiti besprüht worden waren. Er drehte sich um seine eigene Achse und las dabei: *Willkommen zu Hause! Wir kriegen dich, Nicholas Van Blutsauger, du Schweinehund. C.R.S. hat dich unter Kontrolle! Amüsierst du dich, reiches Arschloch?* Die Schrift bestand aus einer geschwungenen, ununterbrochenen vielfarbigen Linie. Er sah auf. In der Mitte der Zimmerdecke stand: *Mamas lieber kleiner Junge,* umgeben von verschiedenen Obszönitäten. Wieder nach unten blickend, bemerkte er eine Leiter und mehrere leere Spraydosen.

»Mistkerle«, murmelte er und rief dann laut nach Ilsa.

Er fühlte das Gewicht der Waffe in seiner Hand und wandte sich der Treppe zu. Vorsichtig begann er, die mit Teppich ausgelegten Stufen hinaufzusteigen. Er folgte dem gemalten Wort *Holterdipolter* in den ersten Stock. Auch hier waren Schwarzlichtbirnen in die Fassungen geschraubt worden. Weitere Flüche, Abartigkeiten und haßerfüllte Beleidigungen standen an den Wänden.

Nicholas ging in jeden Raum. Die Schmierereien berührten ihn nicht mehr. Es war ein Overkill. Die ganze verfluchte Situation war ein gottverdammter Overkill!

Er sah aus dem Fenster, das über der Küche lag. Im Gästehaus brannte Licht. Langsam und immer noch vorsichtig ging er den Weg zurück, den er gekommen war. Er wollte nicht von irgendeinem Wahnsinnigen, der sich in einer dunklen Ecke versteckte, überrascht werden. Rasch durchquerte er den Garten und klopfte an die Tür des Gästehauses. Im Guckloch erschien ein Auge. Einen Moment später öffnete sich die Tür.

Dort stand die für gewöhnlich durch nichts zu erschütternde Ilsa in ihrem Morgenrock und wirkte überrascht. »Mr. Van Orton!«

»Ilsa, sind Sie in Ordnung?«

»Ja, sicher. Warum fragen Sie? Stimmt etwas nicht?«

»Hat es Alarm gegeben?«

»Nein, natürlich nicht.«

»Dann ... dann haben Sie es noch nicht gesehen?«

»Ich weiß nicht, wovon Sie reden. Was ist passiert?«

»Jemand ist ins Haus eingebrochen«, erklärte Nicholas.

»Mein Gott!« Ilsa sah zum Haus hinüber.

»Schließen Sie die Tür ab, und bleiben Sie hier. Bleiben Sie, wo Sie sind, selbst wenn Sie Schüsse hören sollten.«

»Ganz bestimmt«, versicherte sie, während er sich umdrehte und fortlief. »Bitte seien Sie vorsichtig, Mr. Van Orton!«

Während Nicholas im Mondlicht über den Rasen lief, zog er sein Handy heraus. Er wurde etwas langsamer und gab die Ziffern ein.

»911, Notruf«, meldete sich eine weibliche Stimme am anderen Ende.

»Geben Sie mir die Polizei. In mein Haus wurde eingebrochen.«

»Ich verstehe, Sir. Bleiben Sie in der Leitung, und nennen Sie mir Ihre Adresse.«

Nicholas betrat die Küche. Mit einer Hand hielt er das Telefon, mit der anderen gab er den Deaktivierungscode in die Tastatur der Alarmanlage ein. »Broadway 2210«, sagte er. »Das größte Grundstück in der Straße.«

»Verstanden, Sir. Ich wiederhole noch einmal: Sie sagten, daß bei Ihnen eingebrochen wurde ...«

»Ja.«

»Sind Sie sicher, daß die Einbrecher fort sind?«

»Nein, bin ich nicht.« Als Nicholas den Code eingegeben hatte, ertönte ein Piepston. Verwundert richtete er sich auf. Das bedeutete, daß das System auf Batterie umschaltete …

Einen Augenblick später gingen die Lichter aus. Auch die Leuchtzifferanzeigen in der Küche erloschen. Das Haus lag in absoluter Finsternis. In der Stille konnte Nicholas das Klopfen seines Herzens hören.

»Sir«, sagte die Frau am Telefon, »vermuten Sie, daß sich die Täter noch irgendwo im Haus befinden?«

Nicholas antwortete nicht.

»Hallo?« fragte die Stimme. »Sind Sie noch dran?«

Eben wollte er antworten, als jemand kräftig gegen die Glasschiebetür hämmerte. Er wandte sich um. Als er sah, wer dort war, schrie er auf und ließ den Revolver fallen.

Im Mondlicht gegen das Glas gelehnt stand mit wildem und verstörtem Gesichtsausdruck – Conrad.

Kapitel 23

Nicholas steuerte den BMW die fast menschenleeren Straßen von Pazific Heights hinunter. Rasch fuhr er um die Kurven den Berg hinab, aus dem Wohnviertel hinaus und weiter ins Stadtzentrum hinein.

Conrad hatte darum gebeten, daß sie das Haus verließen. Mehr hatte er vorerst nicht sagen wollen, und Nicholas hatte seinem Wunsch entsprochen. Während sie die Webster Street in Richtung Japan Town entlangfuhren, konnte Nicholas seinen Bruder erstmals genauer in Augenschein nehmen.

Conrad sah aus, als hätte ihn jemand in die Mangel genommen. Unter seinen Augen lagen tiefe Ringe, sein Gesicht war schmutzig, das Haar ungekämmt, und offenbar hatte er in seiner Kleidung geschlafen. Nicholas war zwar froh zu sehen, daß nicht sein Bruder hinter all dem steckte, was mittlerweile sicherlich kein »Spiel« mehr war, aber trotzdem wollte er nach wie vor herausfinden, wer dafür verantwortlich war.

»Willst du mir nicht erzählen, was passiert ist?« fragte er.

Conrad hielt einen Finger an seine Lippen. Er deutete nach oben. Nicholas fuhr langsamer und sah nach, wohin sein Bruder zeigte. Im Stoff der Dachverkleidung steckte ein kleiner Knopf, der aussah wie das Ende einer Hutnadel. Conrad zog daran. Als das Kabel sichtbar wurde und Conrad fester daran zerrte, zerriß der Stoff.

»Was ist das?«

»Ein Mikrofon«, antwortete Conrad, nachdem er das Kabel gekappt hatte. »Sie sind sehr methodisch, das steht fest.«

»Wer?«

»C.R.S., wer sonst?« Langsam schüttelte der jüngere Mann den Kopf. »Meine Güte, wenn ich daran denke, in was ich dich da beinahe hineingezogen hätte ...«

»Wie meinst du das?«

»Ich meine, daß ich ein verdammter Trottel bin«, erwiderte Conrad.

Nicholas starrte ihn an. »Connie, was sagst du da? Drück dich um Gottes willen klarer aus!«

»Ich sage, daß sie dich fertigmachen wollen, total fertig!« schrie Conrad. »Und wenn du glaubst, daß es vorbei ist, dann machen sie dich erst recht fertig.«

»Jetzt mal langsam, Connie. Komm zu dir. Fang ganz von vorne an.«

»Es begann damit, daß ich vor fast einem Jahr durch einen Freund von dem Spiel hörte. Ich meldete mich an. Sie jagten mich durch London, und es war spaßig, niemand wurde verletzt. Aber das ist nur der Anfang, verstehst du? Es hört niemals auf. Ich bezahlte die Rechnung, aber nachdem sie ihr Geld erhalten hatten, begann alles von vorne. Sie lassen mich einfach nicht in Ruhe.«

»Was tun sie dir an?«

»Du solltest besser fragen, was sie mir *nicht* antun«, erwiderte Conrad mit Tränen in den Augen. »Sieh mich an, ich bin ein Wrack.«

»Aber das verstehe ich nicht. Warum sollten sie das Spiel fortsetzen, nachdem du bezahlt hast?«

»Weil man dann noch mehr bezahlt, damit es aufhört. Und dann noch mehr und immer mehr. Ich glaube, daß sie erst aufhören, wenn nichts mehr von meiner Erbschaft übrig ist – oder wenn ich unter der Erde liege.«

Nicholas umklammerte das Lenkrad. Wenn sie Connie noch nach einem Jahr jagten, dann konnte er sich vorstellen, wie lange sie hinter ihm her sein würden.

Plötzlich gab es einen lauten Knall, und das Steuer ruckte in Nicholas' Händen. Er ging vom Gas und kämpfte, um die Kontrolle über das nach rechts ausbrechende Fahrzeug zu behalten. Funken flogen, als die Metallfelge kreischend über den Asphalt scheuerte. Nach einigen Sekunden gelang es Nicholas, den Wagen an den Bordstein zu manövrieren. Er hielt an. Von den Reifenfetzen, die noch an der Felge hingen, ging der Gestank nach verbranntem Gummi aus.

»Das waren die«, meinte Conrad.

»Es ist nur ein Plattfuß.«

»Woher willst du das wissen?«

»Weil sie nicht ahnen konnten, in welche Richtung wir fahren würden. Zum Teufel, ich wußte es ja selbst nicht. Jetzt reiß dich zusammen. Wir werden das schon schaukeln.«

Conrad fuhr sich mit einer Hand durchs Haar. »Okay, ich versuch's.«

»Ich steige jetzt aus und sehe nach. Bleib sitzen.«

Conrad nickte.

Beruhigend tätschelte Nicholas seinen Oberschenkel und stieg aus dem Wagen. Kurz darauf kam er an die offene Tür zurück. »Der Reifen ist geplatzt, und das Handy funktioniert nicht. Wahrscheinlich ist der Empfang in dieser Region zu schlecht.«

Conrad sah auf das Autotelefon hinunter und griff danach. An seinem Gesichtsausdruck erkannte Nicholas Sekunden später, daß es ebenfalls tot war.

»Kannst du einen Reifen wechseln?« fragte Nicholas.

»Nein, du?«

Nicholas schüttelte den Kopf.

»Aber so schwer kann es eigentlich nicht sein«, fuhr Conrad fort.

»Nach allem, was ich durchgemacht habe«, meinte Nicholas mit säuerlichem Lächeln, »dürfte es das reinste Kinderspiel sein.«

»Also, dann laß uns keine Zeit verlieren. Wir sollten hier nicht zu lange rumstehen.«

Nicholas rieb sich die Schläfen. »Mach mal den Kofferraum auf. Der Hebel ist im Handschuhfach.«

Während Nicholas zum Heck des Wagens ging, öffnete Conrad das Handschuhfach. Dutzende von silber- und goldfarbenen Schlüsseln fielen ihm entgegen. Er betrachtete den Rest, der im Handschuhfach verblieben war, und nahm mehrere Schlüssel heraus. Alle trugen die Buchstaben C.R.S. »Du Bastard!« schrie er und stieg aus. »Du verdammter Bastard!«

»Was?«

»Du gehörst dazu. *Du* hast das alles inszeniert!« Conrad warf mit einer Handvoll Schlüssel nach seinem Bruder.

Nicholas hob ein Knie und die Hände, um sich zu schützen. Die Schlüssel flogen ihm um die Ohren. »Hör auf, Connie! Ich habe keine Ahnung, was das soll!«

»Du lügst!«

»Jemand muß sie da hineingetan haben!«

»Ja, du! *Du* steckst dahinter, nicht wahr?«

»Connie, bist du verrückt geworden? Das Ganze war doch deine Idee!«

Steifbeinig kam Conrad auf ihn zu. »Die Schlüssel sind hier ... in deinem Auto. Die Schlüssel zu dem ganzen verfluchten C.R.S.-Königreich!

»Hör zu, verdammt!« Nicholas packte Conrad bei den Schultern und schüttelte ihn. Sein Bruder stieß ihn zurück, aber Nicholas blieb stehen. Auge in Auge standen sich die beiden Männer gegenüber. »Du solltest dich reden hören.«

»Nein!« schrie Conrad zurück. »Diesmal leitest du die Unterhaltung nicht, wie du es sonst immer tust.«

»Na schön, hervorragend! Dann leitest du sie eben. Und jetzt sag mir, warum ich irgendwas von dem, was du mir vorwirfst, hätte tun sollen!«

»Weil du mich beneidest.«

»Quatsch!«

»Wirklich?«

»Du bist irrational. Denk mal darüber nach.«

»Okay«, sagte Conrad, »dann wirst du eben nicht damit fertig, daß ich mein Leben so lebe, wie es mir gefällt. Weil ich Spaß habe und mich vernüge und du nicht, du armseliges, schwanzloses Stück Mist!«

»Nicht so laut«, zischte Nicholas.

»Warum? Befürchtest du, daß uns jemand hören könnte? Daß etwas in der Zeitung stehen könnte, das schlecht fürs Geschäft wäre?« In diesem Moment öffnete jemand eine Haustür und sah auf die Straße hinaus. »Scheren Sie sich verdammt noch mal in Ihre Bruchbude zurück!« schrie Conrad. »Los, ins Haus zurück!«

Die Tür fiel zu. Nicholas ergriff seinen Bruder an den Handgelenken.

Conrad trat einen Schritt zurück und riß sich los. »Hast du Angst, jemand könnte herausfinden, daß du ein kranker Heimlichtuer bist, der andere manipuliert?« schrie er.

»Connie«, sagte Nicholas, »was ist los mir dir? Auf welchem Trip bist du?«

»Ah, jetzt bin ich also wieder auf einem Trip, weil ich

mich über dich aufrege? Okay, tut mir schrecklich leid, daß ich deinen hohen Erwartungen nicht entspreche, Nickie. Die Wahrheit ist, daß ich nie so sein werde wie du. Und ich will auch gar nicht so sein.«

»Du hast schon immer die Verantwortung auf mich abzuwälzen versucht. Was du bist und was du tust, mein lieber Bruder, ist stets deine Entscheidung. Niemand kann sie dir abnehmen. Ich habe höchstens versucht, dir zu helfen.«

»Na, vielen Dank. Ich brauche deine dämliche Hilfe nicht. Niemand hat dich darum gebeten, den Daddy zu spielen.«

»He!« Jetzt schrie Nicholas zum ersten Mal. »Sag das nie wieder zu mir, hörst du? Nie wieder! Hatte ich denn verdammt noch mal eine andere Wahl?«

»Ja!« schrie Conrad zurück. »Du hättest einfach mein Bruder Nickie sein können. So, wie du's vorher auch warst!«

Schluchzend rannte Conrad plötzlich davon, in einen nahegelegenen Park hinein. Nicholas lief ihm nach.

»Connie!«

Conrad verschwand durch ein Dickicht hindurch im Dunkel. Nicholas folgte ihm und rutschte auf einem glatten Grasabhang aus. Er rollte einige Meter weit und blieb vor einer Hecke liegen. Sofort stand er wieder auf und zwängte sich durch die harten Zweige. »Conrad!«

Weiter vorn befand sich ein asphaltierter Weg, der sich durch eine Reihe von Telefonsäulen wand. Sein Bruder war nicht zu sehen. In diesem Augenblick klingelte eines der Telefone. Dann läuteten alle auf einmal.

»Ihr Hurensöhne!« rief Nicholas und preßte die Hände auf die Ohren.

Die Telefone läuteten weiter, und ihm kam der Gedanke, daß am anderen Ende der Leitung möglicherweise jemand mit ihm sprechen wollte. Er rannte hinüber und riß den ersten Hörer ans Ohr.

»Hallo?«

»Flippy?« fragte eine Frauenstimme. »Ist dort Flippy?«

Nicholas hieb den Hörer in die Gabel zurück und nahm den nächsten ab.

»Hallo?«

»Um einen Anruf zu tätigen, legen Sie bitte auf. Wählen Sie dann, und werfen Sie anschließend ...« Die Stimme kam von einem Tonband.

Nicholas legte auf, und alle Telefone verstummten. Er wandte sich suchend nach Conrad um. Plötzlich hielt er inne. Er holte seine Brieftasche aus der Jackentasche und fand den Parkschein, auf den er die gebührenfreie Notrufnummer von C.R.S. geschrieben hatte. Er wählte sie und wartete. Das Besetztzeichen erklang. Er warf den Hörer zurück, hob wieder ab und gab die Nummer erneut ein.

Diesmal klingelte es. Ein Tonband meldete sich.

»Es tut uns leid«, sagte eine weibliche Stimme. »Die Nummer, die Sie gewählt haben, existiert nicht oder ist nicht mehr vergeben ...«

Er schlug den Hörer seitlich gegen die Säule und ließ ihn fallen. Dann riß er den Parkschein in Stücke und trat vor Wut noch einmal gegen die Säule, bevor er sich abwandte. »Connie!« schrie er.

Keine Antwort.

Angewidert von allem und allen stürmte er in Richtung Hecke davon.

Kapitel 24

Nicholas kehrte zum Wagen zurück und betrachtete den geplatzten Reifen.

Nein, dachte er. *Das ist kein geplatzter Reifen. Das ist ein toter Reifen. Dahingeschieden.* Er öffnete den Kofferraum

Van Orton, daher wissen wir, daß Sie die ganze Geschichte nicht zu Werbezwecken inszenieren.«

»Verdammt richtig«, sagte Nicholas. »Allein der Gedanke ist bereits eine Unverschämtheit.«

»Es tut mir leid, daß Sie es so empfinden«, meinte Nadler. »Aber uns ist bis jetzt noch nichts Ähnliches untergekommen, und wir müssen alle Möglichkeiten in Betracht ziehen. Wir werden sämtliche Fragen stellen und die Situation aus jeder möglichen Perspektive beleuchten, auch wenn Sie damit nicht einverstanden sein sollten. Wir sind nicht nur Ihretwegen beunruhigt. Es könnte weitere Ziele und andere Opfer geben.«

»Ich verstehe«, sagte Nicholas. »Tut mir leid.«

Nadler nickte. »Seien Sie vorsichtig, in Ordnung?«

Nicholas grinste. »Sicher. Es wäre mir äußerst unangenehm, von einem nichtexistierenden Unternehmen eliminiert zu werden. Das wäre schlecht für mein Image als Firmenhai, wissen Sie?«

Weder die Polizisten noch Sutherland lächelten. Aber Nicholas fand die Bemerkung witzig.

Der Rest des Tages verlief ohne Zwischenfälle, wie Nicholas es sich gedacht hatte, weil die Polizei sämtlichen Spuren von C.R.S. nachging. Er war dankbar für die Atempause. Das Abenteuer, in einem verschlossenen Taxi in die Bucht von San Francisco zu stürzen, hatte ihm für diese Woche genügend Aufregung verschafft. Um 19 Uhr verließ er das Büro, fuhr in seinem reparierten BMW nach Hause und setzte sich in die Küche zum Abendessen. Er verspürte weder Lust, in der Bibliothek zu essen, noch CNN anzuschauen.

Ilsa stellte seinen Teller auf den Tisch. Sie hatte ihm ein Sandwich mit geräuchertem Truthahn gemacht, die Kruste abgeschnitten und es mit frittierten Kartoffelscheiben und Karottensalat umgeben. Auf dem Rand befand sich ein Klecks von Nicholas' Lieblingssoße. Er verteilte etwas davon auf dem Brot, nahm einen Bissen und sah sich um.

Malerkleidung, Farbtöpfe und Pinsel standen aufgeräumt in einer Ecke. Sie waren am späten Nachmittag geliefert worden, nachdem die Polizei die Untersuchung des Tatorts abgeschlossen und die Reparaturen genehmigt hatte.

»Wen werden Sie mit dem Anstrich beauftragen?« wollte Nicholas wissen.

»Mr. Michaelson«, antwortete Ilsa, während sie ein Glas aus dem Schrank nahm. »Er hat auch draußen gestrichen.«

»Ich erinnere mich.« Nicholas schmunzelte. »Der alte Hippie.«

»So alt ist er nun auch wieder nicht«, protestierte Ilsa. »Erst 53.«

Immer noch schmunzelnd, sagte Nicholas: »Ich meinte *ehemaligen* Hippie, nicht alt.« Er biß erneut in das Sandwich. »Sagen Sie mir, Ilsa – wie war mein Vater?«

Ilsa füllte das Glas mit Milch und kam herüber. »Warum fragen Sie das?«

»Ich weiß es nicht genau«, gab Nicholas zu.

Sie stellte das Glas neben seinen Teller. »In all den Jahren, die ich Sie kenne, haben Sie nie nach ihm gefragt. Warum jetzt?«

»Ich habe kürzlich an ihn gedacht, das ist alles.«

Ilsa wandte sich ab. Sie schwieg, während sie die Milch und den Rest des Truthahnfleisches in den Kühlschrank zurückstellte. »Am besten erinnere ich mich an zwei Dinge: Ihre Mutter liebte Ihren Vater, und er arbeitete zu hart.«

»Würden Sie sagen, daß er griesgrämig war? Ich meine ...«

»Traurig? Ernst wie Sie?« Sie setzte sich. »Er war sehr ruhig. Sehr ... sanft. Man konnte sich in einem Raum mit ihm befinden, ohne wahrzunehmen, daß er anwesend war.«

»Aber was dachte er?« fragte Nicholas. »Was motivierte ihn?«

»Ich weiß es nicht. Ich glaube, daß Ihr Großvater ihm nicht viel Aufmerksamkeit schenkte. Vermutlich wünschte er sich die. Was ihn am Ende motivierte, warum er getan hat, was er tat – ich weiß es nicht. Niemand hatte damit gerechnet.«

Nicholas blickte auf seinen Teller hinab. »Ich frage mich, wieviel von ihm in mir steckt.«

»Nicht viel, glaube ich. Sie sind offener und nehmen am Leben teil. Er war durch seine Traurigkeit isoliert.«

»Machte sich Mutter Sorgen um ihn?«

»Niemand sorgte sich um Ihren Vater. Nicht, weil alle teilnahmslos gewesen wären, sondern weil es nichts half. Er wollte sich nicht ändern.«

Während sie sprach, klingelte das Telefon. Nicholas bekam eine Gänsehaut. Er stand auf, nahm den Hörer ab und war erleichtert, Marias Stimme zu hören.

»Mr. Van Orton«, sagte sie, »bitte entschuldigen Sie, daß ich Sie zu Hause störe.«

»Ist schon in Ordnung.« Er war überrascht, daß er sich selbst diese Worte sprechen hörte. Normalerweise haßte er es, während des Abendessens unterbrochen zu werden. »Was gibt's denn?«

»Ich habe über Elite-Taxi die Adresse, nach der Sie gefragt haben, herausgefunden.

»Hervorragend.« Er nahm einen Stift zur Hand. »Wie lautet sie?«

Eine halbe Stunde später steuerte Nicholas langsam um South Basin herum und suchte nach der Adresse, die ihm Maria genannt hatte. Er fand die Straße, in der vor allem Häuser der unteren Mittelschicht standen. Vor einem weißen Haus mit einem kleinen Vorgarten hielt er an. Er überprüfte die Hausnummer, dann betrat er eine altmodische Veranda mit duftenden Blumen. Die Farbe des Holzes blätterte ab. Er läutete an der Tür. Während er wartete, blickte er die Straße entlang. Ein paar ältere Fahrzeuge standen herum, ein Motorrad parkte am Bürgersteig, und ein weißer Lieferwagen stand außerhalb des Scheins einer Straßenlaterne.

Beobachten sie mich? fragte er sich. Wahrscheinlicher war, daß dort ein Drogen- oder Waffenhandel abgeschlossen wurde. Er hoffte, daß die Verfolgungsangst nicht sein ganzes Leben lang anhalten würde.

Die Haustür öffnete sich ein wenig, und eine junge Frau sah über die Kette hinweg. »Ja?«

»Hallo«, sagte Nicholas freundlich. »Ich bin Nicholas Van Orton. Ist Christine ... ähm, Christy zu Hause?«

»Sie schläft.«

»Könnten Sie sie vielleicht aufwecken? Es ist wichtig.«

Jemand rief von hinten aus dem Haus. »Wer ist da, Amy?«

»Ein Typ namens Nicholas Vinorden? Vanardin?«

»Van Orton«, wiederholte er deutlich und lächelte. Für gewöhnlich nervte es ihn, wenn andere seinen Namen nicht verstanden, weil sie nicht richtig zuhörten. Er sah um Amy herum und bemerkte Christine, die vom oberen Treppenabsatz aus herunterblickte. Sie trug eine Schlafanzugjacke und Shorts.

»Nicholas«, rief sie, als sie ihn erkannte. »Was tun Sie hier?«

»Können wir reden?« fragte er.

Christine kam die Treppe herunter. »Alles in Ordnung, Amy«, sagte sie.

Die Tür schloß sich, die Kette wurde abgenommen, dann schwang die Tür nach innen auf, und Christine stand vor ihm. Ihr Gesichtsausdruck wirkte halb erfreut, halb beunruhigt und ein klein wenig überrascht.

»Ich hatte nicht erwartet, Sie wiederzusehen.«

»Das Leben steckt voller Überraschungen.«

»Ich dachte mir, daß Sie das Sweatshirt nicht einfach so hergeben würden«, bemerkte sie traurig. »Es ist viel zu bequem.«

die er am Arm herumführen konnte, sondern als Frau, mit der man sich vergnügte.

Woran zum Teufel denkst du? fragte er sich. Er kannte sie nicht einmal. Rasch stand er auf und ging im Zimmer herum. Auf einem kleinen Tisch stand neben einer Lampe eine Figur der Jungfrau Maria. Der Kopf ließ sich abschrauben, und er sah hinein. Es war eine Karaffe. Er stellte sie zurück. Da nahm er einen schwachen Geruch nach Rauch wahr, der von der Lampe aufstieg. Er sah hinter den Lampenschirm, blinzelte und bemerkte ein Preisschild, daß an der Birne auflag. Es verfärbte sich braun und sonderte Rauch ab. Als er hineingriff, um es zu entfernen, verbrannte er sich die Fingerspitzen an der Birne.

»Mist!« Er riß seine Hand zurück und kippte beinahe den Tisch um. Kurz bevor sie zu Boden fielen, erwischte er die Marienstatue und eine gerahmte Fotografie. Nachdem er alles wieder plaziert hatte, lutschte er an seinem Finger und ging durch das Wohnzimmer. Er warf einen Blick ins Eßzimmer, sah eine Schwingtür, die in die Küche führte, und trat hindurch. Der Raum war einfach eingerichtet und mit ungewaschenem Geschirr, Getreidepackungen und Tellern voller Kekse übersät. Er ging zum Spülbecken, hielt seinen Finger unter den Hahn und drehte das kalte Wasser auf. Es kam nichts heraus. Er versuchte das heiße Wasser.

Ebenfalls nichts. Erneut sah er sich um. Es gab keinen Wasserbehälter. Er betrachtete das schmutzige Geschirr. Das war Arbeit für mehrere Tage. Vielleicht kannten Sie sich mit dem Wasseranschluß nicht aus und konnten sich keinen Klempner leisten, um ihn reparieren zu lassen. Solange das Wasser im Badezimmer funktionierte, würden sie überleben.

Vielleicht.

Neugierig geworden, öffnete er eine Schublade neben dem Becken. Sie war leer. Er zog eine andere Schublade heraus. Auch die war leer. Gleiches galt für die Schränke und den Kühlschrank. Er kehrte ins Wohnzimmer zurück und trat an den Lampentisch heran. Die gerahmte Fotografie zeigte ein kleines Mädchen in einem Kleid. Er untersuchte das Bild näher und nahm den Rahmen auseinander.

Es war ein Werbefoto aus einer Illustrierten. Der Text war hinter das Bild gefaltet worden.

Du kleine Hure, dachte Nicholas. Er nahm einen tiefen Atemzug und setzte den Rahmen rasch wieder zusammen. Als Christine die Treppe herunterkam, trug sie ein einteiliges Kleid und war noch dabei, ihr Haar hochzustecken.

»Möchten Sie etwas trinken?« fragte sie.

»Nein, danke«, erwiderte er so unbeschwert und charmant, wie er konnte. Er hielt den Rahmen hoch. »Sind Sie das?«

»Ja, bei meiner ersten Kommunion.«

»Aha.« Er fixierte sie. Alle Freundlichkeit war aus seinem Blick gewichen. Mit nach unten gebogenen Mundwinkeln trat er zu ihr. Noch immer hielt er den Rahmen in der Hand. »Tun Sie mir einen Gefallen, Christy?«

Am unteren Rand der Treppe blieb sie stehen, offensichtlich war ihr unbehaglich zumute. »Sicher, Nick.«

»Nehmen Sie das Foto heraus.«

»Warum, stimmt was nicht?«

»Nehmen Sie das Foto aus dem Rahmen, und zeigen Sie's mir.«

»Ich verstehe nicht, was ...«

»Wirklich nicht?« fragte er. *»Verstehen Sie wirklich nicht?«* Er hielt inne und fing sich wieder. In dem Haus befanden sich zwei Frauen, er war allein. Gleichgültig, welche Geschichte sie erzählten, mit einer Aussage gegen ihn würden sie einiges erreichen.

Er gab ihr den Rahmen. »Das ist eine Fälschung«, sagte er angespannt.

Sie stellte die Fotografie auf die Treppe.

»Diese ganze Kulisse hier ist eine Fälschung«, fuhr er fort. »Warum?«

Christine schluckte. Dann kam sie näher und legte ihre Hände auf seine Schultern. Sie umarmte ihn und brachte ihre Wange an seine.

»Umarmen Sie mich«, flüsterte sie.

»Warum?«

»Sie sehen uns.«

Er legte seine Arme um sie. »Wovon sprechen Sie?«

»Hier können wir nicht reden«, sagte sie. »Sie sehen und hören uns.«

Sie zog sich ein kleines Stück zurück und gab ihm einen Hinweis mit den Augen. Er folgte ihrem Blick zum Rauchmelder an der Decke.

»Mm«, sagte sie und lächelte jetzt wieder vergnügt. »Das war schön. Was hältst du davon, wenn wir eine kleine Spazierfahrt unternehmen?«

»Nicht viel«, gab er zurück.

Lächelnd nahm sie seine Hand, obwohl ihre Augen besorgt wirkten. »Ach, komm! Es wird lustig.«

Nicholas zog seine Hand zurück. »Nein. Ich habe genug von diesem beschissenen Spiel.«

»Nick ...!«

Er trat unter den Rauchmelder und starrte von unten darauf. »Ihr könnt jetzt rauskommen, ihr Mistkerle. Wenn ihr da oben seid, kommt raus!«

Eine lange, unangenehme Stille trat ein. Verächtlich schnaubend wandte sich Nicholas um und sah durch das Zimmer. Neben dem Sofa befand sich ein kleiner Kamin. Er lief hin und nahm einen eisernen Schürhaken heraus. Dann kehrte er zurück und zerschlug den Rauchmelder damit.

»Sind Sie verrückt?« schrie Christine. »Mein Gott, jetzt werden sie uns fertigmachen!«

Kapitel 26

Christine drängte sich an die Wand, die der Eingangstür gegenüberlag, und zeigte auf die Tür. Nicholas eilte zum Eingang und sah durch das kleine Fenster, das sich daneben befand. Vier Männer sprangen von der Ladefläche des weißen Lieferwagens – dessen Seite die Aufschrift *Cable Repair Service* zierte. Nicholas wußte nicht, wie ihm das entgangen sein konnte. Alle vier Männer trugen Waffen.

Nicholas baute sich vor Christine auf. Immer noch hielt er den Schürhaken in der Hand. »Was habe ich verbrochen?« fragte er. »Ist das Spiel erst beendet, wenn sie mich umgebracht haben?«

»Runter!« kreischte sie und riß ihn zu Boden. Sekundenbruchteile später durchschlug eine erste Salve das Fenster und die vordere Wand. Die Lampe, der Bilderrahmen und die heilige Jungfrau zerplatzten in einem Regen aus herumfliegenden Scherben und Splittern.

Geduckt zog Christine Nicholas hinter sich her in die Küche. Nachdem sie die Hintertür erreicht hatten, öffnete die junge Frau sie, und sie rannten hinaus.

Amy saß an einem klapprigen Gartentisch, rauchte und spielte im Schein einer Taschenlampe Solitaire. Sie wirkte wie *in einer Spielpause,* schoß es Nicholas durch den Kopf. Wie eine Schauspielerin hinter der Bühne!

»Was zum Teufel ...?« fragte Amy verwirrt, als die beiden auf sie zugerannt kamen. »He, was ist passiert?«

Christine ignorierte sie und rannte an der Rückwand des Hauses entlang. Nicholas folgte ihr auf dem Fuß. Immer noch hielt er den Feuerhaken in der Hand, mit dem er zwar gegen Schußwaffen nicht viel ausrichten könnte, der aber besser war als nichts.

»Himmel«, sagte er. »Was geht hier vor? Wer sind Sie?«

»Mein Gott, wachen Sie auf!« entgegnete Christine. »Wir sitzen in der Falle.«

Nicholas wollte weitere Fragen stellen, aber sie hatten die Ecke des Hauses erreicht. Christine blieb stehen und sah um die Ecke, und Nicholas tat es ihr gleich. Er traute niemandes Augen, Worten oder Gefühlen mehr. Nur auf ihn selbst konnte er sich noch verlassen.

Er beobachtete, wie der erste Mann die Tür eintrat und ins Haus stolperte. Die anderen deckten ihn. Hinter den umliegenden dunklen Fenstern erkannte er die Gesichter von Nachbarn. Dann fiel sein Blick auf seinen BMW. Er war offenbar intakt.

»Haben Sie den Schlüssel?« fragte Christine.

Nicholas nahm sein Schlüsseletui heraus und zeigte ihr den Zündschlüssel. »Ja. Laufen wir?«

»Okay«, flüsterte sie, während der zweite und der dritte Mann in das Haus eindrangen. Dann folgte der vierte. »Jetzt!« sagte sie, und die beiden hetzten zum Auto.

Beide liefen auf die Fahrerseite. Christine hechtete förmlich hinein und kroch auf die Beifahrerseite hinüber. Nicholas sprang nach ihr in den Wagen. Er ließ die Maschine so laut aufheulen, daß die Killer wieder nach draußen kamen.

»He«, rief der vierte Mann. »Da ist er!«

Die Männer schossen, aber Nicholas hatte das Gaspedal bereits bis zum Anschlag durchgetreten. Der Wagen machte einen Satz nach vorne.

»Folgen sie uns?« fragte Nicholas.

»Ja.«

Er sah im Rückspiegel, wie die Männer in den Lieferwagen sprangen. Mit quietschenden Reifen bog er in eine Seitenstraße ein und gab wieder Vollgas. Die Automatik des Wagens brachte die Räder zum Durchdrehen, und Nicholas verlor für einen Moment die Kontrolle. Er streifte ein geparktes Fahrzeug und überfuhr eine rote Ampel. Ein Müllwagen, der von der Seite kam, mußte scharf bremsen, um einen Zusammenstoß zu vermeiden.

Der Wagen knickte in der vorderen Federung ein, und die Reifen gaben ein monströses Kreischen und zwei dichte Wolken aus schwarzem Rauch von sich. Der sie verfolgende weiße Lieferwagen unternahm ein scharfes Ausweichmanöver, um nicht frontal in den Müllwagen zu rasen. Trotzdem touchierte er das Heck des Lasters, verlor die vordere Stoßstange und kam gewaltig ins Schleudern. Erst nachdem er sich einmal um die eigene Achse gedreht hatte, erlangte der Fahrer die Gewalt über das Fahrzeug zurück. Er schoß in die Richtung davon, aus der sie gekommen waren. Die Jagd war beendet.

Nach ihrer eigenen Begegnung mit dem Müllwagen hatte sich Christine umgedreht und den Unfall beobachtet. Nicholas war langsamer geworden, um die Kontrolle über sich und seinen BMW zurückzugewinnen, und hatte das meiste vom Geschehen im Rückspiegel mitbekommen. Mit gemäßigter Geschwindigkeit fuhr er weiter.

»Sehen Sie sie?« fragte er.

»Nein, sie sind weg.«

Nicholas stieg in die Bremse, und Christine wurde nach vorne geschleudert.

»Was zum Teufel tun Sie da?« rief sie.

»Steigen Sie aus!«

Sie starrte ihn an. »Was?«

»Raus!«

»Machen Sie Witze?«

»Sehe ich so aus?«

»Mister«, sagte Christine, »ich hätte Sie den Kerlen ausliefern können. Wenn ich getan hätte, was die von mir verlangten, dann wäre ich sie jetzt los. Wenn sie mich jetzt finden, dann bin ich tot.«

Nicholas sah sie an. »Zum letzten Mal: Steigen Sie aus meinem Auto.«

»Jetzt hören Sie mir mal zu, Sie Kotzbrocken. Wenn

Sie mich rausschmeißen, wird niemand Sie darüber aufklären, was hier vorgeht. Wollen Sie wissen, was los ist, oder nicht?«

Er sah sie unnachgiebig an.

»Wollen Sie's wissen? Wenn ich fort bin, werden Sie's nie erfahren. Niemals.«

Nicholas wandte sich ab und starrte auf die im Hintergrund glitzernde Golden Gate Bridge hinaus. Er erkannte, daß Christy zumindest in einem Punkt recht hatte: Sie besaß die Informationen, die er haben wollte. Wenn er sie wegen der Rolle, die sie bei dem Schwindel gespielt hatte, hinauswarf, würde er weiter im Dunkeln tappen. Außerdem mochte er sie inzwischen sogar gern. Er nahm den Fuß von der Bremse und fuhr weiter.

»Ich will in der Tat wissen, was hier vorgeht«, sagte er. »Sie reden, während ich zum Polizeirevier fahre.«

»Nein«, entgegnete sie mit erstaunlichem Nachdruck. »Keine Polizei. Man sucht mich wegen eines Verstoßes gegen das Postgeheimnis. Aber darüber hinaus kann man mir nichts nachweisen.«

»Ich will Ihnen gar nichts nachweisen. Sagen Sie mir nur, wer die Typen sind, die hinter all dem stecken.«

»Aber keine Polizei.« Aus der Brusttasche ihres Kleides zog sie eine Zigarette. Während sie nach dem Anzünder im Armaturenbrett suchte, packte Nicholas blitzschnell die Zigarette und warf sie aus dem Fenster.

»Na schön«, sagte er. »Keine Polizei und keine Zigaretten. Jetzt reden Sie endlich.«

Sie lehnte sich zurück und fuhr sich mit den Fingern durch das Haar. »Haben Sie einen Kaugummi?«

»Nein.«

»Nein, natürlich nicht.« Sie sah auf den Seitenspiegel hinaus und schüttelte den Kopf. »Niemals funktioniert etwas so, wie ich es mir wünsche. Ich kann einfach nicht glauben, daß sie sich noch nicht mal die Zeit genommen haben, das Haus richtig zu präparieren.«

»Wer sind ›sie‹?« fragte Nicholas. »Sie haben mir versprochen zu antworten.«

»Ich weiß nicht, wer ›sie‹ sind.« Christine äffte ihn nach. »Niemand weiß das. Ich bin nur eine Angestellte.«

»Was zum Teufel nützen Sie mir dann?«

»Für den Anfang kann ich Ihnen vielleicht damit dienen, daß ich Ihnen ein paar Hintergrundinformationen gebe – zum Beispiel, wem Sie vertrauen können, oder daß Ihr Bruder von Anfang an eingeweiht war.«

»Das ist gelogen.«

»Ach ja? Ich war die Kellnerin an Ihrem Geburtstag, erinnern Sie sich? An jenem Tag erzählte Ihnen Connie von C.R.S., war es nicht so? Denken Sie darüber nach, Nick. Haben Sie mich dort vorher schon mal gesehen?«

»Nein«, gab er zerknirscht zu.

»Weil ich vorher nie in dem Restaurant war.« Sie trommelte mit den Händen auf ihre Knie. »Ach, zum Teufel damit und zum Teufel mit Ihnen«, sagte sie plötzlich und zog eine neue Zigarette aus der Tasche. Sie schob den Anzünder hinein und öffnete das Fenster. »Ihre Lungen werden's schon überleben, ich muß mich beruhigen.« Der Zigarettenanzünder sprang heraus, und sie zündete die Zigarette an.

Nicholas hielt sie nicht zurück. Um Haaresbreite wäre er von Hunden zerfleischt worden und fast ertrunken. Man hatte auf ihn geschossen, beinahe wäre er an einem Stromschlag in seiner eigenen Küche gestorben, und ein Müllwagen hatte ihn nur knapp verpaßt. Christine hatte recht, was das passive Rauchen betraf.

»Connie konnte nichts dafür«, sagte sie nach einem tiefen Zug. Sie blies den Rauch aus dem Fenster, dann zog sie noch einmal. »Er hielt es für den einzigen Ausweg. Sie hatten ihn ganz schön in der Zange.«

»Wie? Erpressung?«

»Nein, so primitiv sind die nicht«, sagte sie und stieß

wieder Rauch aus. »Sie haben ihm dasselbe angetan wie Ihnen.«

»Wovon reden Sie?«

Mit einem Ausdruck des Bedauerns blickte sie ihn an. »Wissen Sie's denn immer noch nicht?«

»Hätte ich dann gefragt?«

Sie zog an ihrer Zigarette. »Haben Sie in letzter Zeit mal Ihre Bankkonten überprüft? Vermutlich nicht. Wahrscheinlich waren Sie zu beschäftigt mit unseren Abenteuern.«

»Was meinen Sie damit?«

»Ich meine, daß ich in der Nacht in Ihrem Büro die geheime Nummer Ihrer Privatleitung herausgefunden habe. Dadurch hat C.R.S. freien Zugang zu Ihrem Computer erhalten. Den Rest hatten Sie ihnen schon vorher gegeben.«

»Ach ja? Wann denn?«

»Als Sie den Eignungstest machten. Sie bekamen Ihre Handschrift, Stimmenproben und ein psychologisches Profil.«

Nicholas verzog das Gesicht. »Das ist verrückt.«

»Glauben Sie? Über diese Informationen haben sie Ihre Passwords herausgefunden. Die, von denen Sie dachten, daß niemand sie jemals herausfinden könnte. Sie erinnern sich an Feingold, den Typen, der Sie einführte? Dieser inkompetent wirkende Trottel saß fünf Jahre im Gefängnis, weil er sich in die City Bank gehackt hat. Man mußte Sie nur beschäftigt halten, während C.R.S. in Ihr finanzielles Netzwerk eindrang und all Ihre Guthaben auf Scheinkonten transferierte.«

»Unsinn.« Nicholas schüttelte den Kopf. »Das ist unmöglich.« Er sah auf die Uhr im Armaturenbrett und nahm sein Handy heraus. Mit dem Daumen gab er eine Nummer ein. Als er das Telefon an sein Ohr hielt, fühlte er, wie seine Handfläche feucht wurde.

»Weshalb, glauben Sie, sind die jetzt bereit, Sie zu erschießen?« fragte sie. »Oder besser: Warum *werden* die Sie erschießen?«

»Internationale Vermittlung?« fragte Nicholas. »Bitte verbinden Sie mich mit der Allgemeinen Bank in Zürich.«

»Weil sie mit Ihnen fertig sind«, fuhr Christine fort. »Sie sollen verschwinden – für immer.«

»So ein Quatsch. Das ist absoluter, völliger Unsinn. Nein ...« sagte er ins Telefon. »Ich rede nicht mit Ihnen, verehrte Dame. Tut mir leid.«

Nicholas fuhr auf die Golden Gate Bridge. Er wußte nicht genau, wohin er sich wenden sollte, aber er mußte aus der Stadt hinaus. San Francisco war nicht länger sicher für ihn.

Der Anruf zur Bank wurde durchgestellt, und Nicholas wählte seine Option aus einem Menü. Nach einer kurzen Weile, meldete sich eine künstliche Stimme.

»Guten Tag«, sagte Nicholas. »Englisch, bitte.«

»*Yes, Sir*«, erwiderte die Stimme.

»Blau-zwei-Slash-fünf. Geburtsname der Mutter: Miller. Sechs-neun-null. D wie David. Ja, ich möchte den Kontostand abfragen.« Er lauschte. Seine Augenbrauen zogen sich zusammen, und sein Unterkiefer fiel herunter. »Das ist unmöglich! Wann ...«

Nicholas hörte zu. Sie waren heute morgen drangekommen – an alles.

Er schaltete das Telefon aus.

Falls sie auch an die Konten in den Vereinigten Staaten gekommen waren, war er völlig pleite. Bankrott.

Aber es gab etwas, das sie ihm nicht hatten nehmen können und ihm nie nehmen würden: seinen Willen. Im Gegensatz zu seinem Vater würde Nicholas nicht aufgeben. Solange er seinen Zorn noch besaß, würde er weiterkämpfen.

Kapitel 27

Sobald sie die Brücke hinter sich hatten, hielt Nicholas an der ersten Raststätte, die sie finden konnten, denn weder Christine noch er hatten etwas gegessen. Während sie etwas holte, rief er Sutherland zu Hause an. Da der Anwalt dort nicht zu erreichen war, hinterließ er eine Nachricht auf dem Anrufbeantworter des Büros.

»Rufen Sie mich auf meinem Handy an, sobald Sie das hören«, sagte er. »Egal, um welche Zeit. Ich brauche dringend Ihre Hilfe. Ich weiß zwar nicht, wie es ihnen gelungen ist, aber C.R.S. hat alle meine Konten geplündert. Und jetzt versuchen sie, mich umzubringen. Sagen Sie der Polizei, daß ich eine von ihnen bei mir habe. Wir bringen sie dazu auszusagen. Ich weiß, wie das klingen muß, aber es ist wahr – jedes Wort davon. Ich werde mich für eine Weile außerhalb der Stadt aufhalten. Was auch geschieht, alter Freund, haben Sie in jedem Fall vielen Dank.«

Nicholas legte auf, als Christine mit einer Armladung voll Essen wiederkam.

»Äh ... die Angestellte hat Ihre Kreditkarte durchgeschnitten. American Express akzeptiert sie nicht mehr. Angeblich wurde sie als gestohlen gemeldet.«

»Großer Gott«, sagte Nicholas. »Die Kerle denken auch an alles.«

»Ja, offenbar. Das hier geht auf meine Rechnung.« Sie reichte ihm einen Kaffee und warf ein halbes Dutzend Kartons mit Gebäck und Schokoriegeln auf den Sitz. »Das war das einzige in diesem Haus, was mir gehörte – Kekse und Schokoriegel. Meine Güte, ich liebe dieses Zeug, das schlecht für mich ist.«

»Das ist mir auch schon aufgefallen.« Nicholas fuhr vom Parkplatz herunter und weiter in nördlicher Richtung.

Es dauerte nicht allzu lange, bis die Lichter der Stadt

und die Angst, erschossen zu werden, weit hinter ihnen lagen. Nachdem er Christine erklärt hatte, daß sie zu einem Blockhaus fuhren, das seit 1930 der Van-Orton-Familie gehörte, schwieg er eine Weile. Der Highway ging in eine zweispurige Straße über und diese schließlich in eine nichtasphaltierte Piste. Sie überholten einen Lastwagen, der Baumstämme geladen hatte, und setzten ihren Weg in die Berge fort. Gelegentlich hielten sie an Tankstellen, wo Nicholas einen Kaffee nach dem anderen in sich hineinkippte, um wach zu bleiben.

Kurz vor Tagesanbruch erreichten sie das Blockhaus, begleitet von hellen Blitzen, die einen Sturm ankündigten, der vom Pazifik aus heranrollte.

»O Nick, das ist wundervoll«, sagte Christine, als sie auf den dunklen, mit Sternen übersäten Himmel hinaussah, der sich im See spiegelte.

»Ja, das stimmt.« Er kicherte. »Wenn alle Stricke reißen, kann ich immer noch nach hier draußen ziehen und wie Grizzly Adams leben. Offenbar ist die Hütte das einzige, was mir noch gehört.«

Er öffnete die Tür mit einem Schlüssel, der unter einem Stein versteckt gewesen war. Während er ein Feuer im Kamin anzündete, kochte Christine in der kleinen Küche Kaffee.

»Wie oft kommen Sie her?« wollte sie wissen.

»Einmal alle zwei oder drei Monate. Ich fische ein wenig, gehe zum Klettern oder Schwimmen und versuche, den Kopf wieder klar zu bekommen.«

»Das würde mir auch gefallen.«

»Was? Die Erholung oder das mit meinem Kopf?«

»Ersteres. Ich bin nicht sicher, ob ich für eine Erforschung Ihres Kopfes richtig ausgerüstet bin.«

»Vermutlich handelt es sich dabei auch um einen ziemlich wüsten Ort«, sagte er. »Es ist erstaunlich, daß man immer denkt, alles unter Kontrolle zu haben, nur weil man viel Geld verdient. Und dann, wenn man plötzlich sozusagen nackt dasteht, erkennt man, wie falsch man doch gelegen hat.«

»Deshalb würde ich mir keine Vorwürfe machen«, meinte Christine. »Wir stecken alle so tief in dem, was wir tun *müssen*, daß wir nie zur Ruhe kommen, um darüber nachzudenken, was wir tun *sollten*.«

»Da widerspreche ich Ihnen nicht – nicht mehr.«

Sie reichte ihm eine Tasse mit Kaffee und sah zu ihm auf. »Was?«

»Ich habe nichts gesagt.«

»Oh«, erwiderte sie. »Zwei Stück Zucker?« Sie ließ zwei Würfel in seine Tasse fallen.

»Danke.« Er verließ die Küche und betrachtete einige Familienfotos, die auf dem Kaminsims standen. Eines zeigte seinen Vater und ihn, wie sie einen erbeuteten Fisch in die Höhe hielten. Er nahm das Foto in die Hand. Es war eine der wenigen Gelegenheiten, bei denen er den älteren Van Orton lächeln gesehen hatte. Mit dem Zeigefinger wischte er den Staub vom Gesicht seines Vaters. Was hätte er dafür gegeben, als Erwachsener nur für einen Abend noch einmal in jene Zeit zurückkehren zu können. So gern hätte er seinen Vater gefragt, was er dachte und was ihn glücklich oder traurig machte.

»Ich heiße nicht Christine«, sagte sie plötzlich und trat hinter ihn. »Es ist ein falscher Name.«

»Das spielt keine Rolle«, entgegnete Nicholas und stellte das Foto zurück. Er trank einen Schluck Kaffee. »Es ist wirklich nicht wichtig.«

»Nick, es ist nur Geld«, sagte sie. »Sie sollten froh sein, daß Sie noch leben.«

»Sollte ich?« Er wandte sich um und sah sie an. »Ist das Ihre Einstellung zur Professionalität?«

»Was ist denn nun schon wieder los?«

»Nichts. Ich frage mich nur, was zum Teufel ich hier mit Ihnen tue.«

»Ich dachte, wir wären zu einer Übereinkunft gekommen?«

»Und dadurch wird alles besser? Sagen Sie mir – wie oft haben Sie das schon getan? Es interessiert mich.«

»Was getan?«

»Solche Schwindel veranstaltet. An wie vielen dieser betrügerischen Spiele haben Sie schon teilgenommen?«

»Ich weiß es nicht«, erwiderte sie treuherzig. »An vielen.«

»Das dachte ich mir. Also gut, Christine, Christy oder wie zum Teufel Sie heißen mögen, lassen Sie mich Ihnen etwas sagen. Welche Pfennigfuchserei Sie auch immer gewohnt sein mögen, hier geht es um mehr als nur um mich. Hier stehen Altersvorsorgen und Gehälter auf dem Spiel. Ihre Arbeitgeber haben sich über 600 Millionen Dollar unter den Nagel gerissen.«

Ihre Augenlider klappten nach unten. Plötzlich wirkte sie eingeschüchtert. Aber Nicholas hatte kein Mitleid mit ihr.

»Sie haben mitgeholfen, das Leben von vielen Menschen zu ruinieren, Christine. Wie können Sie damit ...«

Das Funktelefon piepste, und Nicholas stellte seinen Kaffee auf den Kaminsims. Er nahm das Telefon vom Tisch. »Ja?«

»Mr. Van Orton, hier ist Sutherland.«

»Schießen Sie los, Sam.«

»Nun, als ich Ihre Nachricht erhielt, war ich, gelinde ausgedrückt, beunruhigt.«

»Das ehrt Sie. Aber ich will wissen, was wir jetzt tun.«

Christine kam näher. »Wer ist das?« flüsterte sie.

»Ich telefoniere bereits seit einer Stunde«, erklärte Sutherland. »Ich weiß nicht, was da vorgeht, aber Ihre Konten sind intakt.«

Nicholas streckte sich. »Was sagen Sie da?«

»Es wurde nichts angerührt.«

»Wie ist das möglich? Ich habe es selbst überprüft.«

»Dann hat sich jemand einen Streich mit Ihnen erlaubt«, sagte Sutherland. »Wo sind Sie jetzt?«

»Wer ist das?« wiederholte Christine drängend.

»Mein Anwalt«, gab Nicholas ungeduldig zurück. »Er sagt, daß nichts fehlt.«

»Wer ist bei Ihnen?« fragte Sutherland.

»Die Person, von der ich Ihnen in der Nachricht erzählte. Die Frau, die für C.R.S. arbeitet.«

Christine schüttelte den Kopf. »Glauben Sie ihm nicht, Nickie. Er gehört auch dazu.«

Nicholas funkelte sie an. »Warten Sie, Sam«, sagte er und drückte die Stummtaste. »Sam Sutherland hat mich während meiner ganzen beruflichen Karriere vertreten. Sie wissen nicht, wovon Sie reden!«

»Ich weiß, daß es einige wichtige Nummern gab, die ich nicht herausbekommen konnte, die nicht auf den Antragsformularen standen. Zum Beispiel die Kombination für den Safe in Ihrem Haus und den Alarmcode. Woher, glauben Sie, kamen die?«

»Mr. Van Orton?« sagte Sutherland. »Es kommt gerade ein anderes Gespräch. Sagen Sie mir, wo Sie sind, und bleiben Sie dort, bis ich Sie abhole. Sind Sie im Strandhaus? In der Wüstenlodge? In der Berghütte?«

Nicholas unterdrückte den Wunsch, gegen irgend etwas zu treten. Warum sollte er dieser Frau glauben? Sie hatte bereits einmal versucht, ihn zu hintergehen – würde sie es nicht erneut tun? Und warum sollte sich Sutherland gegen ihn wenden? Aus Geldgier oder Neid?

Es ist schon öfter vorgekommen, sagte er sich. Schon öfter haben Menschen Freunde, Familien und ganze Nationen betrogen. Bis er herausgefunden hätte, wem er vertrauen konnte, würde er tun, was er sich versprochen hatte: Er würde nur sich selbst vertrauen.

Er schaltete die Stummtaste aus. »Sam, ich rufe Sie wieder an.« Er unterbrach das Gespräch und starrte Christine an. »Wir müssen verschwinden. Falls er gegen mich ist, wird er jemanden raufschicken.«

Sie lächelte vielsagend. »Wissen Sie was? Ich würde mir darum keine Gedanken machen.«

Fragend sah er sie an. »Wie meinen Sie das?«

»Ich meine, daß Sie das nicht mehr in der Hand haben.«

Plötzlich begann sich der Raum um Nicholas zu drehen. In seinem Kopf pochte es, und sein Atem wurde kürzer. Er ließ das Telefon fallen und wirbelte zum Kamin herum. »Der ... Kaffee!« Er rang nach Luft, und vor seine Augen legte sich ein Schleier. Er sank zusammen. »Es war ...«

»Es war etwas darin? Darauf können Sie Gift nehmen.« Christine beugte sich über ihn und zündete sich mit einem Span aus dem Kamin eine Zigarette an. Das Stück Holz zurückwerfend, blies sie ihm den Rauch ins Gesicht. »Wissen Sie, Nickie, die meisten sind sich nicht darüber im klaren, wie leicht Handys abzuhören sind. Sie haben uns durch die Anrufe bei der Allgemeinen Bank in der Schweiz selbst die fehlenden Passwords geliefert. Das waren Informationen, die nicht einmal Sutherland besaß.« Sie ließ die Asche neben seinem Kopf auf den Boden fallen. »Jetzt haben wir wirklich alles, was wir brauchen, Sie Dummkopf.«

In Nicholas' Schädel hämmerte es, und der Raum verschwamm vor seinen Augen. Er griff nach Christine, um das Lächeln von ihrem Gesicht reißen, aber sie lachte und trat zurück. Er versuchte aufzustehen, fiel zurück und umklammerte seinen Bauch. Der Schmerz war intensiv und heiß, als hätte er eine Überdosis einer ätzenden Flüssigkeit geschluckt. In seinem Magen brannte es, als stünde er in Flammen, und seine Augen fühlten sich an, als presse sie jemand mit den Daumen mit aller Kraft in die Höhlen.

»Es ist vorbei, Nicholas. Und für den Fall, daß ich Sie

nie wiedersehe, wovon ich ausgehe – alles Gute. Es war lustig mit Ihnen.« Damit drehte sich Christine um und ging.

Nicholas fühlte, wie die Kekse und der Kaffee seine Speiseröhre hinaufstiegen. Das Bild vor seinen Augen rotierte, und er stürzte in eine tiefe Schwärze.

Dann spürte er nichts mehr.

Kapitel 28

Nicholas erwachte mit unvorstellbaren Kopfschmerzen. Seine Arme und Beine fühlten sich an wie mit nassem Sand gefüllt, seine Augen sahen nichts, obwohl er sie öffnete. Jeder Atemzug verursachte ihm einen stechenden Schmerz, der um seinen Oberkörper herum und den Rükken hinunterlief.

Die Luft war feucht, und als er das Bewußtsein endlich so weit wiedererlangt hatte, daß er sich bewegen konnte, stießen seine Hände zu beiden Seiten gegen etwas Hartes. Mit Mühe hob er sie und stellte fest, daß sich auch über ihm ein Widerstand aus Holz befand. Er lag in einem Kasten.

Oder einem Sarg?

Von Panik erfaßt, drückte er gegen den Deckel. Zum Glück handelte es sich nicht um schweres, massives Holz, sondern wahrscheinlich um Preßspann. Er stemmte sich fester dagegen. Nach einem Moment fühlte er, wie die dünne Wand nachgab, dann zerbrach sie plötzlich in mehrere große Stücke. Er warf die Holzreste zur Seite und setzte sich auf.

Es roch wie in einer Kirche. Durch Risse in den Wänden brach weißes Licht herein, und um ihn herum summten Fliegen. Er war zu schwach, um sie zu verscheuchen. Nachdem sich seine Augen an die relative

Helligkeit gewöhnt hatten, stellte er fest, daß er in einen weißen Anzug gekleidet war und in einem billigen Sarg lag. Um ihn herum standen drei weitere Särge auf Steinsockeln, die mit Sträußen trockener, verwelkter Blumen übersät waren.

Unsicher stieg er aus dem Sarg und lehnte sich an den Sockel, während er darauf wartete, daß die Übelkeit verging. Nachdem sich die dunklen Kreise vor seinen Augen aufgelöst hatten, bemerkte er eine rote Rose, die mit Klebeband an seiner Brust befestigt war. Er riß sie ab und zertrat sie.

Die Kerle waren krank, absolut und unheilbar krank. Nicholas sah sich um und fand die Tür. Mit zittrigen Knien ging er hinüber und warf sich dagegen. Sie war aus Sperrholz und sprang sofort auf. Er stolperte in einen alten, von Unkraut überwucherten kleinen Friedhof hinaus. Vögel flogen auf, Kakerlaken schwärmten davon. Blinzelnd trat er nach ihnen und drehte sich dann langsam im Kreis.

Vor einem Grab in der Nähe eines rostigen Eisenzaunes sah er eine alte Frau mit ihrem Rosenkranz sitzen. Sie kauerte unter einem schwarzen Kopftuch und starrte Nicholas mit weit aufgerissenen Augen an.

»Wo bin ich?« fragte er.

Sie antwortete nicht.

»I-ich werde Ihnen nichts tun«, stammelte er. »Ich will nur wissen, wo ich bin.«

Sie stand auf und schlurfte rasch davon. Nicholas schloß die Augen, öffnete den Querbinder, den sie ihm angezogen hatten, und ging ihr nach. Es war heiß, feuchtheiß. Der Schweiß lief ihm von der Stirn in die Augen. Im Gehen tastete er nach seiner Brieftasche, aber sie hatten sie ihm abgenommen. »Sie« – und Christine. Wie hatte er so unvorsichtig sein können, ihr erneut zu vertrauen? In Geschäftsverhandlungen war er stets hellwach, auf dem Squashplatz unnachgiebig, bei Investitionen überaus geschickt – wie hatte er nur so unglaublich dumm sein können?

Er fragte sich, ob der arme Conrad lachen oder weinen würde, wenn ihm die Geschichte zu Ohren käme, wie sein vielgerühmter Bruder in eine derart simple Falle getappt war. Nicht nur einmal war er hereingefallen, sondern mehrmals, und obwohl er bereits vorher gewußt hatte, daß man es auf ihn abgesehen hatte. Dazu bedurfte es besonderer Dummheit.

Vor sich vernahm er die Geräusche von Straßenverkehr. Er durchquerte eine Baumreihe und trat durch ein schiefhängendes Tor aus dem Friedhof. Plötzlich stand er auf einer belebten Straße mitten in einer Stadt. Die Wörter auf den Straßenschildern waren spanisch. Langsam schüttelte er den Kopf.

Ich bin in Mexiko, dachte er. *Sie haben mich als Leiche nach hier unten verfrachtet und in ein Mausoleum gesteckt. Ich habe weder einen Ausweis noch einen Paß und auch kein Geld oder irgendeine andere Möglichkeit, um nach Hause zu gelangen.* Es wäre freundlicher von ihnen gewesen, ihn in der Berghütte umzubringen, aber offensichtlich gefiel diesen Sadisten der Gedanke, einem Menschen alles zu rauben, einschließlich seiner Würde. Das war das Spiel. Ihr Spiel. Einer Person blieb nichts als das nackte Leben.

Aber jetzt war nicht die Zeit für Selbstmitleid. Nicht, wenn er jemals hier herauskommen wollte. Er bemerkte einen bulligen Polizisten, der den Verkehr auf der zweispurigen Straße regelte. Seine Kleidung abklopfend, trat Nicholas vom Bürgersteig auf die Straße. Die Hupe eines heranfahrenden Lastwagens röhrte, und er sprang zurück.

Der Polizist sah herüber. Nicholas bedeutete ihm, er solle zu ihm kommen, aber der Beamte ignorierte ihn. Es würde nicht leicht werden, soviel stand fest. Nicholas schritt durch den dichten Verkehr in die Mitte der Straße.

»Entschuldigen Sie, Officer, ich bin Amerikaner. Sprechen Sie Englisch?«

»Quita de alli!« erwiderte der Polizist und versuchte, Nicholas fortzuscheuchen wie eine lästige Fliege.

Vielleicht hätte er sich von dem verdammten Lastwagen überfahren lassen sollen. Dann hätte man sich wenigstens um ihn gekümmert. »Sie verstehen nicht. Ich benötige Hilfe. Man hat mir meine Brieftasche gestohlen. Wenn ich mein Büro anrufen kann ...«

Der Polizist redete ärgerlich auf ihn ein und packte ihn mit beiden Händen am Arm.

Reflexartig riß sich Nicholas los. »Nein, hören Sie auf damit! Sie verstehen nicht!«

Zornig die Stirn runzelnd, zog der Beamte seinen Schlagstock aus der Scheide und schlug Nicholas in die Seite. Ihm wurde die Luft aus den Lungen gepreßt, seine Beine knickten ein, und er fiel auf die Seite. Unsanft landete er auf dem Ellbogen und sah mit einem Ausdruck von Schrecken und Schmerz nach oben.

Während der Polizist erneut den Knüppel hob, erinnerte sich Nicholas daran, daß er sich nicht in den Vereinigten Staaten befand. Selbst wenn jemand die Szene mit einer Videokamera filmte, würde sich niemand daran stören. Der Knüppel sauste erneut nieder, und Nicholas hob schützend die Arme. Der Stock traf seinen rechten Unterarm und anschließend die rechte Hälfte seines Kopfes. Es dröhnte in seinen Ohren, und er hätte schwören können, daß er fühlte, wie sein Gehirn gegen die Innenseite des Schädels prallte. Autos hatten angehalten und hupten, während der Polizist breitbeinig und bedrohlich über ihm stand. Reflexartig trat Nicholas nach oben und grub dem Mann die Spitze seines weißen Wildlederschuhs in den Unterleib.

Dann kam er mit vor Schmerz dröhnendem Schädel strauchelnd auf die Beine. Er lief zum Bürgersteig und drängte sich durch den schnell wachsenden Menschenauflauf. Ohne sich umzudrehen, begann er schneller zu laufen. An seinem Kopf fühlte er etwas Warmes und griff hinauf. Er blutete. Sein Puls hämmerte in seinen Schläfen, aber er blieb nicht stehen. Er wollte nicht in einem mexikanischen Gefängnis landen. Gott allein wußte, was man ihm dort antun würde.

Nachdem er an mehreren Häuserblocks vorbeigelaufen war, sah er sich schließlich um. Der Polizist folgte ihm nicht. Vielleicht hatte er Verstärkung angefordert, vielleicht nicht. Vielleicht würden sie ihn finden, vielleicht auch nicht. Es hatte keinen Sinn, sich darüber Gedanken zu machen. Er blieb stehen und lehnte sich an eine Mülltonne. Das Blut tropfte ihm in die Augen. Er bemerkte eine Zeitung in der Tonne, riß ein Blatt ab, knüllte es zusammen und preßte es sich auf die Wunde. Auf der gegenüberliegenden Seite der Straße befand sich eine Bushaltestelle. Langsam ging er hinüber. Es tat gut, sich hinzusetzen.

Nicholas beobachtete den vorbeifahrenden Verkehr und sah Fußgänger, die ihn anstarrten, ohne ihn zu fragen, ob er Hilfe benötige. Tränen traten in seine Augen. Vor wenigen Tagen war er noch ganz oben gewesen – wohlhabend, gefürchtet und beneidet. Jetzt besaß er nur noch die Kleider, die er am Leib trug. Und nicht einmal die gehörten ihm. Ansonsten hatte er nur kolossale Kopfschmerzen und möglicherweise eine leichte Gehirnerschütterung. Er brauchte Hilfe.

Langsam stand er auf und ging die Straße entlang. Seine Schritte waren schwer, und seine Beine fühlten sich von dem Schlag in die Seite schwach und unsicher an. Er war – zumindest bildlich gesprochen – am Boden zerstört. Sogar die Kleidung für sein eigenes Begräbnis trug er bereits. Aber er würde sich nicht hinlegen und sterben. Am ersten Laden, an dem er vorbeikam, einer Bäckerei, hielt er an und fragte nach dem Weg zum amerikanischen Konsulat. Die Menschen dort verstanden nicht, wovon er sprach, oder falls sie ihn verstanden, so hatten sie keine Lust zu antworten. Warum sollten sie auch? Hätte er in den USA mit einem Obdachlosen geredet, der sich an ihn wandte? Nein. Tatsächlich hatte er erst an dem Tag, als er nach Seattle geflogen war, einen Bettler am Flughafen ignoriert.

Er ging weiter. Das Sehen bereitete ihm Schwierigkeiten, und die Hitze machte das Atmen mühsam. Er erblickte einen anderen Polizisten, der ebenfalls den Verkehr regelte, und fragte sich, ob es klug wäre, sich an ihn zu wenden. Vielleicht hatte der andere Polizist ihn über Funk gewarnt.

Zum Teufel damit, entschied Nicholas. *So kann's nicht weitergehen.*

Er trat an den Beamten heran und lächelte schwach. »Entschuldigen Sie. Ich suche das amerikanische ... ich meine, das Konsulat der Vereinigten Staaten. Bitte, Sir ... Können Sie mir helfen?«

Der Polizist wies die Straße entlang. Nicholas' Blick folgte der Hand. In einiger Entfernung sah er das Sternenbanner schlaff in der feuchten Morgenluft hängen. Dennoch war es der schönste und majestätischste Anblick, den er je gesehen hatte.

»Vielen Dank«, sagte er. *»Gracias.«*

Nicholas' Lächeln verstärkte sich, während er die Straße hinunterging. Er schwor sich, daß er sich nie mehr über die Steuern beklagen würde, falls ihm die Konsulatsbeamten halfen. Dabei fiel ihm wieder ein, daß er keinen Pfennig besaß.

Aber dadurch wurde er nur in seinem Wunsch bestärkt, aus Mexiko herauszukommen und einen Weg zu finden, die Menschen zu vernichten, die ihm das angetan hatten.

Der Gedanke gab ihm die Kraft, nicht vor Schmerz, Hunger und Übelkeit zusammenzubrechen.

Kapitel 29

Nicholas saß unter einem hart arbeitenden Deckenventilator und beobachtete einen weniger hart arbeitenden Angestellten des Konsulats, der Papiere durchlas. Papiere, die Nicholas über eine Stunde lang ausgefüllt hatte.

Vielleicht wollte man ihn hier ebenfalls ausrauben, dachte er grimmig. Mit Sicherheit hatte er ihnen dafür genügend Informationen gegeben. Soweit er sich erinnte, hatte er die Namen und Telefonnummern von Geschäftspartnern, Familienangehörigen und Freunden in den Vereinigten Staaten genannt. Sogar Elizabeth hatte er aufgelistet. Es ängstigte ihn ein wenig zu denken, daß seine frühere Frau die einzige Person war, der er glaubte, vertrauen zu können.

Nachdem er die Formulare ausgefüllt hatte, hatte er beinahe zwei Stunden lang auf einen freien Berater gewartet. Jetzt, da sich endlich jemand um ihn kümmerte, wartete er darauf, daß der langsamste Leser der Welt damit fertig wurde zu überprüfen, was er geschrieben hatte.

Wenigstens hatten sie ihm medizinische Hilfe für seinen Kopf angeboten. Und Kaffee und Kekse. Ihm kam der Gedanke, daß er während der vergangenen 24 Stunden mehr Kekse gegessen hatte als in der vorangegangenen 24 Jahren. Großer Gott, wie er Ilsas Küche vermißte.

Der Beamte in mittleren Jahren nahm einen Schluck Wasser. Dann las er weiter. »Sie haben eine Menge Namen aufgeschrieben«, sagte er. »Aber Sie besitzen weder Geld noch Ausweis oder Paß.« Er sah auf. »Sie stecken in der Klemme. Was ist passiert?«

»Wo soll ich anfangen?« antwortete Nicholas. Aber das war nicht die Frage, die ihn tatsächlich beschäftigte. Nach den vergangenen Stunden überlegte er, ob er dem Mann die Wahrheit sagen sollte. Er wollte nur aus Mexiko herauskommen. Die Wahrheit würde eventuell eine längere Untersuchung nach sich ziehen. Es würde eine Überprüfung der Berichte des SFPD und eine Suche nach C.R.S. geben. Er blickte auf das Namensschild des Mannes, das auf dem Schreibtisch stand. »Mr. Patterson, es ist sehr kompliziert.«

»Das ist es immer.«

Die nüchterne Art des Mannes erleichterte Nicholas die Entscheidung. Mr. Patterson würde lediglich dazu in der Lage sein, mit einem nüchternen Verbrechen umzugehen.

»Also, ich machte Urlaub, allein. Dann wurde ich mit vorgehaltener Waffe ausgeraubt. Sie schlugen mich nieder und liefen davon. Zwei Männer. Sie nahmen mir die Brieftasche, mein Geld, einfach alles ab.«

»Sie wurden ausgeraubt?«

»Ja.«

»In welchem Hotel wohnen Sie?«

Nicholas stockte. »Ich, ähm ... ich erinnere mich nicht. Sie schlugen mir auf den Kopf.«

Pattersons kleine Augen warfen einen raschen Blick auf den Verband, dann sahen sie wieder in seine Augen. »Waren Sie bei der Polizei?«

»Ja, aber ich spreche kein Spanisch.«

»Es gibt hier Polizeibeamte, die Englisch sprechen.«

»Offensichtlich nicht, wenn man aussieht, als wäre man soeben aus der Gosse gekrochen. Mr. Patterson, bitte, ich möchte nur zurück. Kann das Konsulat mir das Geld vorstrecken oder meine frühere Frau anrufen, damit sie es hierher anweist?«

Zum ersten Mal lächelte Mr. Patterson. »Wie schnell möchten Sie denn zurück?«

»Ich kann Ihnen nicht folgen.«

»Ich führe hier nur die Voruntersuchung durch.« Er deutete auf ein offenes Büro hinter seinem Schreibtisch. Dort lag in einer Ecke ein ungefähr 30 Zentimeter hoher

Papierstoß. »Miss Hirschorn dort regelt dann die Einzelheiten. Im Moment ist sie mit den Akten vom vergangenen Donnerstag beschäftigt.«

»Sie scherzen! Kann ich ein R-Gespräch führen?«

»Sicher« antwortete er. »Aber dadurch bekommen Sie noch keinen Ersatzpaß.«

»Himmel! Ich habe keine Unterkunft, nichts zu essen …«

»… aber mein Mitgefühl«, unterbrach ihn Patterson. »Doch da ist noch etwas anderes, Mr. Van Orton. Sie behaupten, daß Sie ausgeraubt wurden?«

»Allerdings.«

»Und die Räuber haben Ihre goldene Uhr nicht mitgenommen?«

Nicholas sah auf seine Armbanduhr. Sie war so sehr ein Teil von ihm, daß ihm nicht aufgefallen war, daß er sie noch trug. Er schloß die Augen.

»Für gewöhnlich nehmen die Räuber hier alles mit, einschließlich der Schuhe und der Socken.« Mr. Patterson faltete seine Hände auf dem Papierstapel. »Hören Sie, ich weiß zwar nicht, was Ihr Problem ist, aber sagen Sie mir – wieviel ist diese Uhr wert? Doch mindestens ein paar hundert Dollar?«

Nicholas nickte. »Warum?«

»Weil ein Mann mit einer solchen Uhr nicht unbedingt einen Paß benötigt, wenn Sie verstehen, was ich meine. Ich kann Ihnen eine Adresse nennen, nicht weit von hier. Ansonsten kann ich nicht viel für Sie tun. Wenn wir diesen Weg wählen« – er tippte auf die Unterlagen – »dann kann ich nicht versprechen, daß alles so laufen wird, wie Sie es sich wünschen.«

Nicholas sah wieder von Patterson auf seine Uhr. Dann nahm er sie ab und betrachtete die Gravur auf der Rückseite: *Zu deinem 18. Geburtstag, die Uhr deines Vaters. Alles Liebe, Mutter.*

»Geben Sie mir die Adresse«, sagte Nicholas gepreßt.

15 Minuten später stand er in einem Pfandhaus. Er bekam 100 amerikanische Dollar für die Uhr. Vor wenigen Tagen hätte er sich nicht die Mühe gemacht, einer Hundertdollarnote, die durch die Straßen flog, hinterherzulaufen. Jetzt hatte ihn dieser Betrag seinen wertvollsten Besitz gekostet, etwas, das 30 Jahre lang ein Teil von ihm gewesen war.

Der Wunsch nach Rache gärte stärker in ihm als je zuvor.

Von dem Leihhaus aus ging er zu einer Bushaltestelle vier Häuserblocks entfernt. Der nächste Bus zur Grenze verließ die Stadt in einer Stunde. Er kaufte einen Fahrschein und erstand an einem Tacostand in der Nähe ein spätes Mittagessen. Der Bus kam pünktlich und fuhr bis auf den letzten Platz besetzt weiter. Eine Mutter mit einem kleinen Kind nahm den Platz neben Nicholas ein. Innerhalb einer halben Stunde war sie eingeschlafen, und ihr Kopf sank gegen seine Schulter. Das Kind, ein Junge mit rundem Gesicht, starrte ihn an.

Nicholas lächelte den Jungen an. Der Kleine blickte fort. Nicholas wandte sich ab und betrachtete den karmesinroten und goldenen Sonnenuntergang. Es fühlte sich gut an, nach Hause zu fahren.

Nach und nach wurde ihm die Bedeutung der Ereignisse, die ihm widerfahren waren, bewußt. C.R.S. hatte ihn ruiniert, gedemütigt und fertiggemacht. Aber eines war sicher: Wer auch immer dahinterstecken mochte, konnte nicht alle Spuren verwischt haben. Und er würde sie finden. Zumindest einen von ihnen, und das würde genügen. Er würde einen Weg finden, sie ebenfalls zu ruinieren, zu demütigen und fertigzumachen.

Er würde sie fertigmachen, wie sie noch nie fertiggemacht worden waren.

Kapitel 30

Wie Patterson vorhergesagt hatte, brachte ihn ein Bestechungsgeld von 50 Dollar über die Grenze.

»Tasten Sie Ihre Taschen ab, als suchten Sie nach Ihrem Paß«, hatte ihm Patterson aufgetragen, bevor er das Konsulat verließ. »Wenn Sie ihn nicht finden können, zucken Sie die Schultern und stützen sich mit ihrer linken Hand auf den Tisch. Halten Sie den Fünfziger in Ihrer rechten Hand, in einem zusammengefalteten Stück Papier. Wenn der Zöllner nach einer anderen Ausweisform fragt, geben Sie ihm das Papier mit dem Geld darin.«

Und genauso hatte Nicholas es gemacht. Er konnte sich denken, daß die Hälfte des Geldes an Patterson zurückgehen würde. Wahrscheinlich kam auf diese Weise ein ansehnlicher Notgroschen zusammen. Aber zumindest erhielt er für diese Art von Ausplünderung einen Gegenwert, nicht wie im Fall von C.R.S., dessen Leute alles nahmen, ohne etwas zu geben. Er verstand Patterson und konnte ihn sogar respektieren.

Jetzt war er wieder in den Vereinigten Staaten und versuchte sich als Anhalter auf einem einsamen Stück Highway außerhalb von Yuma, Arizona. Die wenigen Lastwagen, Lieferwagen oder Pkw rasten drei Stunden lang an ihm vorüber, bis ihn schließlich jemand mitnahm. Der Fahrer des Lkw bot ihm an, ihn nach Los Angeles mitzunehmen, aber er wollte auf dem Parkplatz eines 24-Stunden-Restaurants in seiner Koje übernachten, und Nicholas hatte nicht soviel Zeit. Er wollte so schnell wie möglich nach San Francisco zurück und dabei sowenig Aufsehen wie möglich erregen.

Nachdem er das Lokal betreten hatte, ging er langsam an einer Reihe von Fernfahrern vorbei, die dicht gedrängt, Ellbogen an Ellbogen, auf eingerissenen Vinylsitzen an der von der Sonne ausgebleichten Theke saßen.

Ihre Unterhaltung erinnerte ihn an Reifen auf einer mit Kopfstein gepflasterten Straße: tief, brummelnd und nur für einen Augenblick zu hören. Sie ängstigte ihn – ihn, der vor Aufsichtsräten in Kongreßzentren gesprochen und in Gerichtsverhandlungen, bei denen es um Milliarden von Dollar gegangen war, ausgesagt hatte. Der andere geröstet hatte und bei Abendessen zu 10 000 Dollar pro Person geröstet worden war.

Nicholas räusperte sich laut. »Entschuldigen Sie, Gentlemen«, sagte er, als er das Ende der Theke fast erreicht hatte. »Wenn ich einen Moment um Ihre Aufmerksamkeit bitten dürfte.«

Die gedämpften Gespräche verstummten, und die Männer sahen auf. Sie schienen nicht neugierig zu sein, sondern ungehalten, weil jemand sie beim Abendessen störte. Nicholas nahm es ihnen nicht übel. In einem Spiegel hinter der Theke sah er sich selbst. Er wußte, daß er aussah wie ein Landstreicher in einem weißen Anzug. Aber er hatte nur diese eine Chance und mußte sie nutzen. Es *mußte* einfach klappen. Erneut räusperte er sich.

»Es tut mir wirklich leid, Sie zu stören.« Er schob eine Hand in seine Hosentasche. »Vor ein paar Tagen besaß ich mehr als eine halbe Milliarde Dollar.« Er warf sein Geld auf das Ende der Theke. »Jetzt ist das hier alles, was ich noch an Bargeld habe.« Er zählte es. »18 Dollar und 79 Cent. Falls jemand von Ihnen nach San Francisco fährt, wäre ich ihm wirklich dankbar, wenn er mich mitnähme. Ich möchte die Kerle umbringen, die mich ausgeraubt haben.«

Ein paar der Männer lachten kehlig. Einige wandten sich wieder ihren Tellern zu. Ein junger blonder Fernfahrer hob die Hand. »Ich fahre in die Richtung und nehme Sie unter einer Bedingung mit.«

»Danke«, sagte Nicholas. »Welche Bedingung?«

»Haben Sie all das Geld auf legale Weise erworben?«

»Ja.«

Der Mann grinste breit. »Okay, dann werden Sie mir genau erzählen, *wie* Sie das gemacht haben.«

Einige der anderen Männer lachten. Ein paar applaudierten.

Nicholas lächelte zurück. »Ich habe dazu nur die folgenden Worte benutzt: Das Geschäft gilt.«

Die Fahrt nach Norden war lang und erstaunlich entspannend. Zwar wußte Nicholas, daß er müde war, aber die Anstrengung der vergangenen Tage und die Nachwirkungen der Betäubung hatten ihn völlig erschöpft. Duke Thurston erwies sich als herzlicher und guter Gastgeber. Er fuhr eine Ladung Baskin-Robbin-Speiseeis die Küste hinauf, und nachdem ihm Nicholas erzählt hatte, wie er Mitte der 70er Jahre damit begonnen hatte, Aktien von High-Tech-Firmen zu kaufen, um bereits Anfang der 90er Jahre in riesigem Maße zu expandieren, entschied Duke, daß er ebenfalls ins Aktiengeschäft einsteigen würde.

»Aber bleiben Sie bei dem, was Sie kennen«, warnte Nicholas. »Lassen Sie sich nicht von einem Aktienhändler übers Ohr hauen.«

Duke versprach Nicholas, seinen Rat zu beherzigen. Danach holte er eine Decke und ein Kissen hervor und ließ seinen Passagier den unbedingt erforderlichen Schlaf nachholen. Nicholas verschlief die abendliche Rast und zwei Mahlzeiten.

Am späten Nachmittag des folgenden Tages erreichten sie San Francisco. Die beiden Männer verabschiedeten sich in einem Bezirk mit Lagerhäusern voneinander. Nicholas gab ihm noch einige Tips zu Aktien aus der Unterhaltungsbranche, die er beobachtet hatte, und dann hielt der »mittellose Milliardär«, wie Duke ihn genannt hatte, den Daumen hoch, um in die Vororte von Pacific Heights mitgenommen zu werden. Das letzte Stück ging Nicholas zu Fuß. Er war ausgeruht. Es war dunkel, und er wollte nicht gesehen werden.

Die Mistkerle hielten sicher noch einige weitere Überraschungen für ihn parat.

Als er sein Haus erreichte, fand er das Tor mit einer Kette verschlossen vor. Daran baumelte ein Schild mit der Aufschrift *Öffentliche Versteigerung*. Nicholas nahm das Pappschild ab und zerriß es in zwei Teile. Dann stieg er mit einem Fuß auf die Kette, zog sich am Tor hoch, schwang sich hinüber und sprang auf der anderen Seite auf den Weg hinunter. Als er landete, schrie er unterdrückt auf. Seine Füße schmerzten von den abscheulichen Schuhen, und der Sprung hatte seinen lädierten Fersen den Rest gegeben. Einen Moment lang hielt er inne, um seinen wunden Füßen eine kurze Erholung zu gewähren, und lauschte auf Anzeichen von Aktivitäten. Es blieb still. Vorsichtig ging er zum Haus hinüber.

In der Dunkelheit nahm er einen Stein auf und schlug damit das Fenster der Vordertür ein. Er griff nach innen und öffnete die Tür. Der Alarm blieb still. Die Tastatur leitete keine Impulse weiter. Sogar die Batterie war abgeklemmt worden. Langsam tastete er sich durch den dunklen Vorraum ins Wohnzimmer. Die Sprühereien waren verschwunden. Er sah in die Küche. Die Elektrogeräte, der Kühlschrank, die Mikrowelle und sogar die Kaffeemaschine waren fort. Die Bank hatte keine Zeit verloren. Er war davon überzeugt, daß all dies illegal sein mußte, aber wer wußte schon, welches Märchen C.R.S. oder Sutherland oder jemand anderes seinen Geschäftspartnern aufgetischt hatte?

Er sah in den Hof hinaus. Das Gästehaus lag im Dunkeln. Es gab keinen Strom, natürlich, aber er konnte auch keine Kerzen sehen. Er fragte sich, ob Ilsa noch da war. Sie hätten sie wahrscheinlich gewaltsam vertreiben müssen, um sie dazu zu bewegen, das Haus zu verlassen.

Er rief nach ihr, erhielt jedoch keine Antwort. Durch die gespenstische Stille ging er in die Bibliothek. Die Möbel waren in dicke Plastikfolien gehüllt und alle Gemälde verschwunden. Es hatte den Anschein, als ob Nicholas Van Orton niemals ...

Ich bin tot, dachte er. Vielleicht hatte jemand in der Berghütte seine angebliche Leiche identifiziert, und irgendein gottverdammter C.R.S.-Totengräber hatte ihn mitgenommen. Man hatte ihn in Mexiko verscharren wollen, und niemand hätte je wieder etwas von ihm gehört.

Während er die Treppe hinaufstieg, überkam ihn erneut Zorn. Die Schlafzimmermöbel waren ebenfalls verpackt, und auch hier fehlten die Kunstwerke. Die Fußbodendielen knarrten unter seinen Schritten. Er zog seinen weißen Anzug aus, stieg unter die Dusche und wusch sich unter dem kalten Strahl. Es gab keine Handtücher, und alle seine Kleidungsstücke waren aus dem Schrank und aus den Kommoden entfernt worden. Er zog die Plastikfolie von seinem Bett, legte sich nackt hinein und schlief ein.

Kapitel 31

Es gab keinen Wecker, den Nicholas hätte stellen können, auch wenn nicht wußte, was eine Bank mit einem gepfändeten Wecker anfing. So erwachte er vom Gezwitscher der Vögel. Er rasierte sich nicht. Warum sollte er sich bei der Kleidung, die er besaß, um ein paar Bartstoppeln Gedanken machen? In der Küche öffnete er die Tür zur Speisekammer und suchte nach einem irdenen Gefäß. Als er es fand, nahm er den Deckel ab und 1 000 Dollar Bargeld heraus. Dann ging er in die Bibliothek. Warm und einladend fiel das Tageslicht zu den großen Fenstern herein. Aus dem Regal mit Romanen, das an der Rückwand stand, holte er eine in Leder gebundene Ausgabe von Harper Lees *Wer die Nachtigall stört* hervor. Er klemmte sich das Buch unter den Arm und ging in Richtung des Vordereingangs. Als er an der Küche vorbeikam, blieb er stehen. Auf der Theke lag ein Umschlag. Er nahm ihn auf und überflog ihn. *An alle, die es betrifft* stand darauf.

Er öffnete das Kuvert und entfaltete einen Brief. Darin stand: *Wie mein Vater vor mir habe ich den ewigen Schlaf gewählt.* Der letzte Buchstabe der mit roter Tinte geschriebenen Notiz ging direkt in die Unterschrift über. Nicholas trug den Brief zum Herd, zündete eine der Flammen an, hielt eine Ecke des Papiers daran und ließ es dann ins Spülbecken fallen. Er ging zum nächsten öffentlichen Telefon – das sich in der Nähe des Lafayette-Parks befand –, und rief ein Taxi. Am Sheraton-Palace-Hotel stieg er aus und schritt kühn auf die Rezeption zu.

»Ich möchte mit einem Ihrer Gäste sprechen«, sagte er zu der Empfangsdame.

Die junge Frau lächelte. »Die Haustelefone sind direkt hinter Ihnen, Sir, in der ...«

»Bitte rufen Sie das Zimmer für mich an«, unterbrach er sie. »Conrad Van Orton. Ich weiß die Nummer nicht.«

»Conrad Van Orton«, wiederholte sie. »Einen Moment bitte.«

Sie verließ die Rezeption und sprach kurz mit einem distinguierten grauhaarigen Mann, der eine Blume im Jackettaufschlag trug. Nach einem kurzen Augenblick kam der Mann um den Tresen herum auf Nicholas zu. »Ich bin der Hotelmanager«, sagte er.

»Sehr erfreut«, erwiderte Nicholas. »Gibt's ein Problem?«

»Sie möchten Conrad Van Orton sehen?«

»Ja, er ist mein Bruder.«

»Ah, Ihr Bruder.« Der Mann nahm Nicholas sanft am Arm. »Wenn Sie kurz mit mir kommen möchten.« Er führte ihn vom Schalter fort.

»Was geht hier vor?«

»Es ist eine private Angelegenheit.« Der Manager blickte sich um. Als er erneut sprach, beugte er sich nah an Nicholas heran. »Vor ein paar Tagen beschwerten sich andere Gäste über Lärm auf der Etage, auf der Ihr Bruder wohnte. Als wir zu seinem Zimmer hinaufgingen, fanden wir den Raum total verwüstet vor.«

»Verwüstet von Conrad?«

Der Manager nickte. »Wir gaben uns alle Mühe, um kein Aufsehen zu erregen, aber es sickerte dennoch etwas durch. Ein Nervenzusammenbruch, sagte der Arzt. Schließlich hat ihn die Polizei mitgenommen.« Er holte ein Stück Papier aus seiner Brieftasche. »Sie ließ diese Adresse zurück für den Fall, daß jemand nach ihm fragen würde.«

Nicholas sah auf das Stück Papier.

»Das ist ein Krankenhaus in Napa«, erklärte der Manager.

»Ein Krankenhaus? Was fehlt ihm denn?«

»Ich weiß nur das, was ich Ihnen bereits gesagt habe. Es tut mir furchtbar leid.«

Wieder sah Nicholas auf das Papier. Napa lag gut 100 Kilometer entfernt. Nach einer Taxifahrt dorthin hätte er kein Geld mehr. Ihm blieb nur eine Möglichkeit. Er dankte dem Manager und ließ sich von einem Taxi über die Brücke nach Sausalito bringen.

Als er dort ankam, verabschiedete sich Elizabeth soeben von ihrer Tochter am Schulbus. Sie beobachtete, wie er den Fahrer bezahlte, und strich ihr langes blondes Haar zurück, während er herüberkam.

»Hallo«, sagte er.

»Hallo.« Zunächst hatte sie noch gelächelt, aber jetzt war ihr Ausdruck besorgt. »Ist dein Wagen in der Werkstatt?« fragte sie, während sie ihn umarmte. »Mein Gott, und dein Anzug könnte auch eine Reinigung vertragen.«

»Elizabeth, ich glaube, man hat alles, was ich besitze, gepfändet.«

Sie trat einen Schritt zurück. Ihre Besorgnis wuchs.

»Können wir irgendwo hingehen und einen Kaffee trinken?« fragte er.

»Selbstverständlich.« Elizabeth verschloß das Haus, und sie fuhren ein Stück die Straße hinauf zu einem kleinen Restaurant, in dem sich Geschäftsleute über vollbeladene Frühstückstische hinweg unterhielten. Nicholas bestellte eine Flasche Mineralwasser. Elizabeth wollte Kaffee, nicht zu stark, und einen englischen Teekuchen. Auf den kleinen Fernsehbildschirmen, die auf allen Tischen standen, lief »Good Morning America«.

Mit der linken Hand fingerte Nicholas nervös an einem Löffel herum. Seine Rechte lag flach auf dem Buch.

»Was ist passiert, Nick?« fragte sie schließlich. Sie legte ihre Hände auf seine. »Ich meine, sieh dich an ...«

»Ich weiß.« Er lachte unglücklich. »Was passiert ist? Was schiefgelaufen ist? Ich weiß es nicht mal. Aber hör zu, ich muß mich um etwas kümmern. Ich brauche deinen Wagen für eine Weile.«

»Meinen Wagen?«

Er nickte.

»Natürlich kannst du ihn haben, wenn du ihn brauchst.« Sie zog ihren Schlüsselbund aus der Handtasche und drehte den Autoschlüssel herunter. »Bist du sicher, daß du nichts essen möchtest?«

»Ja.« Er nahm den Wagenschlüssel und umschloß ihn fest mit der Faust. »Elizabeth, du sollst wissen, daß du die einzige Person bist, der ich vertraue. Es gibt sonst niemanden. Falls Sam Sutherland oder Maria aus meinem Büro oder irgend jemand sonst anruft, sag ihnen nicht, daß du mich gesehen hast. Lüg ihnen was vor.«

»Das dürfte kein Problem sein.« Sie lächelte. »Ich habe Sutherland auch damals belogen, als er mich fragte, wieviel Geld ich aus unserer Scheidung bräuchte.«

Nicholas brachte ein kleines Lächeln zustande. »Ich

weiß. Aber du warst so mutig, daß ich ihm gesagt habe, er soll darauf eingehen.«

Die Kellnerin kam. Nicholas schwieg und sah die blasse Frau an, während sie den Kaffee, den Kuchen, das Mineralwasser und den Behälter mit Eis abstellte. Sie bemerkte Nicholas' Blick und wich ihm verschämt aus. Er fixierte die Wasserflasche.

»Bitte sehr«, sagte die Kellnerin, als sie fertig war. »Falls ich Ihnen sonst noch etwas bringen kann …«

»Die ist ja offen«, beschwerte sich Nicholas und hielt ihr die Flasche entgegen. »Jemand hat sie geöffnet.«

»Ja, Sir. Ich habe sie geöffnet.«

»Das geht nicht. Bitte bringen Sie mir eine andere, ungeöffnete Flasche. Außerdem möchte ich kein Eis. Bringen Sie mir ein Glas ohne Eis.«

»Wie Sie wünschen, Sir.« Die Kellnerin eilte davon.

Elizabeth umfaßte mit beiden Händen Nicholas' Linke. »Nick, rede mit mir. Du machst mir angst.«

»Warum? Hast du dich nicht von mir scheiden lassen, weil ich so eine Nervensäge bin?«

»Unter anderem«, gab sie zu. »Aber du warst nie so bösartig. Die Frau hat sich doch nur vertan.«

»Was läßt dich da so sicher sein?«

»Weil so etwas in Restaurants normal ist. Dosen und Flaschen werden geöffnet, manchmal schenken die Kellnerinnen dir sogar ein.«

Nicholas sah auf ihre Hände. »Es tut mir leid, ich wollte dich nicht erschrecken. Mein Gott, ich *will* dich nicht erschrecken.« Er legte seine andere Hand auf ihre und streichelte sie. »Es ist nur … weil ich während der vergangenen Tage viel nachgedacht habe. Ich hatte viel Zeit, weißt du? Unter anderem habe ich darüber nachgedacht … daß ich dir sagen wollte … daß ich anfange zu verstehen, warum du mich verlassen hast. Vielleicht habe ich es dir lange Zeit übelgenommen, aber ich möchte mich jetzt nachträglich für alles entschuldigen. Dafür, daß ich dich vernachlässigt habe, daß ich so verdammt viele Stunden gearbeitet habe und nicht da war, als du mich brauchtest. Dafür, daß ich deine Karriere nicht unterstützt habe, sondern immer nur an mich dachte, an die nächsten zehn Millionen, die nächste Viertelmilliarde.« Er schluckte. Tränen standen in seinen Augen. »Als würde das an meinem jetzigen Leben etwas ändern. Aber trotzdem hoffe ich, daß du mir verzeihen kannst.«

»Es gibt nichts zu verzeihen, Darling.«

»Doch, aber jetzt möchte ich ... Es würde mir viel bedeuten, wenn du und ich Freunde sein könnten. Wenn du auf irgendeine Art und Weise wieder ein kleiner Teil meines Lebens sein könntest, sofern es dich nicht stört, sofern es deinen Mann nicht stört.«

»Natürlich stört es uns nicht, Nick.«

Er lächelte und senkte beschämt den Blick. Zufällig sah er kurz auf den Fernseher und schrie nach einem kurzen Moment ungläubigen Staunens auf.

»Nick, was ist los?« rief Elizabeth.

»Du Bastard!« schrie er den Fernseher an.

Eine Person mit fortgeschrittener Glatze hielt eine Flasche hoch. »Sind Sie müde? Waren Sie tagelang auf den Beinen?«

»Feingold, du Schweinehund! Wie hast du mich hier gefunden?« schrie Nicholas.

»Nick, beruhige dich!« Elizabeth wandte sich an die Nachbartische. Die meisten Gäste starrten sie an. »Er hat viel durchgemacht. Es tut uns leid. Bitte entschuldigen Sie.«

»... dann setzen die Schmerzen ein«, fuhr der fast Kahlköpfige fort. »Sie fühlen eine beginnende Migräne. Wenn Ihnen das alles bekannt vorkommt: Hier ist endlich die Lösung.« Er zeigte auf die Flasche. »Taggarene. Seit nunmehr zehn Jahren verschreiben Ärzte Taggarene für Menschen, die an klassischer ...«

»O Gott.« Nicholas stöhnte und ließ sich zurückfallen.

»Er ist Schauspieler. Feingold ist ein Schauspieler.« Er beobachtete, wie in einer Tricksimulation Körperteile Linderung durch das Schmerzmittel Taggarene erfuhren. Dann erschien noch einmal »Feingold«, der wieder auf die Flasche zeigte. »Deshalb: Wenn Sie Ihrem Arzt vertrauen, vertrauen Sie Taggarene.«

Der Werbespot war zu Ende. Nicholas sah Elizabeth an. Er deutete auf den Fernseher. »Es ist nur gewöhnliches Fernsehen. Er ist ein Schauspieler.«

»Ja«, sagte Elizabeth langsam. »Was dachtest du?«

»Ich werde es dir irgendwann einmal erklären.«

»Das hoffe ich.«

Nicholas stand auf. »Ich muß jetzt gehen. Kann ich dich zu Hause absetzen?«

»Danke, aber ich werde noch bleiben und zu Ende essen. Es ist schon in Ordnung. Ich gehe zu Fuß zurück. Es ist ja nicht sehr weit.«

»Bist du sicher?«

Sie nickte.

Nicholas beugte sich herab und küßte sie auf die Stirn. Er griff in die Hosentasche und zog eine Handvoll zerknüllter Scheine hervor.

»Nein, laß nur«, sagte sie. »Das geht auf meine Rechnung. Schließlich esse ich es ja auch.«

»Du bist ein guter Mensch. Viel besser, als ich es verdiene.«

»Ich werde dir nicht widersprechen.«

Er berührte ihre Wange und lächelte. »Vielen Dank für alles.«

»Kein Problem.« Dann wurde Elizabeth todernst. »Wo du auch hingehst – komm gesund zurück.«

Er zeigte ihr den nach oben gerichteten Daumen, nahm sein Buch und wandte sich ab. Bevor er das Restaurant verließ, blieb er an der Kasse stehen.

»Entschuldigen Sie«, sagte er zu der Kassiererin, »haben Sie das Branchenbuch von San Francisco?«

»Selbstverständlich«, erwiderte die ältere Frau.

»Würden Sie es mir ausleihen?«

»Warum nicht?« Sie beugte sich unter die Registrierkasse, zog das Telefonbuch heraus und reichte es Nicholas.

»Vielen Dank.« Er eilte zur Tür hinaus.

Verblüfft sah ihm die Kassiererin nach und wollte etwas sagen. Aber dann legte sie nur die Stirn in Falten.

Kapitel 32

Nicholas ließ das Fenster des Volvo Kombi herunter und genoß die frische Morgenluft. Das Branchenbuch vor sich im Schoß, steuerte er grimmig mit einer Hand, während er mit der anderen durch die Seiten blätterte. Als er die Rubrik »Restaurants« erreichte, hielt er inne und wartete, bis er an eine rote Ampel kam, bevor er die Einträge genauer studierte.

Er schlug die Unterabteilung mit chinesischen Restaurants auf. Als er »Feingold« wiedergesehen hatte, war ihm etwas eingefallen, das er vergessen hatte und das ihm niemals hätte entfallen dürfen. Kurz darauf fand er die viertelseitige Annonce mit dem stilisierten Drachen.

»New Moon Cafe«, las er halblaut »das beste chinesische Restaurant in Chinatown.« Er riß die Seite heraus, steckte sie in die Jackentasche und warf das Buch auf den Rücksitz. Als er sich wieder nach vorne drehte und auf die Ampel blickte, schoß ein Arm zum Fenster herein und hielt ihm ein Messer an die Kehle.

»Steig aus, Opa!«

Nicholas blieb wie angewurzelt sitzen. Aus den Augenwinkeln nahm er einen abgerissenen, äußerst nervösen Halbwüchsigen wahr.

»Mach die Tür auf, und laß den Motor laufen«, wiederholte der Teenager seine Aufforderung.

»Sie begehen einen schweren Fehler«, entgegnete Nicholas.

Die Klinge preßte fester an seinen Hals. Nicholas wich mit dem Kopf bis an die Kopfstütze zurück, die unangenehm auf die in Mexiko erlittene Platzwunde drückte.

Der Junge sah sich nach den Fahrzeugen hinter Nicholas' um, dann starrte er wieder zum Fenster herein. »Verdammt noch mal, ich sagte, du sollst aussteigen, Alter!«

»Sie verstehen nicht ...«

»Nein, *du* verstehtst nicht, Blödmann! Steig aus der Karre, aber ein bißchen plötzlich!«

»Okay«, gab Nicholas nach und wand sich unbehaglich im Sitz. Dabei klappte er das Buch, das neben ihm lag, auf. Es war innen ausgehöhlt und barg eine Walther PP Automatik. Er hielt die Waffe quer vor seine Brust und richtete die Mündung auf das Gesicht des jungen Mannes. »Verstehst du jetzt, Rotznase?«

Die Augen des Jungen weiteten sich, und er rannte entsetzt davon. Im selben Moment sprang die Ampel auf grün. Niemand hupte; die Menschen hier auf der anderen Seite der Bucht waren ja so zivilisiert.

Nicholas blieb auf der Route 101 und fuhr über die Brücke in die Innenstadt zurück. Nachdem er die Schnellstraße verlassen hatte, bog er in östlicher Richtung nach Chinatown ab. Er überprüfte die Adresse anhand der Annonce im Branchenbuch; das Restaurant befand sich in der Stockton Street. Während er sich der Querstraße näherte, reduzierte er die Geschwindigkeit.

»Bingo«, sagte er, als er die Leuchtreklame ein Stück weiter die Straße hinauf erkannte. Er parkte in einer Nebenstraße und ging zu Fuß hinüber.

Das Restaurant war klein und eng. An den Wänden hingen unterschriebene Fotografien von berühmten Persönlichkeiten. Nicholas trat an eine ältere Chinesin heran, die hinter dem Tresen Kartons faltete.

»Hallo«, sagte er freundlich.

Sie nickte. »Kann ich Ihnen helfen?«

»Sie ahnen nicht, wie sehr ich das hoffe. Ich suche jemanden, der öfters bei Ihnen bestellt. Er ist Schauspieler und macht Werbung im Fernsehen. Heute morgen sah ich ihn in einem Spot für Schmerzmittel.«

Geringschätzig blickte ihn die Frau an. »Haben Sie eine Ahnung, wie viele Kunden wir haben? Hunderte, nein, Tausende.«

»Da bin ich sicher. Aber es ist sehr wichtig für mich. Ich glaube, daß er ziemlich häufig bei Ihnen einkauft. Das Essen wird ihm in die Montgomery Street Nummer 1019 gebracht.«

Die Frau schüttelte den Kopf und fuhr fort, Kartons zu falten. Sie stapelte sie ineinander.

»Könnte ich sonst jemanden hier fragen?« Nicholas deutete auf die Fotos. »Er ist Schauspieler, aber nicht berühmt, denke ich. Er ...« Da entdeckte er relativ weit unten an der Wand hinter ihr ein Hochglanzbild von »Feingold«, das unter den von Fett und Alter gebräunten anderen Fotografien geradezu frisch wirkte. Er sah einigermaßen seriös aus. Nicholas las die Aufschrift. »Für May-Ling mit Liebe, Keith Fisher.«

In diesem Moment wandte sich die alte Frau ab und ging ans Telefon. Rasch beugte sich Nicholas über den Tresen, pflückte mit den Fingerspitzen das Foto von der Wand und eilte aus dem Restaurant.

Im Gehen drehte er das Foto um und mußte lächeln. Auf die Rückseite gedruckt, befand sich eine Liste der Filme, in denen Keith Fisher mitgewirkt hatte. Es war auch eine Telefonnummer angegeben, unter der er gebucht werden konnte. Nicholas blieb an einem öffentlichen Telefon stehen und rief die Nummer an. Eine Frau meldete sich.

»Hallo«, sagte Nicholas jovial. »Hier ist Kismet Casting. Ist Mr. Fisher zu sprechen?«

»Nein, tut mir leid. Hier ist Mrs. Fisher. Kann ich Ihnen helfen?«

»Vielleicht. Gestern wurde uns das Foto Ihres Mannes vorgelegt, und wir würden ihn gerne heute casten. Ich weiß, daß das sehr kurzfristig kommt, aber wir müssen rasch eine Rolle für die Filmversion von *Der große Bluff: Das Musical* besetzen. Und wie ich sehe, hat er den Claggett am Candlewood Playhouse gespielt.«

»Ja, das stimmt! Muß es denn unbedingt heute noch sein?«

»Ich fürchte, ja. Der Regisseur ist in der Stadt, und er hat nur heute Zeit, sich Schauspieler aus der Bay-Region anzusehen.«

»O Gott, es wird ihm das Herz brechen, wenn er diese Chance verpaßt«, jammerte die Frau.

So ein Pech, dachte Nicholas. »Gibt es denn keine Möglichkeit, ihn zu erreichen?«

»Sein Piepser liegt hier auf dem Tisch. Er hat ihn vergessen, als er mit den Kindern in den Zoo gegangen ist.«

»In den Zoo«, wiederholte Nicholas. »Wie entzückend. Hier in San Francisco?«

»Ja.«

»Wie viele Kinder haben Sie, Mrs. Fisher?«

»Drei.«

Nicholas warf den Hörer auf die Gabel. Er knickte das Foto in der Mitte und steckte es in seine Jackentasche. Dann ging er zu seinem Wagen zurück und fuhr in die Golden Gate National Recreation Area.

Es war nicht schwer, einen einsamen Vater mit drei Kindern zu finden: Sie schienen überall zu sein. Aber schließlich erblickte er den richtigen in der Nähe des Käfigs mit den weißen Tigern. »Feingolds« Kinder standen um ihren Vater herum, gaben Tigergeräusche von sich und zeigten einander die Krallen. Es waren zwei Jungs und ein älteres Mädchen. Nicholas fühlte seinen Zorn zurückkehren, als er sich dem Schauspieler von hinten näherte.

»Keith Fisher!« rief Nicholas. »Ich bin ein großer Bewunderer Ihrer Arbeit!«

Lächelnd drehte sich der Schauspieler um, offensichtlich nichtsahnend. Doch die freudige Überraschung wich zusammen mit der Farbe aus seinem Gesicht, als er Nicholas sah und wiedererkannte.

»B-bitte«, stotterte er. »Ich habe die Kinder bei mir.«

Wie zufällig öffnete Nicholas sein weißes Jackett einen Spaltweit und ließ Fisher die Waffe sehen, die in seinem Gürtel steckte. »Werden Sie sie los.«

»Wie?«

»Ist mir egal. Die Bälger sollen verschwinden.«

Der Schauspieler nahm einen tiefen Atemzug und drehte sich um. »He, hört mal alle zu. Es ist Zeit für ein Eis!« Er zog seine Geldbörse und gab seiner Tochter einen Zehndollarschein. Dann deutete er auf einen Eisverkäufer hinter den Kindern. »Wir treffen uns in einer Minute da drüben bei dem Stand wieder.«

»O ja, super, Daddy!« rief einer der Jungs.

»Grrr. Hurra, Eis! Grrr«, knurrte der andere, während das Mädchen ihre beiden jüngeren Brüder fortgeleitete. Sie lächelte Nicholas an, bevor sie sich umdrehte.

Nicholas lächelte zurück. Aber das Lächeln erstarb, als er Fisher rückwärts an das Gitter drängte. »Reden Sie, Mann. Schnell!«

»Sehen Sie, es war nur ein Job, nichts Persönliches. Ich spiele meine Rolle und improvisiere ein bißchen, verstehen Sie? Das kann ich nun mal besonders gut.«

»Wie schön für Sie. Aber die Bastarde haben mich ruiniert. Ich werde mir zurückholen, was mir gehört, und ich bin es leid, mit Handlangern zu reden. Sie sagen mir jetzt, wer verantwortlich ist.«

»Das weiß niemand«, beteuerte Fisher. »Keiner kennt

die Gesamtstruktur.« Er sah an Nicholas vorbei auf seinen Sohn, der Steine in den Tigerkäfig warf. »Jason, hör sofort auf! Tammy ...!«

»Schon gut, Dad«, rief das Mädchen ärgerlich zurück. Sie trat aus der Schlange, in die sie sich eingereiht hatte, und fing den kleinen Jason wieder ein.

Fisher fuhr zusammen, als Nicholas ihn am Hemdkragen packte. »Schluß jetzt, Fisher. Wie finde ich sie? Die Büros sind leer.«

»Ich weiß es nicht. Das ganze Gebäude gehört ihnen. Sie ziehen von einem Stockwerk ins andere.«

Nicholas ließ ihn los. »Sie kennen die Brüder. Sie haben für sie gearbeitet. Also können Sie mich reinbringen.«

»Nein, das kann ich nicht. Es tut mir leid, aber ...«

»Aber was? Sie fürchten, daß sie Sie umbringen? Ihre Familie? Mister, so wie ich mich momentan fühle ...« Nicholas hielt inne. Er konnte es nicht aussprechen, wagte es nicht einmal zu denken. So wütend er auf Fisher auch war, wollte er doch niemanden in die Situation bringen, in der er sich selbst befand. »Sie werden mich reinbringen«, sagte er nachdrücklich. »Erzählen Sie ihnen, daß die Polizei hinter Ihnen her ist. Sagen Sie, daß Sie mit jemandem reden müssen, daß Ihnen jemand sagen soll, wie Sie sich zu verhalten haben. Drohen Sie, alles auszuplaudern.«

»Was soll ich denn ausplaudern?« fragte Fisher. »Ich kenne genauso wenige Namen wie Sie. Verstehen Sie, was ich meine? Ich habe nichts auszuplaudern.«

»Dann werden wir etwas finden. Wer bezahlt Sie?«

»Das weiß ich nicht. Ich erhalte das Geld bar in einem Umschlag, der vor meinem Haus abgelegt wird, in die Zeitung eingeschlagen.«

»Wer hat Sie beauftragt? Wie kommen Sie an die einzelnen Jobs? Woher wußten Sie, in welcher Etage Sie mich abpassen sollten?«

»Man instruiert mich über das Telefon. Ich sage Ihnen doch, daß ich noch nie jemandem persönlich begegnet bin.«

Nicholas' Gesichtsausdruck wurde finster. »Dann, mein Freund, sage ich Ihnen jetzt, daß Sie heute zum ersten Mal jemanden von dem Verein treffen werden. Holen Sie die Kinder.«

»Warum?«

»Weil wir sie zu Hause absetzen. Das Mädchen fährt mit mir. Und auf der anschließenden Fahrt hinüber zur Montgomery Street werden wir beide uns noch ein wenig unterhalten.« Er knöpfte sein Jackett zu. »Noch fragen, Mr. Feingold?«

Der Schauspieler schüttelte den Kopf und setzte ein gekünsteltes Lächeln auf, als die Kinder zurückkamen.

Kapitel 33

Sie fuhren mit Fishers Kombi in die Stadt.

Nicholas versteckte sich unter einer Decke auf dem Rücksitz und hielt die Pistole auf den Schauspieler gerichtet. Falls er versuchen würde zu fliehen, so hatte Nicholas ihm gedroht, würde er ihn erschießen. Nicholas war sich nicht sicher, ob er es tatsächlich tun würde, aber die Versuchung wäre sicherlich groß. Durch sein vorsichtiges Verhalten zeigte Fisher, daß er nicht genau wußte, wie Nicholas reagieren würde. Bis jetzt hatte der Schauspieler allergrößte Kooperationsbereitschaft gezeigt.

Die Geräusche außerhalb des Wagens verstummten – sie hatten die Tiefgarage des Gebäudes erreicht. Fisher hielt an und nahm einen Parkschein von dem Wärter entgegen.

»Was wollen Sie überhaupt erreichen?« fragte Fisher. »Sie werden Ihr Geld sowieso nicht zurückbekommen.«

»Vielleicht nicht, vielleicht doch. Aber ich will jetzt wenigstens einmal hinter den Vorhang schauen. Ich will den großen Zampano kennenlernen.«

»Was ist, wenn sie oder er Sie nicht kennenlernen will?«

»Dann wird's unangenehm«, versprach Nicholas.

Der Wagen bog um eine Ecke und fuhr die Rampe hinunter.

»Der Parkwächter beobachtet uns mit Argusaugen«, sagte Fisher.

»Fahren Sie einfach weiter, und parken Sie an einer Stelle, an der er uns nicht sehen kann.«

Fisher tat wie befohlen. Er fuhr auf einen freien Platz in der Nähe von zwei Aufzügen und stieg dann aus. Nicholas kletterte hinter ihm aus dem Wagen. Er blieb zwischen den Fahrzeugen in der Hocke, die Waffe in der Hand, und bedeutete Fisher, einen Aufzug zu holen.

Fisher drückte auf einen Knopf. Als sich die Tür öffnete, setzte sich Nicholas in Bewegung, doch plötzlich blieb er wie erstarrt stehen. Ein breitschultriger Sicherheitsbeamter stieg aus dem Aufzug. Er trug ein Funkgerät und einen 38er bei sich. Die Kerle von C.R.S. waren wie die Gestapo.

»Sie dürfen sich hier nicht aufhalten«, sagte der Beamte zu Fisher.

»Ich, äh … ich soll nach oben kommen, um nach ein paar Lampen zu sehen.«

»Von Lampen hat man mir nichts gesagt.«

Nicholas sprang vor und drückte dem Mann die Waffe ins Genick. »Dann sagt man es Ihnen jetzt, Fettsack. Die Waffe her, und nur mit zwei Fingern am Griff anfassen.«

Der Wächter gehorchte. Nicholas griff nach dem Revolver, legte ihn auf den Boden und schob ihn mit dem Fuß unter ein parkendes Auto. Dann nahm er das Walkie-talkie, steckte es sich in den Gürtel und durchsuchte den Wächter. Er fand ein Paar Handschellen und befahl Fisher, den Mann an den Handlauf des Aufzugs zu fesseln.

Zitternd schob Fisher den Mann in den Fahrstuhl und gehorchte.

»Hier drinnen befindet sich eine Überwachungskamera«, drohte der Wächter.

»Ich bin nicht kamerascheu«, entgegnete Nicholas. »Was wollen die denn tun, wenn sie uns hier drin mit Ihnen sehen? Uns alle niederschießen?«

»Das ist nicht auszuschließen«, antwortete der Mann.

»Dann werde ich mich vorsichtshalber in Deckung bringen.« Nicholas packte den Mann am Schopf und stellte sich hinter ihn. »Welches Stockwerk?«

Der Wächter antwortete nicht.

Nicholas preßte ihm die Waffe unter das Kinn.

»25«, grunzte der Sicherheitsbeamte. »Aber der Aufzug bringt Sie da nicht hin, Bürschchen.«

Nicholas schnaubte verächtlich und griff nach dem Schlüsselbund, den der Mann an einer Gürtelschlaufe trug. Er löste den Karabinerhaken und durchsuchte den Bund. Nachdem er einen goldenen C.R.S.-Schlüssel gefunden hatte, der in den Schlitz auf der Schalttafel des Aufzuges paßte, drückte er auf den Knopf mit der 25. Die Tür schloß sich, und der Aufzug glitt nach oben.

»Damit kommen Sie nie durch«, zischte der Wärter. »Die machen Sie fertig.«

»Schlimmer als bisher kann's nicht werden«, gab Nicholas zurück.

»Da wäre ich nicht so sicher. Haben Sie Familie?«

»An der haben sie sich schon vergriffen.«

»An allen?« fragte der Wächter.

Nicholas spürte, wie sich sein Magen zusammenzog. *Elizabeth.* »Wenn sie die Sache noch weitertreiben, dann kenne ich kein Halten mehr.« Er war sich nicht sicher, ob er bluffte. »Ich habe nichts mehr zu verlieren.«

Der Wächter kicherte. »Das hab' ich schon öfter gehört.«

»Nicht von mir.«

Der Aufzug hielt, und die Tür öffnete sich. Während sich Fisher in eine Ecke kauerte, spähte Nicholas heraus. Der Flur war dunkel und leer. Er ergriff den Schauspieler am Arm und schob ihn voraus.

»Mein Gott!« wimmerte Fisher, als sie in die tödliche Stille des Korridors traten.

Für einige Augenblicke standen sie unentschlossen herum. Zu beiden Seiten des Flurs befanden sich Türen. Als niemand auftauchte, griff Nicholas hinter sich und drückte alle Knöpfe im Aufzug, zuletzt den nach unten.

»Ihr seid tot!« rief der Wächter, als sich die Tür schloß. »Ihr seid beide tot, verdammt noch mal!«

Nicholas schüttelte Fishers Arm. »Wo?«

»Ich sagte Ihnen doch, daß sie mich übers Telefon angeheuert haben. Ich habe nie jemanden getroffen.«

Nicholas sah den Flur hinauf und hinab. Er legte die Stirn in Falten. »Hören Sie auf zu keuchen, Mann.«

Fisher schloß den Mund hörbar.

Nicholas lauschte. Er glaubte von links leise Gesprächsfetzen zu vernehmen. »Hier entlang«, sagte er und schob Fisher voraus.

Sie gingen etwa 100 Schritte, bis die Stimmen deutlich lauter wurden. Wieder lauschte Nicholas und folgte den Geräuschen dann zu einer Doppelschwingtür. Fisher noch immer fest im Griff haltend, schob er ihn durch die Türe und trat selbst hinterher. Der Anblick, der sich ihnen bot, ließ Nicholas die Augen und den Mund weit aufreißen.

Der Saal war eine große Kantine. Darin saßen zahlreiche Menschen beim Abendessen: der Mann, der vor dem City Club einen Herzanfall erlitten hatte, und die Sanitäter, die sich um ihn gekümmert hatten, waren darunter; Christines Mitbewohnerin saß neben dem Obdachlosen vom Flughafen und späterem Taxifahrer; auch der Privatdetektiv, der Nicholas verfolgt hatte, war hier. Der bullige Mann holte eben ein Tablett von der Theke, als er Nicholas sah. Rasch stellte er sein Abendessen ab und lief in die Küche.

Nicholas sah sich die anderen Gesichter an. Der Manager vom Nikko-Hotel saß an einem Tisch mit der Frau, die im New Moon Cafe hinter der Theke Kartons gestapelt hatte. Der Rezeptionist vom Sheraton Palace und die beiden Geschäftsleute aus dem Squashklub unterhielten sich mit seinen vermeintlich neuen Geschäftspartnern, die ihn in die Etage von C.R.S. gebracht hatten. Und Christine – die liebe, süße, anhängliche Christine …

Während mehr und mehr Anwesende Nicholas bemerkten, verstummten die Unterhaltungen allmählich. Nicholas' Augen blieben auf einer der Speisenden ruhen. Er ließ Fisher los und hob seine Pistole.

Soeben stand Christine mit ihrem Tablett auf, um es zurückzubringen, als auch sie Nicholas bemerkte. Sie brach ihr Gespräch mit dem Sicherheitsbeamten, der nicht durch den Mauerspalt gepaßt hatte, ab und starrte Nicholas an. »O Scheiße!«

Langsam ging Nicholas auf sie zu. Stumm traten ihm die anderen aus dem Weg.

»Wie kommen Sie hierher?« fragte Christine.

»Es hat mir nicht gefallen, tot zu sein. Wollen Sie's mal probieren?«

»Nicholas, bleiben Sie ruhig. Sie … Sie werden doch niemanden erschießen?«

»Sind Sie sich da absolut sicher?«

Christine antwortete nicht.

Nicholas ging um den Tisch herum und setzte ihr die Mündung der Pistole an die Stirn. »Nun? Glauben Sie immer noch, daß ich Ihnen Ihr dämliches Gehirn nicht wegpusten würde?«

»Keine Bewegung!« rief jemand von hinten.

Nicholas wirbelte um Christine herum, legte seinen Arm um ihre Kehle und hielt ihr die Waffe an die Schläfe. In der Tür zur Kantine, direkt hinter Fisher, standen zwei kräftige Sicherheitsbeamte. Beide hatten Uzi-Maschinenpistolen in den Händen. Sie hielten sie, als wüßten sie, wie man damit umging.

»Die zwei Männer aus dem Aufzug sollen vortreten«, rief einer der beiden Wächter.

Plötzlich schrie Fisher auf und versuchte zu fliehen. Beide Wächter schossen auf ihn. Es war nicht wie in den Filmen, die Nicholas gesehen hatte. Fisher flog nicht rückwärts durch die Luft, und es spritzte auch kein Blut herum. Als er getroffen wurde, hielten seine Beine einfach mitten im Lauf inne, gaben nach, und seine Arme fielen schlaff herab. Er stand noch für einen Moment, dann brach er tot zusammen.

Die Wächter zeigten keine Reue. Sie richteten ihre Waffen auf Nicholas.

»Sehr tapfer«, meinte Nicholas. »Zwei Uzis gegen einen Unbewaffneten.«

»Lassen Sie das Mädchen los, und werfen Sie Ihre Waffe weg«, befahl einer der Männer.

»Das klingt sehr offiziell. Ich werde mir Ihren Vorschlag durch den Kopf gehen lassen.« Nicholas beugte sich dicht an Christines Ohr heran. »Bringen Sie uns hier raus.«

»Nicholas, sie werden uns folgen …«

»Bringen Sie uns raus!«

Ruckartig wandte sie ihren Kopf nach rechts. »Durch die Küche! Dahinter ist eine Treppe.«

»Keine Bewegung!« warnte einer der Wächter nachdrücklich.

»Halten Sie die Klappe!« befahl Nicholas. »Sie können nicht durch die Frau hindurchschießen, um mich zu treffen. Vorher schieße ich Ihnen ein paar Löcher in die dikken Bäuche.«

Zentimeterweise bewegte er sich seitwärts, wobei er Christine als Schutzschild benutzte. »Versuchen Sie keine Tricks, Christine«, raunte er ihr zu. »Ich bin absolut nicht zu Späßen aufgelegt«.

Er schob sie durch die Kantine bis vor die Schwingtür zur Küche, die er mit dem Ellbogen öffnete und rückwärts betrat. Noch immer hielt er Christine fest umklammert. Zwei Köchinnen gingen hinter einer Küchenzeile aus blankpoliertem Stahl in Deckung.

»Ich werde Ihnen nichts tun«, rief Nicholas ihnen zu. »Bleiben Sie nur, wo Sie sind.«

Während sie den gefliesten Boden in Richtung Treppe überquerten, nahm Nicholas zusätzlich ein Fleischerbeil an sich. Er befahl Christine, die Tür zum Treppenhaus zu öffnen, und schob sie vor sich hinaus. Mit einem Auge beobachtete er sie, während er das Beil von außen so unter der Tür verkeilte, daß sie nicht geöffnet werden konnte.

»Los jetzt!« herrschte er sie an.

»Wohin?« Sie rieb sich den Hals.

»Nach oben. Schnell.«

Christine lief die Treppe hinauf, und Nicholas folgte ihr. Der Wind blies vom Dach, das nur wenige Meter entfernt lag, durch eine offene Tür ins Treppenhaus hinunter.

»Was haben Sie vor?« fragte sie.

»Ich will wissen, wer mir das angetan hat, wie und warum.«

»Es war nichts Persönliches, Nick. Es hätte genausogut irgendein anderer reicher Typ mit ein paar hundert Millionen auf der Bank sein können.«

Von der Kantine aus wurde an die Tür zum Treppenhaus gehämmert. Es fielen Schüsse. Im stillen dankte Nicholas dem Architekten, der das Haus entworfen hatte, dafür, daß er an feuerfeste, erdbebensichere Türen gedacht hatte.

»Wer steckt hinter all dem?« fragte er Christine.

»Ich weiß es nicht.«

Er zog das Walkie-talkie aus seinem Gürtel und gab es ihr. »Na schön, dann werden wir es eben herausfinden. Funken Sie sie an.«

»Sie werden sich auf nichts einlassen.«

»Doch, das werden sie, wenn Sie ihnen erzählen, daß ich Sie sonst umbringe.«

Christine lachte freudlos. »Deswegen werden sie sich trotzdem nicht zu erkennen geben. Eher lassen sie mich sterben. Sie sind nicht in der Position, um ihnen zu drohen.«

»Ach nein? Ein bekannter Finanzmakler, der eine Frau auf einem Dach als Geisel hält? Das wird mit Sicherheit die Medien auf den Plan rufen. Es wird eine Untersuchung geben. Da werden die Bastarde ganz schön ...«

»Einen Moment mal!« Christine blieb stehen, ihr Haar flatterte im Wind. »Woher haben Sie die Pistole? Ist das eine Automatik?«

Nicholas sah sie an, zunächst überrascht, dann auf der Hut. Versuchte sie einen weiteren Trick? »Ja«, sagte er zögernd.

»Der Wächter unten hatte einen *Revolver*, nicht wahr?«

»Na und? Wovon zum Teufel reden Sie?«

»Ich rede von Ihrer Waffe! Woher haben Sie sie?«

»Sie gehört mir. Ich besitze sie schon seit Jahren.«

»Aber wir haben das ganze Haus durchsucht!«

»Dann haben Sie sie übersehen.« Er starrte sie an. Hinter ihr zogen vor dem blauen Himmel langsam die Wolken vorbei. »Genug davon. Sie rufen jetzt Ihren Boß an, und zwar schnell.«

»Warten Sie.« Christine trat einen Schritt zurück und hob eine Hand. Mit der anderen hielt sie das Funkgerät vor ihren Mund. »Nur einen Augenblick, ja? Bitte!«

Nicholas wartete.

»Okay«, sagte sie und wirkte jetzt ernstlich aufgeregt.

»Hört mal alle zu«, sagte sie in das Mikrofon. »Er hat eine *echte* Waffe. Versteht ihr mich da unten? Es ist eine *echte* Situation.«

»Wovon zum Teufel sprechen Sie?« fragte Nicholas.

»Nicholas, hören Sie, es ist alles nur gestellt. Das alles gehört immer noch zum Spiel.«

»Lassen Sie das. Sie können mich nicht mehr für dumm verkaufen.«

»Allmächtiger Gott, so hören Sie mir doch zu. Hören Sie genau zu, Nicholas, denn ich sage die Wahrheit: Es handelt sich *tatsächlich* um ein Spiel.«

»Halten Sie den Mund! Eben wurde Feingold umgebracht ... oder Fisher oder wie er auch heißen mag. Er wurde erschossen!«

»Nein, das wurde er nicht. Denken Sie genau darüber nach. Was haben Sie gesehen?«

»Ich sah, wie er niedergeschossen wurde!«

»Das sahen Sie nicht. Es waren nur Platzpatronen. Er ist Schauspieler, er wird für so etwas bezahlt.«

Das Hämmern an der Tür wurde lauter. Nicholas kam es vor, als fände es in seinem Kopf statt. »Ich glaube Ihnen kein Wort«, sagte er. »Gehen Sie weiter!«

»Aber ich schwöre, daß es wahr ist! Gehen Sie, und öffnen Sie diese Tür. Mr. Fisher wird direkt auf der anderen Seite vor Ihnen stehen ...«

»Genug! Sie halten jetzt den Mund.«

Sie kam eine Stufe hinunter auf ihn zu. »Nicholas ...«

»Nein!«

»Ich werde es Ihnen beweisen.«

»Einen Schritt weiter, und ich schieße. Sie haben schon einmal versucht, mich umzubringen ...«

»Sie irren sich. Wenn Sie mich erschießen, begehen Sie den größten Fehler Ihres Lebens. Nehmen Sie die Waffe runter.«

Nicholas trat einen Schritt zurück. Er wollte abdrücken. Sie hatte ihn belogen, ihn betäubt und nach

Mexiko verfrachtet. Sie hatte ihn als Toten zurückgelassen …

»Hören Sie, Nicholas. Es gab immer ein Sicherheitsnetz. Als das Taxi in die Bucht stürzte, warteten unter Wasser Taucher, falls Sie nicht allein herausgekommen wären. Als vor meiner Wohnung auf uns geschossen wurde, hat man absichtlich daneben gezielt …«

»Das ist gelogen.«

»Nein, ist es nicht. Wir wurden dafür bezahlt, Ihnen einen Nervenkitzel zu verschaffen. Niemand hat sich an Ihrem Geld vergriffen. Nichts wurde gestohlen. Auf der anderen Seite der Tür warten all Ihre Freunde mit Champagner auf Sie. Es ist eine Party …«

»Nein!«

»Öffnen Sie die Tür, und Sie werden sehen. Ihr Bruder Conrad ist auch da … Es ist Ihre Geburtstagsfeier. Alles ist nur ein Spiel, das wie echt wirken soll.«

»Hören Sie endlich auf!«

»Bitte, Nicholas.« Sie drängte ihn weiter die Stufen nach unten, bis sie wieder vor der Tür zur Kantine standen, an die immer noch gehämmert wurde. »Lassen Sie es mich Ihnen beweisen.«

»Keine Bewegung …«

Christine ging weiter. »Ich muß es Ihnen beweisen.« Sie beugte sich nach unten und zog das Fleischerbeil unter der Tür fort. Als sie ihn wieder ansah, wich er zurück. Sie kam mit dem Beil auf ihn zu.

»Nein!« Nicholas richtete die Waffe auf ihren Kopf. Seine Hand zitterte, und sein Finger schloß sich um den Abzug. »Ich sagte nein! Bleiben Sie stehen!«

Plötzlich schwang die Tür auf. Nicholas feuerte reflexartig. Das Echo des Schusses rollte durch das Treppenhaus und betäubte sein Gehör für einen Augenblick. Er hörte nicht, wie die Magnumflasche Champagner explodierte, aber er sah es. Er sah, wie Schaum und Glassplitter in alle Richtungen davonflogen. Gleichzeitig taumelte sein Bruder rückwärts, und auf seinem Smoking breitete sich ein Blutfleck aus. Auch Fisher, der neben Conrad stand, hatte Blut im Gesicht.

Fassungslos starrte Nicholas auf seinen Bruder, der zu Boden fiel und reglos liegenblieb.

Die Taubheit seiner Ohren klang ab, und er hörte Christine schreien.

Kapitel 34

»Er ist tot«, sagte Fisher, der neben Conrad Van Orton kniete, und erhob sich.

Nicholas war wie betäubt. Er empfand nur den einen Gedanken, daß er alles darum gegeben hätte, die Zeit anhalten und noch einmal zurückdrehen zu können. Er wollte den Schuß, die Panik und das Mißtrauen ungeschehen machen; er wollte alles zurücknehmen. Jetzt spielte es keine Rolle mehr, was sie ihm angetan hatten, daß ihn Conrad, C.R.S. und das Spiel bis an den Rand des Wahnsinns getrieben hatten. Er hatte seinen Bruder erschossen ...

»Sie haben ihn umgebracht«, sagte Fisher und starrte Nicholas vorwurfsvoll an.

Christine nahm ihm die Waffe aus der Hand. »Warum haben Sie das getan?« fragte sie ihn leise. »Ich sagte Ihnen doch ... Warum haben Sie nicht auf mich gehört?«

»Wir kommen alle ins Gefängnis«, klagte Fisher. »Wir werden den Rest unseres Lebens dort verbringen. Wir sind zu Komplizen bei einem Mord geworden.« Er sah Christine an. »Wie konnten Sie die Situation so außer Kontrolle geraten lassen?«

»Er hat nicht auf mich gehört«, erwiderte sie. »Ich habe versucht, es ihm zu sagen.«

Nicholas hörte ihre Worte, aber sie schienen aus unerreichbarer Entfernung zu kommen. Welche Rolle spielte es jetzt noch? Conrad war tot. Er fühlte und hörte das laute Klopfen seines Herzens, seinen raschen Atem – die Geräusche, die zeigten, daß er lebte. Aus Angst, sein Leben zu verlieren, hatte er das von Conrad genommen. Mit leerem Blick stierte er auf die offene Tür und sah immer noch das schockierte Gesicht seines Bruders vor sich in dem Augenblick, als er feuerte. Wenn er es nur ungeschehen hätte machen können! »Was habe ich getan?« brachte er schwach hervor und begann zu schluchzen. Er hatte seinen Bruder getötet. Seinen kleinen Bruder, den Jungen, der zu ihm aufgeschaut hatte, der immer sein wollte wie er. Jetzt wünschte er sich, wie Conrad zu sein. Er wollte, daß der Schmerz aufhörte.

Er wollte sterben.

Nicholas wandte sich um und lief die Stufen zum Dach hinauf.

»He!« rief jemand. »Was tut er?«

»Wohin läuft er?«

»Halt!«

Nicholas ignorierte die Rufe und erreichte das Dach. Dort standen Sägeböcke herum, und Holzstapel und andere Baumaterialien lagen auf beiden Seiten. Er lief hindurch und in der kühlen Nacht auf den Rand des Gebäudes zu. Vor ihm lag San Francisco wunderschön und einladend ausgebreitet – wie der Himmel!

Es tut mir so leid, Connie, dachte er. Tränen liefen seine Wangen hinunter.

Er blieb nicht stehen. Er sah seinen Vater am Rand des Daches stehen und zögern. Sein Vater hatte viel zu oft gezögert – hatte gezögert, seine Liebe zu geben, und gezögert, neue Herausforderungen zu suchen, nachdem er die erste Million Dollar und dann noch eine und noch eine verdient hatte. Er hatte sogar gezögert, sich umzubringen. Nicholas war anderes. Er haßte es zu zaudern. Als er die niedrige Wand am Rand des Daches erreichte, lief er einfach weiter, bis er plötzlich keinen Boden mehr unter den Füßen spürte. Sein linker Fuß trat ins Leere, und mit rudernden Armen und Beinen fiel Nicholas. Dann schrie er auf und wünschte sich, daß er auch den Sprung hätte zurücknehmen können. Sein angstvoller Schrei vermengte sich mit der Luft, die laut an seinen Orten vorbeirauschte. Rasch näherten sich der Boden und die Lichter. Plötzlich tauchte aus der Dunkelheit etwas auf, das wie Glas aussah. Er schoß darauf zu und brach krachend hindurch. Sein Sturz wurde nicht im geringsten gemindert. Dann tauchte unter ihm etwas auf, das zusehends größer wurde ...

Er schlug auf das Luftkissen auf und prallte fast zwei Meter in die Höhe zurück. Als er auf seinen Schultern landete, wurde die Luft aus seinen Lungen gepreßt. Alles in seinem Kopf drehte sich. Um sich herum fühlte er Stoff, darunter roch es nach Gummi. Schnell leerte sich das Kissen und ließ ihn zu Boden. Sein Rücken schmerzte, und in seinen Ohren dröhnte es. Er konnte keinen klaren Gedanken fassen. Als ihn das Kissen freigab, hörte er Stimmen.

»Schnell! Seht nach, ob er in Ordnung ist.«

Nicholas wandte seinen Blick nach rechts, von wo aus Menschen über den Kissenstoff auf ihn zukrabbelten.

Eine Frau beugte sich über ihn. Sie trug einen schwarzen Overall, auf der Brust die goldenen Buchstaben C.R.S.

»Bleiben Sie ruhig liegen«, sagte sie. »Können Sie mich hören?«

»Ja«, antwortete er. »W-was ist passiert?«

Die Frau drehte sich um und formte mit den Fingern das Okayzeichen. Sie lächelte und sah über Nicholas hinweg. Auf der anderen Seite tauchte ein weiterer C.R.S.-Mitarbeiter auf.

»Heben wir ihn hoch«, sagte die Frau.

Sie halfen Nicholas auf die Beine, während allmählich die letzte Rest Luft aus dem großen Kissen wich. Dann führten sie ihn auf die Fliesen des Atriums. Einen Moment später öffnete sich eine der Aufzugtüren, und Conrad kam herausgelaufen.

Da Nicholas allein stehen konnte, zog sich das C.R.S.-Personal zurück. Er blinzelte verständnislos, als Conrad auf ihn zukam.

»W-was ...? Ich verstehe nicht ...« stammelte Nicholas.

Conrad schmunzelte. »Das ist dein Geburtstagsgeschenk, Nickie.«

»Mein ... Geburtstag ...?«

Conrad legte die Arme um seinen Bruder. Seine Brust war immer noch voller roter Flecken. Nicholas fühlte, wie sein Zorn zurückkehrte. Die Wut brannte sich durch die schwirrenden Erinnerungen an die vergangenen Minuten.

»Mein *Geburtstag?*« fragte er schwer keuchend. Er schob seinen Bruder fort. »Das alles gehört immer noch zu dem Spiel?«

Conrad nickte.

Gleichzeitig begann Nicholas zu lachen und zu weinen. Er fühlte sich erleichtert, wütend, schockiert und unendlich müde. Sein ganzer Körper schmerzte von dem Sturz. Am liebsten hätte er seinen Bruder umgebracht ...

Nein. Er wollte seinen Bruder nicht umbringen. Nicholas sah Conrad an und weinte hemmungslos. Er legte die Arme wieder um ihn. »Ich kann das nicht glauben«, stieß er schluchzend hervor. »Mein Gott! Du mußt den Verstand verloren haben.«

Conrad legte den Mund an Nicholas' Ohr. »Vielleicht hast du recht. Aber ich mußte etwas unternehmen. Du wurdest so verdammt unausstehlich.«

Nicholas schloß die Augen und drückte Conrad noch

fester an sich. Einen Augenblick später hörte er den hellen Signalton eines Aufzuges. Er öffnete die Augen und sah Elizabeth und Ilsa, die lächelnd auf ihn zukamen. Hinter den beiden folgten Sutherland, Maria und einige der Mitarbeiter und Schauspieler, die von C.R.S. angeheuert worden waren. Alle umringten die Van-Orton-Brüder, umarmten sie und gratulierten Nicholas zum erfolgreichen Abschluß des Spiels. Kleinlaut, aber erleichtert gaben ein paar C.R.S.-Mitarbeiter zu, daß sie noch an den letzten Feinheiten des künstlichen Glases über dem Atrium gearbeitet hatten, während sich Nicholas oben in der Kantine befand.

»Wir haben Blut und Wasser geschwitzt«, gestand einer der Techniker. »Und dabei handelte es sich um echtes Blut, nicht um dieses ketchupartige Zeug, das unsere Leute vergossen haben.«

Nicholas lächelte. Dann sah er Conrad an. »Dabei fällt mir ein – wie ist euch das mit meiner Pistole gelungen? Niemand konnte davon wissen.«

Conrad grinste breit. »Die Techniker von C.R.S. haben dein ganzes Haus mit Metalldetektoren abgesucht. Sie fanden dein süßes, kleines Geheimnis und haben es mit Platzpatronen geladen.«

Kopfschüttelnd stand Nicholas da. »Es ist unglaublich. Ich hasse euch alle, weil ihr mir das angetan habt. Aber ihr habt unvorstellbare Arbeit geleistet.«

»Warte nur«, sagte Conrad. »Das Beste kommt noch!«

Kapitel 35

Der Ballsaal des Sheraton Palace wimmelte von Gratulanten und Gästen der Feier, die man zur Wiedergeburt des Nicholas Van Orton erklärt hatte.

In einer Suite in einem der oberen Stockwerke war frische Kleidung für ihn bereitgelegt worden. Nach einer Dusche und einer langen, andächtigen Pause – während der er wie Charles Dickens' Ebeneezer Scrooge hauptsächlich über sein Glück, eine zweite Chance im Leben erhalten zu haben, nachgedacht hatte – war Nicholas nach unten gegangen, um mitzufeiern. Sogar Anson Baer war anwesend. Er hatte von dem Spiel nichts gewußt, war aber von Sutherland zu der Geburtstagsfeier eingeladen worden. Als anständiger Sportsmann war er auch erschienen.

Nicholas sagte ihm, daß sie am nächsten Morgen über ein Geschäft zu reden hätten. Höflich fragte er an, ob Baer weiterhin zur Verfügung stünde, um das Unternehmen zu leiten, das er mitbegründet hatte. Baer entgegnete, daß er sich glücklich schätzen würde, in seinem Büro vorbeizukommen, um sich mit einem alten Freund zu unterhalten.

»Ein zwar erstaunlicher Freund«, räumte Baer ein, »aber ein langjähriger und, wie ich hoffe, einer für viele weitere Jahre.«

»Darauf können Sie sich verlassen«, sagte Nicholas.

Nachdem Baer weitergeschlendert war, bemerkte Nicholas, daß sich Ilsa seinem Bruder näherte. Wenn er sich nicht irrte, sah er ihr altes Kindermädchen heute zum ersten Mal in einem Ballkleid.

»Sie sehen hinreißend aus«, sagte er zu ihr.

»Vielen Dank«, gab sie zurück. »Und vielen Dank auch Ihnen.« Sie wandte sich an Conrad. »Das war eine brillante Idee. Hoffentlich werden wir noch mehr solcher Geistesblitze von Ihnen erleben.«

»Ohne jeden Zweifel«, gab Conrad zurück. Er schielte unbehaglich, als Ilsa die Hand ausstreckte und sein Haar glattstrich.

»Ihr Bruder ist nicht der einzige, der ein wenig zurechtgestutzt werden mußte«, meinte sie.

»Ich werde mir die Haare schneiden lassen«, versprach er.

Sie sah Nicholas an. »Gute Nacht. Wir sehen uns dann zu Hause.«

»Gute Nacht, Ilsa«, entgegnete Nicholas. »Und vielen Dank.« Er sah ihr nach, als sie davon ging. »Wo war sie eigentlich, als ich von den Toten auferstanden und zurückgekommen bin?«

»Hier«, antwortete Conrad. »Sie scheuchte den Zimmerservice durchs Hotel und sah sich Pay-per-view-Filme im Fernsehen an. Sie war wirklich amüsant. Nicht nur, daß sie die ganze Reise nach Mexiko organisiert hat – sie bestand auch darauf, dich als Krankenpflegerin zu begleiten. Dir ging es nicht besonders, und sie wollte dort unten sein, um sicherzustellen, daß du wieder außer Landes kommst.«

Nicholas schmunzelte, als einer der beiden Geschäftsmänner aus Dallas herüberkam.

»Meinen Glückwunsch«, sagte Jerry Gill und schüttelte Nicholas die Hand. »Das war das beste Spiel, das ich je erlebt habe.«

»In der Tat«, bestätigte Ted Thurston. »Sie waren großartig, Nick.«

Jemand klopfte Nicholas auf die Schulter. Er wandte sich um und sah in das Gesicht von »Feingold«.

»Hallo«, sagte Keith Fisher. »Ich möchte Ihnen nur dafür danken, daß Sie gesprungen sind. Andernfalls hätte ich Ihnen folgen sollen, um Sie in blinder Wut vom Dach zu stoßen.«

»Ich bin nur froh, daß ich von der richtigen Seite gesprungen bin«, meinte Nicholas. »Darum hatten Sie all die Baumaterialien …«

»Bis jetzt ist uns noch keiner gestorben.«

»Nun denn, vielen Dank«, sagte Nicholas und reichte ihm die Hand.

»Keine Ursache«, erwiderte Fisher und ergriff sie.

»Aber wie ich Connie bereits sagte, nachdem ich seinen Tod genügend beklagt hatte – ich habe nur meine Arbeit getan.«

»Ihre Leistung hätte jedem Hollywoodschauspieler zur Ehre gereicht«, lobte Conrad.

»Danken Sie auch Ihrer Frau und Ihren Kindern«, sagte Nicholas zu Fisher. »Sie, ähm ... Es waren doch Ihre Frau und Ihre Kinder, nicht wahr?«

»Darauf können Sie wetten. Sie haben auch einige andere kleine Rollen gespielt, die Sie offensichtlich nicht bemerkt haben. Manchmal spielt meine Frau die Hauptrolle in solchen Spielen, und ich bin der Hausmann.«

Kopfschüttelnd blieb Nicholas stehen, während sich Fisher entfernte und die anderen Beteiligten herüberkamen, um ihm ebenfalls zu gratulieren – und ihm dafür zu danken, daß er so aggressiv gewesen war.

»Sie haben uns wirklich zum Nachdenken gezwungen«, sagte Christines Mitbewohnerin. »Manchmal mußten wir angestrengt überlegen, was wir als nächstes unternehmen sollten. In solchen Situationen wird die Arbeit wirklich zum Vergnügen.«

»Ja, ja«, meinte Nicholas. »Die Frage ist nur: für wen?«

Nachdem die Gratulanten wieder gegangen waren, sah sich Nicholas um. »He, Connie ... Wo ist der Junge, der mich angegriffen hat? Er war ziemlich gut, ich hielt ihn tatsächlich für echt.«

Connie wirkte verwirrt. »Welcher Junge?«

»Der junge Rowdie, der mein Auto stehlen wollte.«

»Den kenne ich nicht.«

Nicholas starrte ihn an. »Er war echt?«

»C.R.S. hat ihn jedenfalls nicht geschickt.«

Die beiden Männer lachten erleichtert, als Sutherland herangeschlendert kam.

»Bravo, junger Mann«, sagte der Anwalt. »Irgendwann müssen Sie beide mir mal erzählen, was das alles zu bedeuten hatte.«

»Wollen Sie damit sagen, daß Sie nicht eingeweiht waren, Sam?« wollte Nicholas wissen.

»Nicht bis zu dem Abend, an dem Sie mich aus der Berghütte anriefen. Kurz darauf rief mich Connie an, um mir zu sagen, daß ich mir keine Sorgen machen müsse, weil sowohl Sie als auch Ihr Vermögen in Sicherheit seien. Bis dahin hatte ich mich schon fast mit dem Gedanken abgefunden, daß ich Sie in die beste psychiatrische Anstalt, die zu finden wäre, einweisen lassen müßte. Ich meine es ernst, danken Sie mir nicht.«

»Sie wärmen mein Herz«, entgegnete Nicholas. Einen Moment später erwärmte sich sein Herz tatsächlich. Er lächelte, als Elizabeth mit ihrem Ehemann und ihrer Tochter herüberkam.

»Geht's dir gut?« fragte sie.

»Ja, alles bestens. Wirklich.«

»Für eine Weile habe ich mir ernstliche Sorgen gemacht.«

»Ich mir auch.«

»Wir müssen gehen«, sagte Elizabeth. »Ich wollte mich nur verabschieden.«

»Ach, ihr geht schon? Hm, dann also nochmals vielen Dank.« Er lächelte das hübsche junge Mädchen neben ihr an. »Nett, dich zu sehen, Rachel – und Sie auch, Mel.« Er schüttelte Elizabeths Mann die Hand.

»Ich bin froh, daß alles gut ausgegangen ist«, sagte Mel aufrichtig. »Und ich weiß, daß das auch für Elizabeth gilt.«

»Danke. Ach, Elizabeth – ich werde dir deinen Wagen zurückbringen lassen. Er steht momentan vor dem Haus der Fishers.«

»Das hat keine Eile.« Sie küßte ihn auf die Wange. »Mach's gut.«

Nicholas zwinkerte ihr aufmunternd zu, bevor sie sich umdrehte und ging.

»Alles Gute zum Geburtstag, Nicholas«, sagte sie

über die Schulter hinweg. »Auf viele weitere glückliche Jahre.«

»Ich rufe dich an«, sagte Nicholas. »Versprochen. Macht's gut.«

Conrad stemmte die Arme in die Hüften. »Ich habe sie immer gemocht, weißt du?«

»Ja, Connie, ich weiß.«

»Du hättest sie nicht gehen lassen sollen.«

»Auch das weiß ich.«

Plötzlich fuhr Conrads Kopf zur Seite. »Ach«, entfuhr es ihm.

»Was?« Nicholas empfand einen plötzlichen Stich der Besorgtheit. Das Spiel war doch vorüber, oder etwa nicht? »Es gibt da noch etwas, das ich gerne loswürde.«

Nicholas folgte Conrads Blick. Ein Kellner kam mit einem Tablett auf sie zu. Darauf lag ein etwa fünf Zentimeter hoher Papierstapel. Als der Kellner sie erreichte, nahm Conrad den Stoß herunter.

»Was ist das?« fragte Nicholas.

»Eine genau aufgeschlüsselte Rechnung. Ganz schön heftig, Bruderherz. Autos, Platzpatronen, Schauspieler, Attrappen aus Glas, Sprühfarbe, Fotomontagen, Flugtickets nach Mexiko-Stadt, Hundefutter – es ist alles aufgelistet.«

Nicholas sah seinen Bruder an. »Was hältst du davon, wenn jeder die Hälfte übernimmt?«

Conrad grinste. »Meinst du das ernst?«

Nicholas nickte.

»Einverstanden«, sagte Conrad. »He, ich gebe uns sogar einen Rabatt.«

»Wie meinst du das?«

»*Consumer Recreation Services* kam mir wie eine gute Investitionsmöglichkeit vor«, erklärte Conrad blinzelnd. »Ich habe mich daran beteiligt.«

Nicholas schüttelte den Kopf. »Na schön, wenn du

schon Geld an mir verdienst, dann kannst du die Rechnungen wenigstens auf deine Kosten mit einem Boten ins Büro schicken. Übrigens, da wir gerade von Hundefutter sprachen – was hatte es eigentlich mit diesen Hunden auf sich? Sie hätten mir um ein Haar den Hintern abgebissen.«

»Ach, das war ziemlich harmlos. Sie gehorchen Christine blind. Sie hätte nur ein Wort sagen müssen, dann hätten sie sofort von dir abgelassen. Christine ist immer mit dabei, wenn C.R.S. die Biester einsetzt.«

»Meine Güte, Christine ...« Nicholas sah sich im Ballsaal um. »Wo ist sie?«

»Vor einer Minute habe ich sie noch gesehen. Sie ging zur Tür hinaus. Ich glaube, sie muß ein Flugzeug erwischen.«

»Was?« Nicholas entschuldigte sich und lief auf den Ausgang zu.

Seine müde Beine trugen ihn schneller, als er gedacht hatte. In knapp einer Minute erreichte er die Straße. Er sah zuerst nach Norden, dann nach Süden und erblickte Christine, als sie soeben in ein Taxi stieg.

»Christine!« rief er.

Sie sah sich um und zögerte.

Nicholas lief zu ihr. »Sie ... fahren?« fragte er.

Christine nickte. »Normalerweise mische ich mich nicht unter die Gäste und Kunden, nachdem das Spiel vorbei ist.«

»Ein Kunde? Ist das alles, was ich bin?«

Sie blickte zu Boden. »Das war ein ziemlich spektakulärer Sturz, den Sie da hingelegt haben. Ich bin froh, daß Ihnen nichts passiert ist.«

»Ja, mir ist nichts passiert. Bis auf die Tatsache, daß ich um ein Haar keine Gelegenheit gehabt hätte, mich von Ihnen zu verabschieden. Sie waren gut. Ich meine – fies, aber gut.«

»Danke.«

»Ich habe Ihren wirklichen Namen nie erfahren, oder?«

»Nein. Ich heiße Clair.«

»Freut mich, Sie kennenzulernen, Clair.« Er streckte seine Hand aus. Ihre Hand fühlte sich warm und angenehm an. »Ich hörte, daß Sie zum Flughafen wollen?«

»Ja. Nächste Woche fängt ein neues Engagement in Australien an. Es wird diesmal wohl nicht so aufregend werden, aber Arbeit ist Arbeit.«

»Ich verstehe. Wie wäre es denn mal mit einem Abendessen? Verstößt das in irgendeiner Form gegen die Regeln?«

»Nicht gegen die von C.R.S. Aber Sie kennen mich doch kaum.«

»Warum erzählen Sie mir dann nicht etwas über sich?« Nicholas ignorierte den genervten Blick, den ihm der Taxifahrer zuwarf.

»Zum Beispiel, was meine Lieblingsfarbe ist?«

»Nein. Zum Beispiel, woher Sie kommen.«

»Aus Colorado.«

»Eine große Familie oder eine kleine?«

»Ein Bruder, eine Schwester, beide jünger.«

»Die erfolgreiche ältere Schwester«, meinte Nicholas. »Single?«

Sie nickte.

»Freund?«

Sie schüttelte den Kopf.

»Unterwäsche?«

»Immer. Außer, wenn ich arbeite.«

»Kommen Sie jemals zu spät zur Arbeit?«

»Niemals. Deshalb muß ich jetzt gehen.«

»Darf ich Sie zum Flughafen begleiten?« fragte Nicholas.

»Sie werden Ihre Party verpassen.«

»Ich werde die Party der anderen verpassen.« Er nickte in Richtung des Hotels zurück. »Ich habe die Verabredung, die ich wollte. Und diesmal komme ich für die Kosten auf«, fügte er hinzu.

Clair lächelte. »Das Geschäft gilt, Mr. Van Orton.«

»Nennen Sie mich Nickie.« Er stieg hinter ihr in das Taxi, und sie fuhren zum Flughafen.

Das Leben, das Nicholas einst so gehetzt vorgekommen war, fühlte sich plötzlich so langsam an, daß ihm ein Urlaub in Australien nicht nur wünschenswert, sondern unbedingt erforderlich erschien …